馬華現代詩論

時代性質與文化屬性

Studying Malaysian Chinese Modern Poetry:
Literary Culture, Context and Identity

張光達｜著

馬華現代詩的再論述（自序）

　　我開始接觸馬華現代文學，是在上個世紀八〇年代末讀大學的
那段日子。那時我在馬來亞大學的工程學院進修，常常要去大學圖
書館找參考書，藏書在第三樓最前排，再往裡面走到第三排的位置
就是中文藏書處，因此我也常常越界到中文藏書部翻書。馬來亞大
學在當時雖然貴為馬來西亞第一高等學府，又是全國唯一設有中文
系的大專院校，然而大學圖書館的中文書籍實在不多，尤其是現當
代文學類的書籍更是嚴重缺乏，我在為數不多的藏書中發現到有一
整套的天狼星詩社的出版叢書，算是最齊全的馬華文學書籍了。這
套叢書幾乎網羅所有七〇年代重要的馬華現代作家，我當時感到興
奮不已，捧讀再三，對一些精彩的篇章至今記憶猶新。溫任平的散
文集《黃皮膚的月亮》和詩評集《精緻的鼎》是其中最有份量的幾
本書，我私底下拿它們跟臺灣作家的作品相提並論，覺得可以拿出
來亮相而不會丟人現眼的，就是這幾本書了。因為市面上買不到這
些書，我還特地跑去文具店複印一份收藏。就這樣激發起了我對馬
華現代詩濃厚的興趣，在八〇年代末開始參考新批評的精讀細品方
式，寫了數篇評論七〇、八〇年代馬華現代詩人作品的文章，發表
在文學刊物《蕉風》和報紙的文藝副刊上，後來這些詩評論結集為
我的第一本評論集《風雨中的一枝筆：馬華當代詩人作品評述》。

　　九〇年代有段時期我的興趣轉向西方當代文學思潮和理論，每天咀嚼文化批評的學術名詞，不然就是後學的理論詩學。後來讀到林建國的精彩論文〈為什麼馬華文學？〉，令我深感震撼，原來馬華文學可以寫得這般出色，原來馬華文學除了文本分析，居然還有這等複雜的層面有待研究者去發掘探討。這個時期黃錦樹拋出的馬華文學經典缺席、斷奶論和馬華文學正名也引起紛紛議論，但令我感興趣的是他提出的馬華文學與中國性／表演性的文化思辨，值得深入探討。另外陳大為編的《馬華當代詩選 1990-1994》序文對馬華詩界的嚴格批評，有撥亂反正的作用，喚醒馬華學界對此課題的關注，對馬華新詩的細緻考察和條理分析，令人刮目相看。九〇年代這些馬華旅臺的文學評論生力軍，挾帶臺灣學院的文學資源回饋馬華文學，深化了馬華文學論述的具體成果，也突破了以往馬華文學評論所面對的匱乏困境和理論僵局，甚至藉論述來改變國內外讀者和研究者對馬華文學作品的傳統認知和刻板印象。我當時在想，除了旅臺的學者和評論家，我們在地寫文學評論或本地大專院校的學者能夠為馬華文學論述做什麼，這個思考因此重燃起我對五〇年代末、六〇年代以降的馬華現代詩的再論述。

　　這本書中的論文〈現代性與文化屬性〉發表於馬華文學老牌文學刊物《蕉風》488 期（1999），後來收入陳大為等編《赤道回聲：馬華文學讀本 II》，〈象徵主義與存在迷思〉宣讀於馬來西亞新山南方學院中文系主辦「九九馬華文學國際學術研討會」（1999 年 9 月 11 日-12 日），〈文學體制與六〇年代馬華現代主義〉是應張錦忠教授在臺灣暨南國際大學東南亞研究中心主辦的「重寫馬華文學史」

馬華文學國際學術研討會的發表論文（2002 年 12 月 20 日-21 日），
〈國家獨立初期馬華現代詩與殖民主義〉發表在《南洋商報・南洋
文藝》專題「出土文學」系列（2000 年 6 月 13 日），〈馬華現代主
義：書寫困境、語言策略與身份屬性〉宣讀於馬來西亞檳城韓江學
院舉辦的「北馬文學・文學北馬」馬華文學學術研討會的發表論文
（2006 年 9 月 2 日），這些論文大抵沿著「馬華現代詩的再論述」
這個方向構思寫出來的，因此可視為同樣的書寫計劃中的一部份。
除了一篇〈從《大馬詩選》看七〇年代女詩人的風格趨勢〉，因為
發表的年代較久，因此加進了對相關議題的一些近期的看法，在內
容上增補了大約將近一半的篇幅，跟收錄在馬來西亞作協編《馬華
文學大系・評論卷》的論文已經有所不同。今年六月剛完成的〈馬
華現代詩史芻議〉，直接收錄在書中，還來不及發表。其他上述的
篇章都根據原發表的論文收入本書，在結集時重新修訂了一遍，校
正了論文發表後發現的錯誤和別字，也配合本書的作業在論文的
題目或標題上略作修訂和調整，但在論述思辨與行文語氣上皆保
持原貌。

　　這是一部有關馬華現代詩的論述成果，或更具體一點來說，乃
是針對馬華現代（主義）詩派從五〇年代末到九〇年代的論述，除
了一篇較詳細完整的討論馬華現代主義詩派的史述，其他篇章採取
各個時期重要或有代表性的馬華現代詩人的詩作取樣，針對詩人身
處的時代語境與文化屬性等相關議題，作出文化評論與文本分析兩
者交織扣連的策略性閱讀。因此馬華現代詩必須被脈絡化
（contextualized），置入政治、社會、文化和時代的背景裡，並結

合詩歌美學的文本分析與文化研究，讀出馬華現代主義的歷史緣由和馬華現代詩的文學史意義。張錦忠教授部份的論文已經觸及馬華現代文學的研究基礎，本書把焦點集中在馬華現代詩這個單一文類，作進一步的思考，希望能為馬華文學這方面的研究，收到拋磚引玉的作用。至於九〇年代以降的馬華當代詩歌，將是我下一本書的論述重心。

　　在此我必須感謝秀威資訊科技對這本學術論文集的全費資助出版，在當前市況不景氣的這個時刻，秀威的世玲經理慨然答允出版此類冷門的學術著作，在此致上深深的謝意。秀威的編輯林泰宏先生及每一位參與校對的工作人員在出版編輯上的耐心和協助，所有曾在研討會或期刊論文發表時提供許多意見的學者和編輯，在此一併致謝。最後要感謝陳大為常常在當代詩歌閱讀上提出看法與支持，因此讓我對馬華現代詩的閱讀思考得以激盪出更多新的點子，更多有待（再）論述的高難度挑戰。馬華現代詩於時代性質與文化屬性等議題層面來說，永遠不會只屬於現代詩的問題，不會只屬於馬來西亞華人的身份認同問題，其中世界思潮、歷史、政治、文化、身份等的扣連組構，既回應且介入馬來西亞社會的異質流變，也改寫全球現代主義的文化翻譯界線／限。

2009 年 7 月 1 日稿於檳城

目次

第一章

馬華現代詩史芻議（1957～1990）

前言

　　本書意圖建構一個自馬來西亞獨立建國以降的華文現代主義詩派文學史脈絡，時間方面定於一九五七年至一九九〇年代，從重要的思潮發展、文學體制、主題興替、文化屬性、政治演變，到文學創作者（馬華詩人）與馬來西亞華人政治社會的互動。馬華現代詩史依據本書的論述架構被劃分成三個階段：（一）、從崛起到奠基（1957～1969）：論述焦點包括馬華文學第一波現代主義文學運動，醞釀馬華詩壇第一首現代詩的關鍵時期，書寫獨立建國經驗和理想，記述殖民主義的歷史視野，現代派詩人崛起到奠基，開拓馬來西亞華文文學的版圖。（二）、從鼎盛到沉寂（1970～1979）：論述焦點包括現代派詩人的鼎盛時期，第一部馬華現代詩選集出版，天狼星詩社的輝煌時期，現代主義精神和文化身份屬性的辯證，第一波馬華「中國性──現代主義」的提倡經營，新批評式的現代詩評論，現代主義語言的突出表現，及其局限。（三）、從轉型到轉向（1980～1990）：鎖定處於政治現實困境的馬華現代詩，探討其生

產語境及其影響，從「寫實兼寫意」的語言轉型到「感時憂國詩」
的社會轉向，第二波馬華「中國性──現代主義」的文化憂患意識
與文化象徵符碼，馬華詩的後現代語言轉向。

　　透過這篇史述與本書其他篇章，希望能夠為上個世紀的馬華現
代詩史及現代主義文學發展，提出一個馬華現代主義詩派的文學史
雛型，以期這項基礎研究收到拋磚引玉之效果。

第一節　從崛起到奠基（1957～1969）

　　馬華文學第一首現代詩的倡議與論爭，牽涉的是論者對（現代）
文學詮釋權攫取位置（position taking）的論述策略，暴露出其自身
對文學史概念的片面視野。一般咸認為馬華詩人白垚發表於一九五
九年在《學生周報》137 期的〈麻河靜立〉，為馬華文壇第一首現
代（主義）詩。根據溫任平的說法：「馬華現代文學大約崛起於 1959
年。那年 3 月 6 日白垚在學生週報 137 期發表了第一首現代詩〈麻
河靜立〉。關於這首詩的歷史地位，最少有兩位現代詩人──艾文
和周喚──在書信中表示了與我同樣的看法。……」[1]溫任平這篇
論文〈馬華現代文學的意義和未來發展：一個史的回顧與前瞻〉在
一九七八年提出，不但總結六〇、七〇年代崛起馬華文壇的現代（主
義）文學的歷史地位和意義，並高度肯定了其歷史定位與前瞻其未
來發展的潛力，頗有文學史書寫的宏大架勢。其實溫任平在更早之

---

[1]　溫任平：《文學・教育・文化》，美羅：天狼星詩社，1986，頁 2。

前的文字中即已指出：「一九五九年是大馬現代詩萌芽的第一年，白垚在那年的三月六日在《學生周報》一三七期發表了第一首現代詩：〈麻河靜立〉。」[2]溫任平、艾文、周喚都是六〇、七〇年代馬華現代詩的書寫健將，尤其周喚與艾文在六〇年代的馬華詩壇，俱以形象鮮明，充滿強烈風格的象徵主義與存在精神的現代詩贏得讀者的注目，兩者被視為馬華現代詩的前驅也不為過。溫任平舉他們兩人的看法來為自己的論點支持佐證，一來他們都是歷史事件的當事人，採取當事人的說法較具有說服力，二來顯然溫任平也認為周喚、艾文兩位詩人在六〇年代「第一波馬華現代文學運動」的重要貢獻，以文學史的論述眼光或書寫角度來說，可以順理成章地把周喚艾文認同白垚的文學源頭，置換為自己的現代文學論述淵源來攫取文學史位置，及由此建構一套正當性、合理性的文學史脈絡。另外根據張錦忠的論述，當事人白垚其實早在一九六四年即在〈藏拙不如出醜：現代詩閑話之四〉中告知，菲律賓一份文學刊物，將馬華現代詩的出現追溯到一九五八年《學生周報‧詩之頁》內所刊登的一首詩起。[3]而白垚在事隔五十年後，寫了回顧性質的宏文〈千詩舉火〉，敘述其在上個世紀的詩創作經過歷程，馬華新詩革命與時代意義，行文語氣中顯然也視此詩為馬華現代詩的開端或起點，甚至強烈主張新詩再革命，視他們那一代為馬華反叛文學的先鋒。[4]

---

[2] 溫任平：〈寫在「大馬詩人作品特輯」前面〉，《馬華文學》，吉隆坡：文藝書局，1974，頁9。

[3] 張錦忠：〈白垚與馬華文學的第一波現代主義風潮〉，《南洋商報‧南洋文藝》（2008.11.11）。

[4] 白垚回顧文章見《縷雲起於綠草》，吉隆坡：大夢書房，2007。

　　已故學者陳應德顯然不同意溫任平這個看法,他在論文中企圖推翻以白垚的〈麻河靜立〉為馬華現代詩起點的說法,他在〈從馬華文壇第一首現代詩談起〉一文中舉了鐵戈、威北華數人的詩來反駁白垚的〈麻河靜立〉為馬華第一首現代詩。[5]陳應德與溫任平所持的不同意見,值得令人深思之處是兩者對文學史的態度觀念,暴露出代表實證史觀與著重文學運動風潮的兩類論者在文學觀念上的巨大差異,以及毫無交集之理論僵局。的確,細讀陳應德所舉證的滔流的〈保衛華南〉、鐵戈的〈在旗下〉、雷三車的〈鐵船的腳跛了〉、傅尚皋的〈夏天〉及威北華的〈石獅子〉,前兩首詩中充斥大量吶喊式的激情口號,稱為「口號詩」也不為過,而且詩的背景又是中國大陸的政治事件,不在馬來亞的現實社會環境,硬是要把它歸類為現代詩怎樣都說不過去。後三首詩倒是具有些微象徵主義的筆調,雖然這幾首詩於今天的詩歌審美眼光來看,語言未免過於稚嫩,比喻也失之簡陋不當。〈夏天〉大約發表於一九三四、一九三五年之間,陳應德認為「這才是到目前為止,我們能夠找到的第一首現代詩。」[6]〈鐵船的腳跛了〉顧名思義,寫的是馬來亞殖民地時期的採錫工業處境,算是以馬來亞為背景的在地書寫,〈石獅子〉在一九五二年發表,時間上俱早於白垚在一九五九年發表的〈麻河靜立〉,這些都是陳應德提出來否定溫任平等現代詩人以白垚為馬

---

[5]　陳應德:〈從馬華文壇第一首現代詩談起〉,江洺輝編:《馬華文學的新解讀》,吉隆坡:馬來西亞留臺聯總,1999,頁 341-354。

[6]　陳應德:〈從馬華文壇第一首現代詩談起〉,江洺輝編:《馬華文學的新解讀》,吉隆坡:馬來西亞留臺聯總,1999,頁 346。

華現代詩起點的「鐵證」，著重的是詩發表時間先後的論述焦點，採取一種類似實證主義與直線時間觀念融合而成的治學態度，顯然過於簡化看待複雜多變的文學史議題，在時代、社會、歷史、環境、體制等各個層面的深層意義。好處是藉發現更多早期的文字資料出土，可以為既定主導的文學史認知注入一股活力，建構一個稍具規模的文學史的史前史，如果還不足以造成既有的論述知識動搖或崩解。

誠如溫任平在〈馬華第一首現代詩與典律建構〉中所言：「滔流等人的作品並非現代詩，至於傅尚皋的〈夏天〉與威北華的〈石獅子〉（1952）的象徵詩，都是孤立的個案，它們如流星一閃而過，沒有後續的力量，不像 1959 年的〈麻河靜立〉，刊載之後進入 60 年代，笛宇、喬靜、周喚、冷燕秋、王潤華、淡瑩、林綠、艾文、蕭艾、憂草、黃懷雲、葉曼沙諸人繼起，蔚然成風。錢歌川、王潤華、葉逢生、于蓬等人譯介歐美現代主義理論與作品，亦使現代主義蘊足了『運動』（campaign）的力量，而不是浮光掠影的現象。60 年代初，新馬尚未分家，新加坡的牧羚奴、英培安、謝清與五月詩社諸子接前人的棒子，我與溫瑞安、方娥真領導的天狼星詩社在馬來半島接喬靜、笛宇、冷燕秋諸人的火炬。運動是個『連續體』（continuum），一以貫之，有其滾雪球效應，至於滾雪球在運作過程中如何變異，那是另一種狀態與層次。」[7]一九五九年三月《學生周報》137 期刊登白垚的現代詩〈麻河靜立〉，同年四月《蕉風》

---

[7]　溫任平：〈馬華第一首現代詩與典律建構〉，《星洲日報·星洲廣場》（2008.06.01）。

78 期刊登白垚的現代詩〈八達嶺的早晨〉及詩論〈新詩的再革命〉，被張錦忠視為馬華反叛文學肇始的日期，「反叛文學」所要反叛的自然是馬華文學長久以來主導坐大的現實主義文學主流，以便它能夠為馬來亞一九五七年獨立建國後的馬華文學體制，建立一個馬華現代文學主體性的積極意義，與廣泛的認同效應，進而突破或取代馬華現實主義的書寫困境和美學僵局。張錦忠認為勾勒現代主義在馬華文學的散播路徑，以彰顯其歷史時刻，重探馬華文學的歷史邊界或臨界點，反叛文學或現代主義轉折的思索顯然比考證第一首馬華現代詩來得重要。我把白垚的〈麻河靜立〉或〈八達嶺的早晨〉視為馬華文學第一波現代主義運動的醞釀期，也可以視為醞釀馬華詩壇第一首現代詩的關鍵時期，問題不在於孰先孰後，兩首詩發表的時間只是相隔一個月，寫作的時間早在一九五八年末已經完成，因此我們有必要關注五〇年代末期（一九五八到一九五九年期間）的馬華文壇怎樣為六〇年代的馬華現代主義文學風潮鋪設道路，這個馬華文學第一波現代主義風潮的醞釀期（或張錦忠的反叛文學運動）的重大文學史意義宜擺放在此脈絡視野下思考。

　　依據數首發表於一九三〇、四〇年代馬華新詩中的「象徵主義」，陳應德顯然有意把馬華現代文學史挪前到一九三〇、四〇年代，一來否定白垚、溫任平等其他六〇年代現代詩人所建構的馬華現代文學史起點位置，二來也為中國新詩在馬來亞（除主導當時中國文壇的現實主義，另一個以李金髮、戴望舒等象徵主義詩派為代表的文學集團）的影響提出證據，進而可以扣連馬華文學（史）與中國文學（史）兩者間的內在連續。對服膺連續性史觀的中國影響

論的學者來說，如同戰前馬華現實主義的發展以中國文學為依歸，馬華現代文學的源頭自也無法跳脫出這個客觀存在的事實（陳文中所舉的數首詩作皆為「實證」！）。實證主義是陳應德論證文學史起點的方法，根據一套連續性史觀或直線時間的文學史概念（從最早發現的開始算數，後來者皆被視為延續這個所謂「第一」的起點，縱然只是幾個孤立的個案而構不成氣候），從而為馬華戰前的中國（文學）影響論找到了強力的論述依據。換言之，文學史的發展具有時間上的連續性、物質上的客觀現實為基礎，無視於文學史流變中的任意性、斷裂性及複雜的面向。回頭看戰前馬華文壇，一九三四年溫梓川、楊實君、吳逸凡編《檳城新報・詩草》副刊，刊登一些具有象徵主義色彩的新詩，也即是後來被方修批貶的「形式主義」、「文學逆流」。[8]這個戰前的詩風轉變，因為當時中國面對日本侵略，馬來亞的華人積極響應救（祖）國，一時之間文壇湧現的愛國主義文學、抗日救亡文學淹沒了一切，其他不具備愛國意識與抗暴反殖民的作品一概被視為「逆反」，貼上形式主義的標籤，在如此的指控氛圍之下，象徵詩的時代命運可想而知，《詩草》不久宣告停刊。這個曇花一現的文學孤立個案，完全構不成整個馬華文學發展的影響，在戰後也沒有得到其他寫作人的延續響應，可謂無疾

---

[8] 溫任平在〈經典焦慮與文學大系〉一文中說：「方修主編《馬華新文學大系》（1919至1942年），李廷輝主導編纂《新馬華文文學大系》（1945至1965年）。這兩部文學大系把象徵主義、現代主義視為『形式主義』，是『文學逆流』。方修對現代主義的貶抑，盡人皆知。1945至1965年的另一部大系繼承方修的左翼文學史觀，把現代主義批貶為『唯美頹廢』、『晦澀難懂』、『故弄玄虛』、『標新立異』。」，《星洲日報・星洲廣場》（2008.05.04）。

而終，一直要到國家獨立後的五〇年代末、六〇年代才有楊際光、
周喚、飄貝零等詩人書寫象徵主義的詩作。因此與其執著於它是否
可接受為馬華第一首現代詩（不斷爭執它的發表時間、語言形式、
題材關懷面向），我們不妨把這段時期發表象徵詩的孤立個案視為
馬華現代文學的史前史，因至目前為止其對馬華現代文學整體的影
響效應並不顯著，可行的方法是把這個文學孤立個案存檔，以便將
來的馬華文史學者能夠在這一面向上挖掘出更多的文獻資料，增值
其對馬華現代文學史的存在意義，甚至從更多資料中論證其與當時
的馬華現實主義的對話／對照，就算其效應微乎其微。這樣治文學
史的態度或許比陳應德、溫任平諸人不斷爭執那一首詩是第一首馬
華現代詩顯然更具有歷史／文學史價值。

我們不妨回顧戰後至六〇年代馬華詩歌的歷史發展，看看它如
何為五〇年代末馬華文學第一波現代主義文學運動，醞釀馬華詩壇
第一首現代詩的關鍵時期，及其後在六〇年代形成馬華現代主義文
學風潮。前面提及的鐵戈，他的詩集《在旗下》（香港：新民主出
版社，1947），出版於一九四七年，內收一九四六年至一九四七年
間的詩作，雖然談不上如陳應得所說的具有象徵主義的現代詩色
彩，但卻是戰後馬華詩壇第一部詩集。詩集中的〈在旗下〉、〈我們
是誰〉、〈土地是我們的〉等詩，充滿了一種熱愛土地，熱愛人民的
吶喊激情。李錦宗說他是「第一個唱出了愛國主義的歌聲」的詩人，
大抵上是正確的。[9]其他愛國主義路線的詩人還有米軍的《熱帶詩

---

9 李錦宗：〈戰後馬華文學的發展〉，林水檺、駱靜山編：《馬來西亞華人史》，
   吉隆坡：馬來西亞留臺聯總，1984，頁 367。

抄》（赤道出版社，1950）出版於一九五〇年，作品中極力反對殖
民地主義，爭取國家獨立呼聲的濃厚色彩，稍晚一點的杜紅的詩集
《五月》（生活出版社，1955）。幾乎在同一個時期的五〇年代初期，
一些詩人如威北華、周粲、魯彬等人的詩作有別於上述鐵戈等人的
愛國主義詩歌，他們的詩較注重語言技巧，明顯受到浪漫主義的影
響，題材上雖然充滿現實生活的氣息，但傾向唯美抒情色彩。除了
上述陳應德論文提及的威北華，這方面最具有代表性的詩集是周粲
的《孩子的夢》（新加坡：南洋印刷社，1953）、《青春》（新加坡：
青年書局，1958）與《雲南園風景畫》（1960）。因此歌頌愛國主義
呼聲與抒發個人現實生活感受，是戰後至五〇年代中期的馬華詩壇
的兩大特色，整體而言，愛國主義詩歌在這段時期佔上風，抒發個
人生活感受的詩歌創作往往被當時的文藝刊物視為吟風弄月、形式
主義。歌頌愛國主義的詩歌在這個時期的崛起並不是偶然，根據李
錦宗的觀察，這個時期馬來亞在政治上發展到接近獨立的階段，人
民為爭取獨立而進行激烈鬥爭，新加坡文化協會在一九五六年召開
響應馬來亞獨立運動大會，發表《全星文化界響應獨立運動大會宣
言》，喚起各民族爭取獨立參加建國的工作，奠定了馬華文藝在理
論上正式建立以馬來亞為祖國和愛國主義的觀念，當時的文藝刊物
如《匯流》、《生活文叢》、《人間》等紛紛配合愛國主義文化運動，
肯定了愛國主義文學，在詩歌創作方面，詩人積極熱情地歌頌對馬
來亞祖國的愛。[10]這股愛國詩風延續到一九五七年馬來亞獨立前後

---

[10] 參見李錦宗：〈戰後馬華文學的發展〉，林水檺、駱靜山編：《馬來西亞華人
史》，吉隆坡：馬來西亞留臺聯總，1984，頁 377-378。

幾年的時間，除了之前已有名氣的詩人如杜紅、鍾祺以外，一些詩壇新秀也不免亦步亦趨歌頌愛國理想。在這些年輕詩人當中，我們看到張塵因的《言筌集》（吉隆坡：人間出版社，1977）中寫成於五〇年代末的詩作也未能免俗，對國家獨立及未來理想投注了無限的憧憬熱情，一些詩句對愛國理想的熱情呼聲，表現在無盡黑夜的過去與黎明理想到來的詩句辯證上，無可否認地張塵因在五〇年代末的詩作受到「愛國主義詩歌」的影響，但是他的詩句往往在熱情理想的背後，隱藏著一股現代主義的懷疑精神和批判視野，具有理想憧憬與冷靜省思兩股力道的辯證思考，這是其詩作的過人之處。

　　一九五七年馬來亞獨立，馬華文藝界並沒有因此掀起高潮，獨立前沸沸揚揚的愛國主義文學也沒有得以更進一步的發展，文壇主流的現實主義文藝作品反而陷入低潮，馬華論者往往把獨立後至六〇年代的馬華文學稱為「馬華文學低潮期」，而把文藝陷入低潮歸咎於經濟不景、政府漠視等外在因素，顯然無視於約在這個時期（1958～1959）現代主義文學崛起的事實。除了前述白垚一九五九年三月發表在《學生周報》的詩作〈麻河靜立〉，同一個時期《蕉風月刊》在一九五九至一九六〇年之間開始發表大量的現代詩作品，大動作高姿態一連數期以專輯形式開闢〈新詩討論專輯〉，刊登〈蕉風對新詩所採的立場〉，提供馬華詩人和評論者針對現代詩發表意見討論詩藝，也為一些非議現代詩的聲音提出反駁。值得一提的是《蕉風》早於一九五五年創刊，其時獨立前的馬華文藝籠罩在一片愛國主義的歌頌熱烈氛圍中，《蕉風》彼時的現代主義色彩並不彰顯，要直到一九五八年過後由白垚等人接手編輯任務時才逐

步開始在馬華文壇出現和立足，適時填補馬華現實主義開始陷入低
潮時期所留下的空缺版圖，扮演了醞釀第一波馬華現代主義運動的
推動或催化角色，這是後來六〇年代馬華現代詩（文學）能夠蔚為
風潮的關鍵性時期，得以讓馬華現代派詩人崛起到奠基，從而開拓
馬來西亞華文文學的新版圖。

　　一九六四年，白垚開始在《蕉風》上發表《現代詩閑話》，同
時期的《蕉風》月刊刊出〈文藝沙龍〉，刊登不少支持現代文學運
動的文章，明顯為現代主義思潮護航。值得注意的是，這段時期支
持現代文學和發揚現代詩的刊物不只是《蕉風》月刊一枝獨秀，還
有一九六二年創刊、以檳城為基地的小型刊物《銀星》月刊，一九
六三年過後辦《銀星》詩刊，在《光華日報》借版出版，直到一九
六五年停刊。這份刊物專刊現代詩和詩論，詩人作者群有麥留芳、
笛宇、喬靜、藍雁（陳應德）、畢洛、李蒼（李有成）、麥秀、山芭
仔（溫祥英）、綠浪等人。另外一個也是同樣來自北馬，同樣創刊
於一九六二年的《海天》詩社，在《光華日報》借版出版的《海天》
副刊，刊登不少現代文學的作品，尤其是現代詩，發表詩作的作者
包括陳慧樺、何乃健、蕭艾、艾文、冰谷、憂草、沙河、溫任平、
溫瑞安等人。六〇年代馬華現代詩人出版的重要詩集計有麥留芳的
《鳥的戀情》（吉隆坡：青春出版社，1967）、北藍羚（艾文）的《路‧
趕路》（大山腳：海天出版社，1967）、何乃健的《碎葉》、蕭艾和
憂草合集的《五月的星光下》（大山腳：海天出版社，1965），留臺
的是林綠的《十二月的絕響》（臺北：星座詩社，1966）和《手中
的夜》（臺北：星座詩社，1969）、王潤華的《患病的太陽》（臺北：

藍星詩社，1966）、陳慧樺的《多角城》（臺北：星座詩社，1968）、
淡瑩的《千萬遍陽關》（臺北：星座詩社，1966）和《單人道》（臺
北：星座詩社，1968）。在香港出版的則有楊際光的《雨天集》（香
港：華英出版社，1969）。這些現代詩集大部分都是詩人的第一部
著作，我們看到溫任平、艾文、蕭艾、憂草等人這時期的作品，還
殘留著五〇年代「愛國主義詩歌」的熱烈理想和激情色彩，現代主
義的語言色彩並不彰顯，艾文和溫任平的現代主義語言要等到六〇
年代末以後才顯露。相比之下，留臺的陳慧樺、王潤華、林綠的詩
作，在這個時期卻已經具備強烈鮮明的存在主義思想和象徵主義語
言。[11]

　　一九六九年，白垚接手《蕉風》月刊的編務，和陳瑞獻、李
有成和姚拓聯手改革刊物路向，全面落實馬華現代主義的反叛文
學[12]，再接合推動馬華現代文學運動與文藝刊物方針的信念，把奠
基於六〇年代中後期的馬華現代文學，推向另一個歷史性階段的高
峰，為往後七〇年代的馬華現代詩發展鋪平了道路。

---

[11] 但這並不表示本地的馬華詩人這個時期的作品中沒有表現強烈鮮明的現代
　　主義語言色彩（我稱為「西化──現代主義」），例子有周喚、沙河、飄貝
　　零、謝永就、黑辛藏、李木香，但他們詩作整體的突出表現都在六〇年代
　　末期，大部分詩作都發表在《蕉風》，而且很多詩人都沒有出版詩集。
[12] 根據張錦忠的說法，一九六九年白垚等人接手編《蕉風》月刊是播散（本
　　土化的）現代主義，產生幾部高蹈現代主義文本。顯然他也把一九六九年
　　視為馬華現代主義風潮或發展的關鍵性年份。張錦忠文見〈白垚與馬華文
　　學的現代主義風潮〉，《南洋商報·南洋文藝》（2008.11.18）。

第二節　從鼎盛到沉寂（1970～1979）

　　溫任平主編的《大馬詩選》出版於一九七四年，這部詩選是馬華文學第一部現代詩選集，所選錄的詩人從馬來西亞國家獨立後的五〇年代末至七〇年代初為止，共收錄廿七位馬華現代詩人的詩作品，可謂集結了六〇年代到七〇年代初重要或有代表性的馬華現代派詩人。如同溫任平在詩選後記中所言：「每一位被收入這本集子的詩人都有他們的代表性，他們在馬華詩壇不容抹煞的地位。……但是他們在大馬現代詩壇的奠基上，曾作過非常寶貴的貢獻，他們貢獻的不是金錢不是物質，而是作品，才漸漸蔚成今日略具雛形的大馬中文文壇的現代詩運。」[13]考察六〇年代到七〇年代初的馬華詩壇，溫任平這段話並沒有言過其實，入選這本詩選的廿七位馬華現代詩人都具有一定的代表性，而且他們的詩作在六〇年代末期都已經趨向成熟，尤其是一九六九年後的《蕉風》上所刊登的詩作，在現代詩的語言運作方面都是各有擅長，因此把《大馬詩選》中的入選詩人視為馬華現代詩的奠基時期，以馬華文學史的角度來看是相當貼切的。細究這部詩選的入選詩人，天狼星詩社成員出身或與之過從甚密的詩人計有溫任平、溫瑞安、方娥真、周清嘯、黃昏星、賴瑞和、藍啟元七人，活躍北馬詩社和文藝團體（海天、銀星等）的計有李有成、歸雁、艾文、江振軒四人，留學臺灣而活躍詩社活動發表詩作（星座詩社、藍星詩社）的計有王潤華、林綠、陳慧樺、

---

[13] 溫任平：〈血嬰──寫在「大馬詩選」編後〉，《大馬詩選》，美羅：天狼星詩社，1974，頁303-304。

淡瑩、賴敬文五人，來自東馬砂拉越（砂拉越星座詩社）的現代詩
人計有方秉達、李木香、黑辛藏、謝永就、謝永成五人，其他無黨
無派或任職報館和現代文學刊物的入選詩人計有周喚（生活報、學
生周報）、楊際光（馬來亞電臺）、梅淑貞（蕉風）、沙河、飄貝零、
紫一思六人，幾乎網羅當時重要詩社詩刊和不同背景的現代詩人，
入選陣容可謂齊全均勻，並沒有明顯偏向某個團體旗下成員（雖然
天狼星詩社入選詩人共七個，但與其他詩人組織相比之下，差別不
大）。把這些入選詩人區分為五個板塊，我的重點並不是要強調馬
華現代派詩人的名額分配，或馬華詩壇的權力架構，目的是透過這
五個板塊，指出六〇年代的現代主義風潮運動受到不同背景不同階
層的詩人熱烈響應，形成後期的馬華詩壇與現代詩人相當多的互
動，及詩人們發表的作品廣為分佈各類文藝園地，並不只是局限於
《蕉風》一隅，從中得以窺探出七〇年代初期馬華現代詩的熾熱和
鼎盛現象。

　　溫任平這篇後記透露兩點訊息，其一是六〇年代過後馬華文學
的現代主義已經具備雛形，為七〇年代現代文學的鼎盛狀況打好了
實質的基礎。這一點在張錦忠最近的論文〈白垚與馬華文學的第一
波現代主義風潮〉也得到進一步的闡發。另外一點是溫任平針對馬
華現實主義的猛烈開炮，他本來要編的是一部「大馬現代詩選」，
後來改為「大馬詩選」，理由是「他們在看到〈大馬現代詩選〉出
版時，一定會說這部詩選選的是現代詩，而他們寫的並非現代詩，
所以沒有被選錄進去……他們可以迷他們的豆腐干體，他們可以喊
他們的工農兵口號……因為那些是『非詩』所以他們不夠格進詩

選。……不過我要在此坦白地說：我恥與他們平起平坐！」[14]溫任平這番動人的話裡的「他們」，當然就是其時馬華文學主流自居的「偽寫實主義群醜」，他甚至先把醜話說在前頭，措詞強烈地預見這篇文章會引起論爭，令馬華現實主義者「無名火升三千丈」，無論是「明目張膽的群毆群鬥」，亦或「鬼鬼祟祟的指桑罵槐」，「更荒唐的誣衊與更毒辣的企圖傷害」，他都將準備一一面對文壇的紛爭論戰。這裡帶給我們一個很明顯的訊息，即是從六〇年代初爆發的現實主義作者群與現代文學作者群的文學論戰，六〇年代經過好多回合的交戰，到七〇年代初期情況之激烈程度，絲毫沒有減退的跡象。溫任平在九〇年代一篇論文〈天狼星詩社與馬華現代文學運動〉中猶自強調：「上述時期詩社曾多次面對『現實主義』作者的抨擊，社員參與論爭，一些文學論戰往往持續數月之久，相當程度反映現代文學仍受詰難、質疑。」[15]天狼星詩社作為七〇年代馬華文學現代派的大本營，以發揚馬華現代主義文學為理想的天職，因此往往成為馬華現實主義集中開火的對象並不出奇，而身為天狼星詩社的領導人的溫任平，自然是這波文學論戰的主要焦點人物了。

溫任平在《憤怒的回顧》中將六〇、七〇年代的馬華現代文學細分為四個階段：一、探索時期（1959～1964）、二、奠基時期（1965～1969）、三、塑形時期（1970～1974）、四、懷疑時期（1975～

---

[14] 溫任平：〈血嬰——寫在「大馬詩選」編後〉，《大馬詩選》，美羅：天狼星詩社，1974，頁304-305。

[15] 溫任平此文收入江洺輝編：《馬華文學的新解讀》，吉隆坡：馬來西亞留臺聯總，1999，頁153。

1979）。[16]證諸天狼星詩社創立於一九七二年，《大馬詩選》出版於一九七四年，溫任平認為一九七〇至一九七四年是馬華現代文學的塑形時期，而一九七三迄一九七六年是天狼星詩社的鼎盛期，顯然溫任平藉文字論述與詩社運動來建構馬華現代文學史的意圖是很明顯的。[17]先看看這個時期整體馬華現代詩人的表現，把一九七〇年至一九七四年稱為馬華現代文學的「塑形期」，如果指的是現代詩人語言風格的確立，那我們首先要檢驗這個時期詩人所發表詩作和出版品，是否已經走出一條具有鮮明特色的馬華現代主義詩路。這個時期重要及出色的詩集計有李有成《鳥及其他》（吉隆坡：犀牛出版社，1970）、謝永就《悲喜劇》（砂勞越：星座詩社，1973）、李木香編《砂勞越現代詩選（上集）》（砂勞越：星座詩社，1972）、梅淑貞《梅詩集》（吉隆坡：犀牛出版社，1972）、艾文《艾文詩》（美農：馬來西亞棕櫚出版社，1973），以及《大馬詩選》中的各家詩人作品，而天狼星詩社成員詩集選集作品（詳見下面的論述）及留臺詩人溫瑞安《山河錄》（臺北：時報文化出版，1979）、方娥真《娥眉賦》（臺北：四季出版社，1977）、陳慧樺《雲想與山茶》（臺北：國家出版社，1978）、賴敬文《賴敬文詩集》（臺北：綠野書屋，1974）、王潤華《內外集》（臺北：國家出版社，1978），大都在七〇年代下半葉才推出問世。其中李有成和艾文的詩集、李木香編的東馬砂拉越現代詩人選集具有代表性，如果以這些詩集內的

---

[16] 轉引自馬崙：《馬華文學之窗》，新加坡：新亞出版社，1997，頁14。

[17] 當事人的回顧見溫任平：〈天狼星詩社與馬華現代文學運動〉，江洺輝編：《馬華文學的新解讀》，吉隆坡：馬來西亞留臺聯總，1999，頁153-176。

詩作，再參照《大馬詩選》中艾文、李有成、李木香、謝永就，以及沒出版詩集的沙河、飄貝零、周喚等人詩作，艾文詩中的現代主義風格夾帶超現實語言味道，流露鮮明的象徵語言可謂集大成者，李有成的詩對存在與時間的敏銳感知和辯證，李木香、謝永就、沙河等人詩中的存在主義色彩和現代派風格濃烈鮮明，這些馬華詩人實則已經塑形出馬華現代主義的獨特面向，從他們隱匿異化、高密度象徵的語言，到寓言式的文體結構，在一種婉轉遮蔽狀態下，表現出馬來西亞那個年代的政治社會氛圍，及華族所面對的政治社會的壓抑困境和身份屬性危機。我把他們的整體書寫特色和語言表現，稱為「西化──現代主義」，一般特點是：隱匿主題、高密度的象徵語言、異化的文本氛圍、帶有寓言體的結構、個人內在心理的深沉探索、遮蔽（婉轉表達的）詩人主體屬性和政治現實。

　　無可否認的七〇年代的天狼星詩社對馬華現代文學（尤其是現代詩）的發展貢獻有目共睹，在七〇年代中期詩社邁入鼎盛期之後，再乘勝追擊，詩社上下「全力搞出版，以謀突破」[18]，於一九七六年至一九七九年間，出版了不少詩社成員的個人詩集、現代詩選和現代詩論述。天狼星詩社在短短四年內，共出版十九種書刊，這個出版成績在馬華文壇可謂一項創舉，所出版的五種叢書是《天狼星叢書》、《天狼星叢刊》、《天狼星文庫》、《天狼星文萃》和《天狼星文卷》。其中多部七〇年代重要的詩集、詩選和評論集都是出自這些叢書，如出自《天狼星叢書》的《大馬詩選》（1974）、張樹

---

[18] 這句話是溫任平的夫子自道，語見〈天狼星詩社與馬華現代文學運動〉，江洺輝編：《馬華文學的新解讀》，吉隆坡：馬來西亞留臺聯總，1999，頁153。

林主編的《大馬新銳詩選》（1978）、沈穿心主編的《天狼星詩選》（1979）、溫瑞安的詩集《將軍令》，出自《天狼星文庫》的溫任平詩集《流放是一種傷》（1977），出自《天狼星文萃》的張樹林詩集《易水蕭蕭》（1979）、溫任平詩集《眾生的神》（1979）、藍啟元詩集《橡膠樹的話》（1979），出自《天狼星文卷》的沈穿心評論集《傳統的延伸》（1979）。這些叢書大都有一定的水準，是溫任平及天狼星詩社「以求突破」的一項驕人成績，當然溫任平出版叢書尋求突破的理由並不難理解，透過出版這些現代詩集選集和論述，多管齊下以詩、散文、論述、結社、文學運動，以歷史當事人、見證人的身份發聲，藉此尋求自我經典化，合理化詩人的時代淵源及天狼星詩社運動的文學史位置。溫任平的最終意圖便是建構一套天狼星詩社與馬華現代文學史（詩史）論述淵源的典律，依靠詩社運動所推動實踐的文學建制來攫取文學史位置的目的。[19]

　　七〇年代初溫任平出版的第一部詩集《無弦琴》（檳城：駱駝出版社，1970），現代主義的語言特徵並不彰顯，詩語言更多承襲自浪漫主義的抒情感性，雖然溫任平其時大力提倡馬華現代詩，這些詩作大都是在七〇年代以前寫成發表的。然而當時的沙河、艾文、黑辛藏、飄貝零、謝永就等馬華現代詩人已經寫出具有高密度

---

[19] 黃錦樹在〈選集、全集、大系及其他〉一文中也認為，溫任平發表〈馬華現代文學的意義與未來發展：一個史的回顧和前瞻〉、〈馬華現代文學的幾個重要階段〉、〈馬華當代文學選・總序〉數篇具有文學史性質的文章，孰幾讓他成為馬華現代主義文學史的代言人，具有重／補寫文學史的野心。黃錦樹文見《馬華文學：內在中國、語言與文學史》，吉隆坡：華社資料研究中心，1996，頁 219-223。

現代主義語言的詩作，溫任平既然自許為現代主義者，他要如何領
導天狼星詩社眾弟子書寫現代主義？他的詩集《無弦琴》中所表現
的是抒情感性的浪漫精神，與他推動的現代主義思潮有所差別，是
他實踐與理念的落差，還是另一種馬華版本的現代主義探索？他要
如何為自己的文學信念找到馬華現代精神的定位？鍾怡雯在〈遮蔽
的抒情——論馬華詩歌的浪漫主義傳統〉一文中很敏銳的指出溫任
平對現代主義實踐與理解的落差，認為他師承的是楊牧的抒情和浪
漫精神，並強調說六〇、七〇年代的馬來西亞社會不具備生產現代
主義的土壤和條件，得出結論曰溫任平的現代主義認知最主要是作
為對抗馬華現實主義典律的策略手段。鍾怡雯的這個觀察，乃是以
溫任平在《大馬詩選》的編後記裡頭一番抨擊馬華現實主義作家的
話，作為根據並得出這個推論。[20]以馬華現代主義書寫作為對抗馬
華文學主流的現實主義這番見解，與我在上述論及《大馬詩選》的
觀察雖然不謀而合，但我在這一點上，主要是注意到其時的馬華文
壇現代與現實兩派人馬的論戰交鋒激烈情況，從六〇年代到七〇年
代，未嘗有停歇的片刻，證明馬華現實主義老樹盤根幾十年的主流
地位，如同百足之蟲死而不僵那般的頑固，雖然老態龍鐘但其主導
地位猶在。因此論者謂六〇年代的馬華文學體制是雙中心（現實主
義與現代主義平起平坐），或許不盡確實。[21]如果說溫任平的現代

---

[20] 鍾怡雯：〈遮蔽的抒情——論馬華詩歌的浪漫主義傳統〉，《馬華文學史與浪
漫傳統》，臺北：萬卷樓，2009，頁61-115。

[21] 論說六〇、七〇年代的馬華文學體制處在「現實主義」與「現代主義」同
為主流的雙中心的是張錦忠，見〈典律與馬華文學論述〉，張錦忠：《南洋
論述：馬華文學與文化屬性》，臺北：麥田出版社，2003，頁155。溫任平

主義認知只局限於對現實主義的對抗態度，沒有具體在詩作中落實表現現代主義的時代精神，七〇年代的《無弦琴》、《流放是一種傷》、《眾生的神》三部詩集的語言操作只是承襲自浪漫主義的抒情手法，這番見解雖然有獨到之處，但如果深一層探究，也未必完全正確。我不否認溫任平三部詩集中的抒情浪漫色彩，《無弦琴》中的少作多的是充滿個人的理想浪漫、抒發詩人的心情感傷失落，這些詩作的確不具備高蹈的現代主義精神，要到七〇年代中後期溫任平出版的《流放是一種傷》和《眾生的神》這兩部詩集，才得以窺見溫任平從臺灣現代詩人那裡引進一套中華文化精神的現代感性。

顯然不認同張錦忠這個觀察，他認為「與事實不符」，「一直要到八〇年代，所謂雙中心的系統才出現。」，溫任平文見〈馬華第一首現代詩與典律建構〉，《星洲日報‧星洲廣場》（2008.06.10）。筆者認為如果以馬華文學主流的「主導文化」（dominant culture）角度來看，六〇年代到七〇年代這個時期應該說是現代主義的崛起到塑形期，本來七〇年代中期後的現代文學發展已經具備雛形與現實主義抗衡的動力，動搖現實主義的老樹根基，逐步形成文學體制的雙中心，但是因為七〇年代末天狼星詩社開始邁入沉寂衰退階段，而且很多現代派前驅詩人在這個時期也已經停筆，一般上七〇年代後馬華現代文學整體成績停滯不前，形成馬華現代主義文學運動的後勁不足，文學雙中心或取代中心乃成為未竟之大業。但是說八〇年代才是馬華文學雙中心，也未必確實，因為這個時期大部分七〇年代這一波的現代文學健將都停筆或退出文壇，還在寫的現代詩人也已經轉型，僅保留一些淺顯的現代詩技巧，但語言已換上寫實明朗的新妝（或舊瓶換新酒？），七〇年代強調的現代主義精神幾乎蕩然無存，何來現代派與馬華現實主義平起平坐的局面？而且八〇年代除了一些前輩作家和報館編輯人還在堅持傳統主流的現實主義文學觀念，大多數六字輩以降的年輕詩人作家根本不認同這種老現的文藝理念。或應該說八〇年代是馬華現代主義詩派的語言轉型時期，政治現實的發展、時代的變遷把馬華現代詩人轉向一種融合現代與寫實的現實語言，朝向「寫實兼寫意」的時代抒情感懷。

　　上述提及，溫任平在六〇年代的少作，多的是充滿個人的浪漫抒情，無論是熱情憧憬或感傷失落承襲的是浪漫主義的本質，這個浪漫語言的源頭可追溯自五〇年代「愛國主義詩歌」的遺緒（上引詩人張塵因在五〇年代末、六〇年代初的詩也不跳脫出這個影響），這些詩作後來在一九七〇年結集為《無弦琴》，但在一九六九年白垚、陳瑞獻、李有成、姚拓接編《蕉風》，聯手改革刊物路線，全面落實現代文學，提倡本土化的馬華現代主義文學，推出高蹈現代主義的創作翻譯，星馬兩地曾刊出不少高密度意象語言的現代詩。溫任平在這段時間內文體丕變，時間上應該約在一九七〇、一九七一年期間[22]，《無弦琴》中的抒情浪漫語言退位，轉為具有存在主義形式的象徵語言。證諸他收入在《大馬詩選》中的數首詩作，〈沒有影子的〉的存在主義形式思考、〈舟子詠〉的擺渡人與畸形月光的冷冽異化語境，〈冬廟〉瘂弦式的擬人戲劇手法和敘事語言，這些詩作褪去抒情浪漫的外衣，改用一種象徵隱喻的現代技巧手法來呈現詩語言意境。因此我認為溫任平在這段時間內響應現代主義絕非偶然，他或許早意識到六〇年代的少作《無弦琴》無法彰顯現代主義的色彩，因此嘗試調整詩語言創作手法，從抒情感性的浪漫主義轉向現代主義。溫任平這個具有現代主義語言的書寫意識在七〇年代中期以後面臨另一個轉折。

---

[22] 溫任平在《大馬詩選》的編後記說詩選集在一九七一年就已經編好，後來因為經費的問題幾度輾轉，才得以在一九七四年出版。而溫任平選入《大馬詩選》的六首詩都沒有收錄在一九七〇年出版的詩集《無弦琴》內。根據這個推論，詩選中的詩作應該是在一九七〇年至一九七一年間寫成。

　　鍾怡雯的觀察很正確，溫任平（及天狼星詩社同人）所服膺或認知的「現代主義」文學理念，的確從臺灣的楊牧、余光中及「藍星詩社」等現代詩人那裡得到不少靈感或啟發，是不容否認的事實。但溫任平與臺灣詩壇的關係還遠不只是這樣簡單。一九七三年溫任平赴臺北出席世界詩人大會，與臺灣諸詩人余光中、瘂弦、洛夫、周夢蝶、張默等會面，一九七四年《大馬詩選》出版，同年溫任平擔任臺灣《中外文學》東南亞區代表，一九七五年由溫瑞安、周清嘯編《天狼星詩刊》第一期於臺北印行，一九七七年溫任平散文集《黃皮膚的月亮》由臺北文化事業公司出版，一九七八年溫任平詩集《流放是一種傷》和詩評論集《精緻的鼎》在臺北出版，一九七九年溫任平論文收入臺北張漢良與蕭蕭合編的《現代詩導讀》理論史料部分，一九八〇年由溫任平等合編論述《憤怒的回顧》出版。這段時期是天狼星詩社整體創作與出版活動的鼎盛期，上述事件具體說明了溫任平與臺灣文壇的關係匪淺，跨洋過海到臺北詩壇尋求支援／交流，積極推銷天狼星詩社與馬華現代文學事業，取得了某種程度的成果。但溫任平及天狼星詩社與臺灣文壇（詩壇）的關係，還有一個更為深遠的影響層面。除了尋求臺灣文壇肯定（世界中文文壇的中心相對於來自邊緣地位的馬華文學）和成功在當地出版書刊，另外一個重大影響層面是在溫任平及天狼星詩社成員的詩創作風格上。七〇年代中溫任平與臺灣詩壇的接觸交流，影響了他這個時期的現代詩觀念和書寫風格，一方面他汲汲從臺灣引進「新批評式」的現代詩技巧手法[23]，另一方面也讓他一併承襲了楊

---

[23]　這方面完整呈現在他的詩評論集《精緻的鼎》中的現代詩創作指導賞析上，

牧、余光中、鄭愁予及其他藍星詩社詩人的現代感性和文化理想精
神意境，以余光中為首的臺灣詩人儼然成為他在現代文學創作理念
的精神導師。一般上楊牧、余光中等人的現代感性的精神寄託主要
來自對中國傳統文化和古典詩詞意境的傾慕或懷戀，借用現代文學
的美學技巧來表達個人與時代的憂患意識，詩的語言往往傾向抒情
浪漫或不經意地流露出古典文學的抒情性質，溫任平七〇年代中期
以後的兩部詩集《流放是一種傷》和《眾生的神》，詩集中大部分
詩作都在表現這個現代感性的抒情本質，語言意境往往渲染一種以
屈原為中華文化精神的流放形象和憂患意識。這個以文化中國為書
寫傾訴對象的現代感性和抒情本質，在溫任平身為詩社領導人的指
導影響之下，集體表現在七〇年代中期以後的天狼星詩社成員的創
作上，其中溫瑞安的《山河錄》、黃昏星與周清嘯合集的《兩岸燈
火》、張樹林詩集《易水蕭蕭》、藍啟元的詩集《橡膠樹的話》，以
及為數不少的詩社成員沒有結集的作品中，甚至當時年輕作者如何
啟良的詩集《刻背》（吉隆坡：鼓手出版社，1977），集體陷入這個
文化中國情結和憂患意識的現代感性。黃錦樹對此的敏銳觀察值得
注意，他說：「馬華文學的現代主義透過中國性而帶入文學的現代
感性（雖然還談不上『現代性』）有其不可磨滅的積極意義：細緻
化、提煉了馬華文學的藝術質地，重新以中國文化區（臺灣）的現
代經典為標竿，一洗現實主義的教條腐敗氣，然而卻也在毫無反

也因此得以在七〇年代充斥火藥味的論戰文字和現實主義的泛社會道德化
雜文之外，留下幾部有份量兼具美學價值的臺式新批評的詩評論集：溫任平
的《精緻的鼎》（1978）、沈穿心的《傳統的延伸》（1979）、溫任平的《文
學觀察》（1980）、謝川成的《現代詩詮釋》（1981）。

省、警覺之下讓老中國的龐大鬼影長驅直入,幾致讓古老的粽葉包裹了南國『懦弱的』米,極易淪為古中國文學的感性注釋。」[24]換言之,這個黃錦樹稱謂的「中國性現代主義」,陰差陽錯的讓馬華現代文學融入中華傳統文化的大宗。然而黃錦樹也提醒我們,如此的文學寫作方向在內在邏輯上隱含另一項危機:為大中國所吸納或收編,表面上看是承襲了「傳統中華文化屬性之現代創造」,實際上卻讓馬華現代詩人的主體意識持續流放,永遠處在支流或邊緣化的位置。

我把七〇年代中後期溫任平及天狼星詩社成員的現代詩,書寫具有中華文化精神的現代感性,稱為馬華文學第一波的「中國性——現代主義」。這些現代詩人堅持純粹的中國性,在意識上陷入中國文化傳承,在現代感性的層次上表徵了心理的哀傷憤懣和憂患失落,在詩句中一再召喚屈原的文化精神屬性,在他們的筆下集體表現出一個典型的形象:流放,自我流放,堅持唱著傳統、古老、不合時宜的歌,彷彿承擔了整個文化的血脈。中國性現代主義作品中的「屈原情意結」[25],由溫任平鼓吹實踐開始,到天狼星詩社成員追隨落實於詩創作上,這種現象隱隱成為七〇年代後期一股寫詩的風氣,詩人一提起筆就馬上想到屈原、端午、龍舟、粽子,可謂把屈原的身價推到最高潮。[26]

---

[24] 黃錦樹:〈中國性與表演性:論馬華文學與文化的限度〉,收入陳大為等編《赤道回聲:馬華文學讀本 II》,臺北:萬卷樓,2004,頁 66。

[25] 這個詞語參見謝川成的詩評論集《現代詩詮釋》,美羅:天狼星詩社,1981,頁 94-111。

[26] 八〇年代後期的馬來西亞爆發另一場政治風波,嚴重衝擊華人社會在政經

　　除了上述溫任平主編的《大馬詩選》出版於七〇年代初，另外叢書中的《天狼星詩選》和《大馬新銳詩選》兩部現代詩選集出版於七〇年代後期，前後三部詩選給後人留存了七〇年代馬華現代詩人中最好的作品，於馬華文學史和典律建構的角度來看可謂彌足珍貴。但是這三部詩選的存檔，卻也不經意地見證了七〇年代馬華現代派詩人興衰起落的時代性質。今天我們回顧《大馬詩選》中的廿七位現代詩人，從一九七四年到七〇年代末短短數年的時間內，有超過一半的人數處在熄火停工，退出詩壇的狀況。這些現代主義的前驅詩人或現代詩的扛鼎人物，在七〇年代末半數由《大馬新銳詩選》中的另一批年輕詩人所填補取代。情況更加嚴重的是，很多入選《大馬新銳詩選》與《天狼星詩選》中的現代詩人，整體表現在八〇年代無甚可觀，尤其是天狼星詩社成員的詩作，一九七九年出版書刊的高峰過後，邁入八〇年代隨著詩社活動進入沉滯期，詩社領導人如溫任平、張樹林、藍啟元在這個時期顯得意興闌珊，停筆掉隊的大有人在。詩社成員面對領導出現真空的情形下，他們整體的詩作成績根本無法突破七〇年代天狼星的水準，連最起碼的保持水準都很難達到。在大勢所趨之下，八〇年代的天狼星詩社雖然還沒有解散，但是已經名存實亡。影響所及，連同為數不少的馬華現代派前驅詩人在七〇年代末退出詩壇，這個時期可說是馬華現代主

文教各方面的權益，這個時期很多馬華詩人競相描寫屈原，企圖通過謳歌屈原來喚醒華族的傳統文化意識，一時之間書寫屈原和抒發「屈原情意結」成為詩界主流。我把這個時期的現代詩稱為第二波的「中國性──現代主義」，以便區別於七〇年代的馬華中國性現代主義。第二波「中國性──現代主義」詳見現代詩史第三期。

義的消沉期，欲振乏力。從七〇年代前期的鼎盛期，馬華現代主義詩派發展到七〇年代後期的強弩之末，無論是高度象徵語言的「西化──現代主義」詩人群（艾文、沙河、周喚、黑辛藏、李木香），或是以中華文化融鑄現代感性的「中國性──現代主義」天狼諸子（溫任平、張樹林、黃昏星、藍啟元），他們的創作呈飽和狀態後開始從高峰滑落，整體走向已經回天乏術了。另一方面馬華留臺的現代詩人如陳慧樺、王潤華、淡瑩、林綠等在異鄉都各有不同際遇，隨著時空的變遷，他們跟在地的馬華詩壇也漸行漸遠了。

第三節　從轉型到轉向（1980～1990）

　　六〇年代的前驅現代詩人及七〇年代的天狼星詩社重要成員，在七〇年代末期即已紛紛停筆。雖然天狼星詩社在八〇年代還有零星的活動，但以詩作的質量兩方面來說，整體成績大不如前，而且詩社重要成員和扛鼎人物如溫任平、張樹林、藍啟元等人這個時期對詩社活動顯得意興闌珊，八〇年代過後即交棒給年輕一代的謝川成、林若隱、程可欣等人。除了天狼星詩社成員，七〇年代後期有不少年輕詩人冒起，這些詩人無論是在意象或語言的運作皆可看出變的跡象，其中最具有代表性的是沙禽、子凡、張瑞星、左手人、葉嘯等，儘管他們之間的詩風格不盡相同，但這些年輕詩人有一個共同點，他們的詩揚棄了現代主義過度注重意象經營的書寫模式，專注在詩技巧表現與現實（社會）感的融合，採取一種對現代

主義和現實主義兼收並蓄的語言轉化運作，為往後八〇年代的馬華詩壇引出另一條可行的道路。

　　八〇年代的馬華詩壇，現代詩與寫實詩開始滲透匯流，上述經過馬華現代主義洗禮或經歷過現代詩語言技巧表現頂峰期的年輕詩人，除了注重詩作技巧，也對現實素材和社會體驗多所著墨，因此調整了七〇年代現代詩語言的隱晦緊繃氛圍，舒緩了詩的意象表現。基本上他們深諳馬華現代主義的書寫模式已經定型，因此唯有另行思考出路，在詩語言運作上求新求變，融合現代與現實是其中一個有效解決詩藝困境的方法，即可在技巧上改變一個嶄新的語言形式，又可落實詩歌與現實辯證對話的生活化形象。值得注意的是，馬華現代主義的前行代詩人艾文，這個時期詩風大變，面對寫詩的同行與同輩的現代詩人紛紛停筆，以及後起年輕一代詩作者的語言調整，他在八〇年代的詩語言也經歷了轉型，保留一些現代詩的基本語言技巧，改用較明朗淺白的寫實手法來書寫現實，抒發對現實社會的意見感受。

　　八〇年代馬華詩人以現代語言與現實關懷求取藝術平衡的書寫特色，可以用留臺學者（也是六〇年代馬華的現代派詩人）陳慧樺一篇論文的題目來概括：「寫實兼寫意」。陳慧樺以「寫實兼寫意」的整體文學風格來形容八〇年代馬新留臺作家，尤其是馬華留臺小說家和詩人的作品語言特色。他給這些文學作品下了一個簡單的定義：「在我們研讀馬華小說家潘貴昌和商晚筠的小說、詩人陳強華和傅承得等的詩，我們就會發覺，他們都很關懷現實生活，他們都或直接或夢幻地對周遭的事物作了反映，但是，他們也能在抒發情

懷、營造情節時，做到蘇俄形構主義者所主張的異化，以新穎的處理方式引人進入更高的境界。我們在討論新華作家王潤華和淡瑩的詩時會發覺，他們是所謂歷經現代主義、後現代主義的詩人，但在他們的近期作品中，他們卻已從晦澀、浮泛以及喧嘩中走向寫意的寧靜。」[27]雖說陳慧樺此文的論述對象是馬華留臺詩人和作家，但我認為他的看法很有說服力地指出了八〇年代馬華現代詩人普遍的作品特色，即在抒發情懷關懷現實生活的同時，也能做到文學技巧手法的陌生化，這種書寫現象並不只是表現在馬華留臺詩人如傅承得、陳強華、王祖安的詩作上，也包括馬華本地詩人沙禽、黃遠雄、林若隱、游川等人的詩。

陳慧樺論文中論及的馬華留臺詩人傅承得、陳強華和王祖安，這三位詩人都曾在八〇年代初留學臺灣，也先後在八〇年代中期畢業後回馬，在臺灣求學時就已經積極寫詩，出版文學書刊，三人也得過歷屆的旅臺大馬現代文學獎詩首獎。傅承得在留臺期間出版一部詩集《哭城傳奇》（臺北：大馬新聞社，1984），一九八八年出版第二部詩集《趕在風雨之前》（吉隆坡：十方出版社，1988），陳慧樺說傅承得是一個關心社會、政治和文化傳承的詩人，常常把他的所見所聞在詩裡表達出來。[28]陳強華在七〇年代末高中時期即出版第一部個人詩集《煙雨月》（檳城：棕櫚出版社，1979），八〇年代初留臺期間出版第二部詩集《化裝舞會》（臺北：大馬新聞社，

---

[27] 陳慧樺：〈寫實兼寫意：馬新留臺作家初論（上）〉，見《蕉風》419 期（1988.10），頁 3。
[28] 陳慧樺：〈寫實兼寫意：馬新留臺作家初論（上）〉，見《蕉風》419 期（1988.10），頁 9。

1984），一九八四年回到馬來西亞以後詩作表現更為成熟凝練，八
〇年代末發表重要詩作〈那年我回到馬來西亞〉，陳強華後來把八
〇年代後期所發表的詩作結集成《那年我回到馬來西亞》（新山：
彩虹出版社，1998），這部詩集是九〇年代馬華文學重要的詩集之
一。[29]陳慧樺說陳強華是一個經過現代甚至後現代主義洗禮的詩
人，他的詩不僅寫實，而且兼具寫意之功。[30]三人中沒有出版過詩
集的王祖安在一九八六年返馬後，詩作立即沾染上當地的色彩，結
合各種現代技巧，從寫實進入到寫意的情境。其中傅承得和陳強華
在八〇年代後期的馬華詩壇上扮演了相當重要的角色。傅承得書寫
政治抒情詩，在八〇年代末與游川舉辦「動地吟」現代詩巡迴朗唱
運動，受到馬華文學界普遍熱烈的響應和支持，關於這件八〇年代
後期的詩壇盛事，下文再述。陳強華則在檳城的大山腳創辦「魔鬼
俱樂部」詩社，編《金石詩刊》，發掘了不少優秀的新生代詩人。

　　我們發現到，這個時期的馬華詩人都積極在詩裡書寫社會，探
討政治現象，議論時事，無論是剛從臺灣回馬的詩人王祖安、傅承
得和陳強華，或是本地的詩人艾文、游川、方昂、黃遠雄等，對現
實社會的關注與抒發自我心靈的強烈感受，透過詩語言的「寫實兼
寫意」表現出來。要探討馬華現代詩人這個詩語言的轉型，首先要
注意八〇年代這個時期的政治時空的變遷。八〇年代的馬來西亞政

---

[29] 有關陳強華在九〇年代出版的詩集，詳見我的論文〈陳強華論：後現代感
　　性與田園模式再現〉，陳大為等編：《赤道回聲：馬華文學讀本 II》，臺北：
　　萬卷樓出版社，2004，頁 493-511。

[30] 陳慧樺：〈寫實兼寫意：馬新留臺作家初論（上）〉，見《蕉風》419 期
　　（1988.10），頁 9。

治時空，通過種種法令政策的推行、有形無形的體制監督，讓當權體制的種族政治開展得更形嚴密，尤其是華人社會的政經文教課題，處在一種遭受壓制悶氣的時局當中，華文教育與華人文化的發展困境是這個時期最令華社關心憂慮的重大課題。華社團體會館組織多次向政府提出訴求，結果往往無濟於事，要求公平對待各族人民的呼聲一再遭到漠視，寫作人普遍感到極度壓抑無力，對政治局勢的無奈、時代的風雨飄搖都表現在書寫中。面對這個局面，這個時期無論是本地或留臺後回國的馬華詩人往往採取一種直抒胸臆、剖白寫意的筆法，語言文字充滿了感時憂國的憂患意識，而表現在對國家政策上的評議針砭，則詩語言往往流於好發議論。基本上八〇年代的馬華詩人是透過「寫實兼寫意」的表現手法來呈現那個時代的政治局勢和心情苦悶。

上述陳慧樺論文的脈絡，即是八〇年代末（1986～1989）的馬來西亞社會所發生的政治傾斜和行政偏差事件，嚴重衝擊華人的政經文教各領域，華人社會普遍上都有強烈的不滿憤怒，在種種政治結構壓力下華人被迫思考回應，後來演變成一連串的政治抗議事件。一九八七年期間，以執政黨為首的巫統爆發黨爭，過後馬來西亞首相馬哈迪對華人的抗議政治轉趨強硬的態度，最後下重手援引內部安全法令，展開政治大逮捕，史稱「茅草行動」，時間是一九八七年十月廿七日，共百多位政治人物和華團領袖被強制扣留，令華人社會領導者一時出現真空的局面，華人的抗議政治也在這個政治事件發生後的八〇年代末結束。[31]在一九八七至一九八九年底這

---

[31] 有關馬來西亞八〇年代華人政治演變中的憂患意識與抗議政治，精彩的分

段時期，馬華詩人面對政治動盪和文化身份危機，產生一股強烈的感時憂國與文化憂患意識，馬華文學湧現了很多感時憂國與文化存亡意識的詩作，如游川、傅承得、辛吟松、黃遠雄、小曼、方昂、田思、何乃健、陳強華等詩人都在詩作中，對這個政治事件作出深切的響應，高度表達了詩人們對政治暴力和政策偏差的失望憤怒、痛心疾首。其中傅承得和游川是書寫這個政治局勢危機意識的佼佼者，感時憂國和文化憂患意識是這些詩作的重心，在這方面表現最出色，最具有時代意義的圓熟之作，乃是詩人傅承得的政治抒情詩集《趕在風雨之前》，可稱得上是八〇年代馬華文學最重要的詩集，透過詩人對一九八七年的政治風暴和華社困境的感懷抒發，深刻表達出那段時間內馬來西亞華人普遍上的憂患失落和沮喪心境。八〇年代馬華現代詩從寫實兼寫意的社會關懷，到八〇年代末傅承得的政治抒情詩集，以及眾詩人面對風雨飄搖之中的華人文化的失落憂慮，以感時憂國詩的集體書寫來表達他們對政治現實與時代語境的心情感受。八〇年代後期馬華現代詩人所出版的重要詩集，除了傅承得的《趕在風雨之前》，書寫這段時期的政治社會現象和文化憂患意識的其他詩集有游川的《蓬萊米飯中國茶》（吉隆坡：紫藤出版，1989）和謝川成的《夜觀星象》（1989）。

　　一九八八年到一九九〇年，傅承得和游川發起「聲音的演出」、「動地吟」和「肝膽行」現代詩巡迴朗唱運動，這些現代詩朗誦演

析見潘永強〈抗議與順從：馬哈迪時代的馬來西亞華人政治〉，何國忠編：《百年回眸：馬華社會與政治》，吉隆坡：華社研究中心，2005，頁203-232。論者以為這是巫統有意轉移黨爭焦點，以逮捕政治異議人士、華團領域、知識分子來乘機解困的策略。

出巡迴活動，乃是八〇年代末、九〇年代初馬華文壇一大盛事。由
於這一系列活動有著明確的宗旨，主辦與協辦者多是各地的主要華
團或文教組織，參與朗誦的詩人頗眾，觀眾的反應也非常熱烈，給
文化界帶來了不少的衝擊。這個文學運動得到不少詩人的助陣和響
應，如小曼、方昂、辛金順、林幸謙、何乃健、田思等。[32]

　　八〇年代末期，詩人面對現實政治困境、文化存亡危機、國家
身份定位等思辯，他們往往借用中國性的傳統文化象徵符碼（包括
中華文化傳統習俗、時節慶典儀式、中國古典文學典籍），在詩中
極致表達出對中華文化母體的渴望和懷戀，或對傳統文化的傾慕和
沉溺，其中書寫屈原的忠君愛國、憂患失意的形象再度成為這時期
馬華詩人的叙述或傾訴的對象，《星洲日報》甚至為此而舉辦以屈
原和端午節為主題的詩歌創作全國大賽，許多成名詩人紛紛響應這
項比賽，詩人方昂更在這場比賽中拿下首獎。同一個時期，馬來西
亞大專院校的年輕寫作者如林幸謙、辛金順、莊松華等人也亦步亦
趨，他們的詩不脫這個書寫模式的巢臼。我把八〇年代末期這個
馬華現代詩書寫現象，視為馬華文學的第二波「中國性──現代主
義」。基本上這個中華文化情結或文化中國的沉溺跟七〇年代天狼
星詩社同人自我流放或邊緣化的「中國性──現代主義」書寫模
式，並沒有太大的不同。相比於七〇年代第一波由天狼星詩社實踐

---

[32] 關於「動地吟」詩歌朗誦演出始末、參與活動和發表詩作的馬華詩人的身
　　份認同，精彩的分析可參見林春美、張永修：〈從「動地吟」看馬華詩人的
　　身份認同〉，黃萬華、戴小華編：《全球語境‧多元對話‧馬華文學：第二
　　屆馬華文學國際學術會議論文集》，濟南：山東文藝出版社，2004，頁 64-78。

的「中國性——現代主義」，這個時期的「中國性——現代主義」
更滲入了華社政治困境所形成的憂患意識的集體象徵。這個「中國
性——現代主義」的書寫模式，延續到九○年代的馬華文學。[33]八
○年代馬華詩人面對國家政治與社會文化的風雨飄搖，詩語言走
「寫實兼寫意」的路線，力求在現代與寫實的語言運作中轉化融
會，總體來說他們的詩作頗能夠表現出那個時期的政治社會語境與
詩人的存在認同。八○年代末的詩人面對文化身份失落，或遭受侵
蝕的焦慮感受，藉華族傳統文化和古典文學典故，來刻劃自身的認
同危機，造成「中國性——現代主義」的文化幽魂不請自來。這個
「中國性——現代主義」的幽魂一般表現在詩中充滿中國文化憂患
意識的語言氛圍，或者充斥古典抒情意境的思古之幽情。「中國性
——現代主義」的幽靈在這一時期的借屍還魂，導致馬華在地性／
中國性書寫的關懷思辨陷入一團模糊曖昧的情境。這些現象在八○
年代末到九○年代前期的馬華現代詩中成為一種普遍性，是很吊詭
的事，究其實是詩人過度沉溺於文化中國，而忽略主體的歷史具體
性，一種本末倒置文化本位的結果，其中歷史現實與文學演化的錯
位，讓「中國性」的文化幽魂得以入侵／回返詩人主體性，而無意
間開展了這一切。

---

[33] 這個書寫現象可參考一九九三年出版的一部詩合集《馬華七家詩選》，吉隆
坡：千秋出版社，1993，七位詩人中的五位（傅承得、游川、方昂、田思、
何乃健）即是書寫感時憂國詩的健將，其中三人（游川、方昂、何乃健）
都在選入的詩裡書寫屈原和端午的中華文化精神。

　　八〇年代後期，臺灣畢業後返馬的陳強華和王祖安寫了一系列後現代詩觀念的「後設詩」。這個時期的《蕉風》月刊和年輕作者的文學刊物《椰子屋》、《青梳小站》開始引介後現代主義，介紹一些西方後現代或後結構理論大師（詹明信、李毆塔、哈山、羅蘭巴特、克莉斯蒂娃）和臺灣的後現代詩人（夏宇、陳克華、林燿德、林羣盛），後現代風格的詩作開始在馬華詩壇登場，受到不少年輕詩作者的仿習和追捧。有別於現代主義和現實主義的結構語言，後現代主義無論在詩的形式、思想、表現、語言各方面都有翻新出奇的成績，重新檢討了文學和現實之間的虛實關係。八〇年代末馬華年輕詩人的後現代語言傾向，以林若隱、呂育陶、蘇旗華、翁華強發表在《蕉風》和《椰子屋》上的詩作最為可觀。林若隱在八〇年代末的詩作，敘述模式的平面化語言，解構分離的題材和語言情境，蘇旗華的拼貼式語言手法，字體無規則的變化，翁華強對現實與童話的精神分裂包容放縱，呂育陶對都市科幻題材的書寫，以及對文本政治解構意圖的高度興趣，為邁入九〇年代的馬華詩壇帶來一股新興的聲音和姿態，最終在九〇年代造成馬華現代詩語言的轉向，我們翻開陳大為編的《馬華當代詩選1990-1994》（臺北：文史哲出版社，1995）中所選錄的詩作，發現這段時期有為數不少入選的詩作具備後現代觀念的語言形式。

　　八〇年代末的馬華現代詩，有兩個不同書寫模式的詩路齊頭並進，一個是現代主義（詩）語言的轉型，由現代詩人對時代政局演變所興起的感時憂國與「中國性——現代主義」的糾纏關係，形成詩人憂患意識的集體表徵。另一個是後現代語言觀念的轉向，由一

些八〇年代後期崛起的年輕詩人所熱衷書寫的後現代風格詩作。這兩股潮流在進入九〇年代以後的馬華詩壇，都各有發展和局限。八〇年代末、九〇年代初高漲的第二波「中國性——現代主義」，在九〇年代中期以後面臨衰退的命運，這個時期的傅承得和游川幾乎沒有發表詩作，進入熄火停工的階段。九〇年代的馬華新生代詩人，以嶄新的書寫方式表現生活體驗和時代感受，成功將後現代觀念融入現代城市和政治現實，將馬華現代詩的語言從感時憂國的時代苦悶，轉向後現代的環球都市精神與後殖民主體對政治身份的探索面向。

結　語

本章透過三個階段的馬華現代詩史述，探討二十世紀五〇年代至九〇年代的馬來西亞華文現代主義詩派的文學史脈絡。時間上定於一九五七年到一九九〇年，取其關鍵性年份的時代意義，大過表面上的起點和終點的意義。一九五七年乃是馬來亞獨立建國的重要年份，一九五九年是白垚第一首馬華現代詩發表的爭議性年份，以一九五七年作為「起點」，並不意味著不認同一九五九年是馬華現代詩崛起的關鍵性年份，也不意味著馬華文學在這之前沒有「現代主義」的詩作，畢竟白垚當年即已將馬華現代詩的出現追溯到一九五八年《學生周報》內所刊登的一首詩。而在戰前和戰後的馬華文壇，很多文學作品和文獻資料至今已流失不見，雖然方修編的《馬

華新文學大系》（1913～1942）和李廷輝編的《新馬華文文學大系》
（1945～1965）保存了大量早期的馬華文學作品，但有多少現代
主義色彩的作品在他們現實主義及左翼文學史觀的編纂視野掃瞄
下被淘汰出局？是很令人懷疑的。本文立基於五〇年代末對馬華
現代詩史的重要性，對學界有人指出馬華現代詩或出現更早的說
法感到興趣，因此也把四〇、五〇年代的馬華詩界潮流納入論述
範圍，一併加以檢視思考這段時期詩壇的動向，如何醞釀馬華現
代詩的可能。

　　天狼星詩社及其領導人溫任平在七〇年代的馬華現代詩史上
扮演了舉足輕重的角色，是不可否認的事實，雖然他們整體的詩風
較接近抒情浪漫的本質，並不具備「高度現代主義」（high
modernism）的語言色彩，而他們從臺灣借來的現代詩理論與創作
技巧，採取典律建構來自我經典化的做法，有待更進一步的釐清。
本文因此以較大的篇幅來探討這段時期的馬華現代詩。八〇年代詩
人書寫的「寫實兼寫意」，是現代詩技巧與現實社會意識的融合滲
透，但是這些詩技巧主要還是承襲自七〇年代天狼星的現代詩創作
手法，因此本文視為馬華現代詩的語言轉型，八〇年代末「中國性
——現代主義」是寫實兼寫意、感時憂國書寫的極致展現。「中國
性——現代主義」重演了七〇年代天狼星詩社的自我流放，沉溺於
一套中華文化象徵符碼，這個文化幽魂的捲土重來讓人看到馬華
現代主義書寫的（自我）局限，還框限（陷）在一套既有的文化
認知模式和意識形態當中，遠未觸及馬華詩人的存在歷史具體性
的面向。

　　上述八〇年代末的政治風暴所引起詩界廣泛的效應和影響，表現在詩中的感時憂國和中國性的相結合，書寫意猶未盡，還要以「動地吟」的朗誦方式來傳達心中的悲痛鬱結。當這些詩人在高歌感時憂國和興起思古（文化）之幽情，另一邊廂的馬華新生代詩人却已悄悄轉向後現代的書寫觀念和語言形式。九〇年代以降的馬華現代詩，呈現更具靈活性、多元化的格局面貌，已經不是一句「現代主義」所能涵蓋，因此本文以一九九〇年代作為馬華現代主義詩派的結束，標示新世紀裡一個嶄新多元的當代馬華詩歌風貌的到來。

第二章
文學體制與六○年代馬華現代主義

緣起　文學作為一種現代社會體制

　　臺灣學者陳芳明在〈臺灣現代文學與五○年代自由主義傳統的關係——以《文學雜誌》為中心〉一文中說：「對照於西方自由主義與現代主義的發展條件，五○年代的臺灣社會並沒有提供較好的環境可供這兩種思潮孕育、釀造並擴張。在極端保守主義的反共時期，臺灣社會並未產生強有力的中產階級，相反的，在那段經濟蕭條的艱困年代，國民政府實施的戒嚴體制對於知識份子的思想自由構成了嚴酷的挑戰。當臺灣社會的工業化與都會化尚未蔚為風氣之前，現代主義並沒有任何根據地可尋，而自由主義也並沒有強勢的資本主義力量在背後支撐。從事實的發展來看，自由主義與現代主義同時出現於當時蒼白的臺灣可能是一次歷史的偶然，也可能是歷史的誤會。但是，正因為有偶然與誤會的因素之產生，竟然開啟了戰後臺灣文學的豐富想像。」[1]文中主要在探討五○年代的臺灣文學現代

---

[1]　陳芳明：《後殖民臺灣：文學史論及其周邊》，臺北：麥田出版社，2002，頁 174。

主義流派如何與政治信念上的自由主義思潮形成一股微妙的匯流演變關係。引文中強調五○年代的臺灣社會極端保守主義、經濟蕭條的艱困年代、戒嚴體制、沒有強勢的資本主義等社會現象，正是要通過一種文化體制的閱讀方法學，把臺灣現代主義文學的出現，放置在臺灣當年的特殊政治現實和歷史時空來考察。陳芳明的論文給我很大的啟發，它讓我思考於五○年代末期崛起的馬華現代主義文學，透過當時的文學體制、政治情境和文化結構來重新探討和定位這個時期的文學生態的存在意義。我在其中發現到陳芳明對臺灣五○年代現代主義文學的起源演變的考察分析，很可以用來看待五○年代末期崛起的馬華現代主義文學，兩者相比之下具有某些共同點可作比較，雖然兩者在歷史層面和現實體制上來說是完全不同的。

這本書試圖採取一個從「文學作為一種現代社會體制」的角度來分析五○年代末期崛起的馬華現代主義文學（主要具體探討馬華現代詩的時代語境與文本特徵）在馬來西亞（華人社會）政治結構／文化結構中的位置、以及馬華文學生態（literary culture）中建構／重構文學史意義的一些初步看法。這個觀察和探討是在一個比較大的預設前提下來進行，即是一九五七年馬來（西）亞獨立建國以後國家政治主導下的文化生態結構中，馬華文學作為馬來西亞華人社會其中一個文化生態管道裡，扮演了一個格外重要、但是處境顯得曖昧不明的角色。說得清楚一點，馬來西亞在五○年代末期、六○年代以後的政治統御，國家文化透過官方制定的文化教育法令，建構出一種政治化種族化語言文化問題策略的「主導文化」（dominant culture），把馬來西亞華族用中文書寫的「馬華文學」

排除在國家文學主流體制之外，令它自生自滅。馬華文學傳統主流的現實主義觀念受到這個國家主導文化政策的制約干預，其文藝品味取向的特殊導引和侷限之下，形成特定框架的樹立——呈現整體文學表現上的保守、封閉、僵化、道德教化的特性。今天我們回頭觀察分析這段時期以後的馬華現實主義文學作品的侷限和不足之處時，可以充分體認到文化體制與政治統御對馬華文學的滲透性和（自我）設限的程度是如此地深透強大。因此，以這樣一個文學體制為立足點來探討，六〇年代馬華現代主義文學面對國家文化的主導文化政策與馬華文學傳統所認可的表達模式創作指標，形成這些現代主義作家書寫的一個主要「參考框架」（reference frame），他們採取不同的態度和反應方式來提出應對的策略，在集體的意義上於馬華文學史和美學品味兩方面來說，可謂深具意義。

第一節　文學體制與馬華現代主義

　　馬華現代主義文學究竟是在什麼樣的文化脈絡中產生的？要如何看待和重新評估這段時期的馬華文學？它在馬華文學史的位置（position）上扮演了一個什麼樣的角色？這些問題是我近年來熱衷於思考的一個文學課題，以往的文學史書寫常常把這段時期視作馬華年輕作者在馬華現實主義主流之外的一個選擇，他們的作品在整體程度上是不成熟的，或說成是馬華現代主義作品的萌芽時期，這些說法基本上來說好像也沒有什麼不對，但是對於馬華現代

主義文學的發展乃至馬華文學史的定位意義方面，並沒有提供我們一個可以切入文學史流變和文化體制結構互動牽制的張力關係。我想最主要的原因是以往的馬華文學研究文獻較偏重文學研究的「實質性思考」（substantial thinking），從事論述的焦點都擺在馬華現代主義作家與作品的語言形式、藝術取向和作品主題特色的形塑，卻忽略了文學研究的「關係性思考」（relational thinking），意即作家與作品所身處的複雜文化／文學場域結構的事實。對文學作品的研究偏向「實質性思考」，可能會造成這個階段的文學表現在文學史的特殊位置和意義無法彰顯，甚至採取嚴格的現代主義菁英美學標準來衡量，使到它處處顯得侷限、無甚可觀而容易遭受忽視。

　　為了說明馬華現代主義文學崛起的歷史脈絡，溫任平的〈馬華現代文學的意義和未來發展：一個史的回顧與前瞻〉是我瞭解馬來西亞獨立建國後馬華現代文學發展走向的基礎，所以在這裡多費些筆墨來說明。這篇論文開宗明義的為馬華現代主義文學（史）尋求定位，詳細的探討馬華現代文學的起源、馬華現代文學在馬華文學史上的意義、馬華現代文學各種文類的發展成績以及未來的路向，讓讀者對五〇年代末期以後的馬華現代文學有一個完整清晰的認識。其論述視角多偏向於解釋文學發展和作家作品的美學特徵，基本上不脫文學研究的「實質性思考」範疇來分析這個時期的文學現象。

　　溫任平的論文指出，馬華現代文學大約崛起於一九五九年。[2]跨入六〇年代，馬華現代詩在作家群中形成一股潮流，帶動其他文類

2　溫任平：《文學‧教育‧文化》，美羅：天狼星詩社，1986，頁2。

開始歷史性的變革，形成馬華文學的現代主義文學運動。溫任平甚至指出，被稱為馬華第一首現代詩的作者白垚，詩作的意念或靈感可能源自當時臺灣的現代詩，因為白垚在五○年代留學臺灣唸歷史系，對文學的興趣加上他對歷史的認識，使他肯定現代詩以至現代文學乃是馬華文學發展一定會跨入的階段。[3]言下之意把白垚的詩作與臺灣的現代詩掛鉤，說成是馬華現代主義文學的濫觴年代的明證。我在這裡暫時不想評論溫任平及他的同時代人利用文學史論述淵源來攫取位置（position-taking）及自我經典化的策略。[4]這些將留待下面討論威廉斯的文化理論時才深入的作出分析，我比較有興趣的是把馬華現代文學的崛起說成受到臺灣現代文學的影響散播這樣的一個歷史事實。這就回到前面陳芳明對臺灣現代主義的論述分析，陳芳明的前引文中指出五○年代的臺灣社會或國家體制並沒有提供強有力的現實條件來孕育現代主義，對照於西方現代主義的外在現實條件，同樣的五○年代末期、六○年代的馬來西亞國家剛獨立建國，社會建制有待透過政策法令的修改執行來行使鞏固穩

---

[3] 《文學‧教育‧文化》，頁 3。

[4] 當事人的回顧可參考溫任平〈天狼星詩社與馬華現代文學運動〉，江洺輝編：《馬華文學的新解讀》，吉隆坡：馬來西亞留臺聯總，1999，頁 153-176。馬華文學工作者馬崙在〈馬華新文學的脈絡〉一文中引用溫任平在《憤怒的回顧》中將馬華現代文學分為四個階段的看法：一、探索時期（1959-1964）、二、奠基時期（1965-1969）、三、塑形時期（1970-1974）、四、懷疑時期（1975-1979），並以肯定的語氣說「打開另一個嶄新的局面」，見《馬華文學之窗》，新加坡：新亞出版社，1997，頁 14。證諸《大馬詩選》出版於一九七四年，而天狼星詩社創立於一九七二年，溫任平認為一九七三、七四年是詩社的鼎盛期，顯然溫任平藉文字論述與詩社運動欲建構馬華現代文學史的意圖是很明顯的。相關論點見本書第一章。

定,整體上來說當時的馬來西亞完全沒有現實條件如言論自由開放的社會空間、發展蓬勃的資本主義和中產階級,來支援這個西方世界特有的思潮產物,然則現代主義文學觀又是如何在這樣荒蕪的現實條件之下崛起而終於在六〇年代的馬華文學蔚為一股潮流呢?馬華文學作者群引介和翻譯西方現代主義理論到馬華文壇又是出於怎樣的一種動機?而現代主義從西方到臺灣到馬華文壇的輾轉旅行和落地生根可是另一個歷史發展的偶然與誤會?

　　臺灣現代主義文學的崛起是因為對國家威權體制的抗衡和追求人性的解放,相對於當時充斥臺灣文學的反共教條作品和國家威權體制的意識形態控制,馬華文學的現代主義要抗議反動的卻是盤踞文壇數十年之久形成主流文學的現實主義文學觀。溫任平的論文指出,馬華現實主義在長久形成主流文學的情勢之下,顯得老大疲弱,過於粗糙的文學表現形式已經不能滿足作家的審美要求,還有普遍上空泛的口號和皮相的描繪使到不少勇於嘗試創新的作者感到不耐和厭惡。[5]潘碧華在〈取經的故事——馬華文壇與外來影響(1950-1969)〉也說:「五十年代末,新馬文學一邊向香港文壇接收來自五四時代的寫實主義的精神,一邊也伸手迎接盛行於港臺的現代主義文學的到來。保守的馬華文壇加入了新鮮、充滿活力的現代文學元素,為七十、八十年代的新馬文壇展開百花齊放的盛況作出了良好開端。」[6]潘碧華的措詞比較溫和,但本質上與溫任平對

5　溫任平編:《馬華當代文學選》,吉隆坡:大馬華人文化協會,1985,頁 3-4。
6　潘碧華:〈取經的故事——馬華文壇與外來影響(1950-1969)〉,何國忠編:《社會變遷與文化詮釋》,吉隆坡:華社研究中心,2002,頁 287。

馬華現實主義的文學表現的看法差別不遠。由於主導馬華文學主流
文藝觀念的現實主義源自中國五四新文學，因此馬華文學的傳統文
史家和研究學者常以一九一九年為馬華新文學的濫觴，中國新文學
主流的現實主義或社會寫實主義思潮和所提倡的創作口號，都在戰
前的馬華文壇得到很大的回響。[7]我們在這些馬華文學史家的文學
史視界裡看到現實主義觀念是如何巨大的支配五〇年代以前的馬
華文學格局，現實主義是（戰前）馬華文學文藝的主流，成為馬華
文學一個不辯自明的普遍認知。[8]這個文學體制裡的「主導文化」
在一九五〇年代末期遭遇崛起的馬華現代主義的衝擊和挑戰。

---

[7]　《社會變遷與文化詮釋》，頁 287。

[8]　自從馬華文學史家方修在六〇年代以來出版《馬華文學史稿》、《馬華新文
學大系》、《新馬文學史論集》等專書，方修儼然成為馬華文學史整理與書
寫的第一人，而方修奉行的現實主義文學觀充分展現在他的文學史論稿和
作品選集之中，在近期的一篇訪問稿中方修猶自堅持：「戰前，現實主義是
主流。其他主義的作品微乎其微。」、「我是提倡現實主義精神的，不管那
個作品是以什麼手法來表達，只要能反映現實主義精神的作品——它可以
讓你看出一個時代的側影，並且關心人民關心生活關心社會——那就是好
作品。」，張永修專訪〈馬華文學史整理第一人〉，《南洋商報・南洋文藝》
（1999.10.09）。在這些文學史家的影響建構之下，現實主義文學成為馬華
文學界傳統大敘述（master narrative）中的主流文學，似乎是一件不辯自明
的事實，後來的研究學者大都採納和沿襲這套傳統公認的看法。唯一的例
外是張錦忠，他說：「說現實主義文學是馬華文壇或馬華文學傳統的『正統』
或『主流』，其實只是部分真理。嚴格說來，什麼是『馬華文壇』或『馬華
文學系統』還有待釐清。……把『現實主義』當做一張大傘，以之籠罩現
代風格外的一切馬華書寫，顯然問題重重。更何況，『正統』或『主流』，
往往是一種排他性的建構。」，張永修專訪〈馬華文學與現代主義〉，《南洋
商報・南洋文藝》（1999.10.19）。把這兩篇訪問稿並讀，發現到有很多地方
可以提供不同方向的思考，其中也反映了歷史本質論與話語建構的基本立
場，以及隨之相應的文學品味與經典建構，顯然有扞格不入之處。

　　在這裡威廉斯（Raymond Williams）對社會中同時存在的三種不同文化的非單一性觀點可以用來檢視這段時期的馬華文學生態。威廉斯把文化生態分為「主導的」（dominant）、「剩餘的」（residual）和「崛起的」（emergent）三種，剩餘的和崛起的文化固然沒有主導的文化強大，因而時常受到主導文化的支配，但它們的存在卻代表了主導文化之外的可能性，以及與主導文化對抗或反動的經驗和實踐。把威廉斯的文化理論挪用來檢視戰後的馬華文學，文學生態正是同時反映了這三種文化模式的影響，它們相互影響和聯繫的消長與馬華文學的發展變化密切相關。主導的文學（主流文學）在戰後和國家獨立後因為其社會寫實主義色彩的意識形態很大程度上受到國家權力官方法令的干預和壓抑，造成這些作家在寫作議論方面自我設限，對現實環境中存在的禁忌持容忍態度，甚至對政府文化的政策表現「政治正確」的忠誠度。現實主義作品整體上來說流於空泛的口號、道德教化和對現實的表面膚淺描繪，力求避開政治現實敏感地帶而在論述上自我標榜為「主題健康」、「思想正確」、「道德傳統」，這些種種跡象顯示馬華現實主義在五〇年代已經開始進入低潮，而在六〇年代過後其消沉衰敗的速度只是有增無減。而在這段馬華文學主流的現實主義陷入低潮時期，從臺灣翻譯過來的（西方）現代主義理論和作品適時填補馬華新生代作家對文學新形式表現手法的渴求，形成這個時期馬華文學的崛起的文學。威廉斯特別強調崛起的文化，認為它「永遠不只是一種即時的實踐，它的關鍵在於尋找新形式或改變形式。」[9]崛起的文化對主

9　Williams, Raymond, *Marxism and Literature*, Oxford University Press, 1977, p.126.

導文化帶來挑戰，因為其目的是在對抗或反動主導文化的霸權或僵化意識形態。這個分析讓我們得以看清楚馬華現代文學作者群崛起的事實，馬華年輕一代的作者已經無法再滿足於主導馬華文學主流的現實主義價值觀念和審美要求，他們必須以另一種美學形式來取代主導文學的教條作品。

威廉斯還特別強調剩餘的文化，他指的是那些「往日有效地建立的意義和價值觀」、「在文化過程中仍積極地在今天起著影響力」。[10]剩餘文化對文化生態的影響力也許不如主導文化對文化生態的影響那般直接和立竿見影，但是剩餘文化在一個民族的文化傳統當中因為其頑強的持久生命力，卻形成一個也許在現實層面上並不彰顯而帶有一種廣泛的影響作用。同理馬華文學主流的現實主義源自中國五四新文學，強調中華民族的現代性更甚於其他，視傳統中國文化審美價值如古典文化、古典文學為阻礙新文學進步發展的絆腳石，因此馬華現實主義也特別強調進步健康改革，用以區別傳統文化裡的封閉保守過時等古舊觀念。弔詭的是馬華現實主義文學發展到後來也被後來者視作封閉保守的性格。古典文學／文化裡頭的一些傳統價值觀和文化習性是剩餘的文化／文學的一部分，如同威廉斯所說，剩餘的文化仍舊在今天起著有影響的作用，古典文化／文學裡的觀念如文化鄉愁、古典美、中國性、文化中國、漢字的表意功能、傳統道德等還在當今馬來西亞華族身份建構和文化認同中具有優越性和普遍意義。在文學書寫表現上，七○年代中後期的

---

[10] *Marxism and Literature*, p.122.

馬華現代主義在天狼星詩社團體同人的大力鼓吹推波助瀾之下，形成馬華現代主義與文化中國（中國性）的糾纏掛鉤難解難分，這個文學現象清楚顯示出剩餘的文化價值隨時捲土重來，化被動為主動的位置，轉化中國傳統審美價值與現代主義的形式表現，改寫六〇年代馬華現代主義從西方或臺灣借來的文學理論和創作的風格模式。這也應證了威廉斯所說的，崛起的文化本身也可能受到主導的和剩餘的文化制約，並不自動成為一種更理想的社會文化基礎面貌。溫任平與天狼星詩社同人等對中國傳統審美價值的形式成規汲取轉化，是對中國文化傳統的選擇性傳承，現代主義所發展出的形式成規可以挪用到以文化古典中國性為主題的作品，成為七〇年代馬華文學的主要構成部分，它們在世代遺留下來的剩餘文化積澱（residual cultural formations）裡與主導馬華文學的文學形式成規的互動生產場域中形成文學的新形式。七〇年代的作家集體創作生產的中國性現代主義，以及其中所經過在地化轉化的「中國符號」，說明了一個事實：作家作為文化行動者（agent）在文化生產場域中「位置」的攫取或佔有可形成整個文化／文學場域變遷的主要動力，有時並不必然是被動無力地依靠客觀社會現實體制的牽制。

　　如威廉斯所說，崛起的文化對主導文化和剩餘文化都有反動甚至挑戰的作用，因此同崛起的文化有關的身份變化往往是主導文化受益者最不樂意看到的，也最常受到他們的批評和指責。把場景搬到六〇年代的馬華文學生態，崛起的馬華現代主義文學當時受到現實主義作家陣營的猛烈抨擊和謾罵批評，現代文學被斥為「異端」、「崇洋」、「晦澀難懂」、「表現的只是資產階級與小資產階級的意

識」、「沒有道出勞苦大眾的心聲與願望」。[11]現實主義作家群覺得
自己的傳統主流地位受到挑戰，乃與現代主義作家在六○、七○年
代斷斷續續發生過多次筆戰。潘碧華提到這個時期的筆戰時說：「由
於對現代主義的不瞭解，現代詩出現在馬華文壇初期，被視為『詩
意晦澀，內容不知所云』的作品，遭受很多人激烈的反對。」[12]所
謂「很多人」說來較婉轉間接，其實指的就是馬華文學的主導主流
自居的現實主義作家陣營，潘碧華這段引文把六○年代馬華文學的
審美價值觀變遷和文學範式（paradigm）的轉移這個重大議題看得
過於單面，也在有意無意之間替馬華現實主義的謾罵批評作出辯護
解釋。六○年代馬華現實主義與現代主義兩派陣營的發生齟齬，甚
至演變成對峙之勢，如果我們把這個文學體制生態現象放入威廉斯
的文化理論裡去檢視，在重重文化體制生態的複雜場域之中仍有跡
可尋，可以供給我們作不同面向的思考，何以崛起的文學通常受到
另一個主導的文學抨擊批評非議，指責為晦澀難懂、道德敗壞，這
些乍看之下可能是特殊孤立的文學史個案現象，其實類似的文學現
象也發生在臺灣及世界上其他國家的文學流派轉移交替之間，絕不
是如陳芳明所說的文學歷史發展的偶然與誤會，其背後所蘊含的文
學體制、文化資本與知識權力關係，顯然是超越一時一地的更廣泛
的現象。我們需要的是以一整套文化理論來檢視文化體制與文學生
態的演變、文化位階象徵資本與文本形式特質的接收互動機制等複

---

[11] 《文學‧教育‧文化》，頁 4。
[12] 《社會變遷與文化詮釋》，頁 290。

雜面向，來釐清這個「文學作為現代社會裡的體制」所產生的因果
關係和所具有的文學史意義。

第二節　政治體制與馬華現代主義

　　陳芳明在分析臺灣現代主義文學時，提出兩種抗議的形式：顯
性的（manifest）和隱性的（latent）。他說：「現代主義文學對於人
性枷鎖的掙脫，誠然較諸自由主義還更為深刻。因為自由主義在政
治上所要對抗的，無非是具體可見的權力干涉與制度壓迫。……現
代主義所要抗拒的，不是客觀現實中的政治體制問題，而是個人精
神世界的挖掘與解放。把這兩種具有抗議精神的思想置放於五〇年
代的臺灣社會，當可發現自由主義的抗議是顯性的（manifest），而
現代主義的抗議則是屬於隱性的（latent）。顯性的抗議，往往招來
當權者的立即鎮壓與監視，隱性的抗議，則可以在政治體制內較易
獲得倖存的空間。」[13]我認為這一個看法是陳芳明的論文中最精彩
的部分，作家或個人對現實體制的壓迫作出抗議，陳芳明從一個被
壓迫者的角度來分析被壓迫者的抗議的形式。在這裡加爾頓（Johan
Galtung）的「文化暴力」理論（cultural violence）提供我們一個關
於「壓迫」的基本理論視野，對我們批判國家權力壓迫民間文化體
制有所助益。加爾頓對暴力的定義是「任何使人無法在肉體或思想
上實現他自身潛力的限制」，他把暴力分為「直接性暴力」、「結構

---

[13]　《後殖民臺灣：文學史論及其周邊》，頁 186-187。

性暴力」和「文化暴力」三種形式。直接性暴力是對被壓迫者直接做出肉體的傷害殘殺，而結構性暴力的性質和表現形式則較為隱晦，通常壓迫者利用四種因素來行使壓迫，即剝削、滲透、分裂和排斥。[14]馬來西亞華人的文化語言（包括以華文書寫的馬華文學）被國家主導文化和官方機制政策排除在官方所認可的規範條款之外，正是結構性暴力的最佳例子，國家權力機構制定政策法令來排斥某些公民的基本人權，透過壓迫手段以便達到把被壓迫者置放於邊緣弱勢的位置。

馬華作家或知識份子面對國家政策法令的主導文化的干預與壓制，比起世界上其他國家的政治干涉，情況恐怕更為嚴重。主導馬華文學體制的現實主義文學，面對政治體制和國家主導文化的干預和結構性暴力，他們在文學體制裡的身份地位被排擠於國家文化與國家文學之外，被放置於國家文化合法地位之外的邊緣弱勢地帶。因此六○年代的馬華現實主義整體上來說在文學表現上可謂欲振乏力陷入低潮，在政治現實和社會環境裡有很多禁忌與政治地雷不能碰觸，造成社會寫實主義的批判傳統無法表達和彰顯，只能自我設限地表現一些保守封閉的價值觀念，甚至對現實裡的壓迫體制保持一種超然客觀的中立態度。這個時期的現實主義作家整體上擺脫不掉文學書寫的無力感，他們的自我增勢（empowerment）的途徑就是強調自己相對於官方位置的「弱勢」地位，但是他們所採取的應對方法不是對官方的主導地位直接質疑或挑戰，而是通過強調

---

[14] Galtung, Johan, *Peace Problem: Some Case Studies*, Essays in Peace Research, vol. V, Copenhagen: Christian Ejlers, 1980, p.407.

另一種西方／本土的二元模式，對馬華現代主義的崛起作出諸多指責和抨擊，其中「西化」、「崇洋」、「異端」是最常被現實主義作家人士拿來揶揄嘲諷馬華現代主義文學的一點。這個對現代主義是舶來品的指責非議，是六〇年代以後馬華現實主義作家自我增勢的策略手法，視自己傳承自中國五四新文學的純正源流為華文文學的一脈相承，指從西方輸入的現代主義書寫為作家的寫作意識被殖民化、忘本或缺乏馬來西亞本土華人文化的傳統，這也間接造成了他們對現代主義作家的壓迫和結構性暴力。他們強調提供一個健康明朗、傳統寫實相對於現代主義的西化崇洋、晦澀難懂的重要性時，卻也掩蓋掉和粉飾了官方權力對馬華文學／文化所行使的結構性暴力，這也解釋了為何六〇年代以後的馬華現實主義作品所呈現的保守性和單一化性質。

在這個論述脈絡下，六〇年代的馬華現代主義作家面對雙重的壓制，一方面來自國家政治體制對馬華文學採取的壓制邊緣化手段，另一方面也來自馬華文學現實主義作家陣營的非議打壓。馬華文學的現代主義作家所抗衡的是文學體制裡主導主流文學的現實主義作家，如果按照陳芳明的說法，這個對具體可見的主流文學組織或個別作家和作品的不滿抗拒，乃是顯性的抗議，因此即刻招來主流現實主義作家陣營的抨擊和非議，現實主義作家以當時所掌控的文化資源如透過文藝組織團體、報刊上的副刊版位來展開言論筆戰，對馬華現代主義極盡抨擊之能事。關於馬華現代主義的隱性的抗議，首先必須把現代主義文學的精神觀念置放於五〇年代末期、六〇年代以降的馬來西亞華族社會作為論述的背景，馬來亞在一九

五七年宣佈獨立以來，雖然大部分的華裔都成為公民，具有馬來西亞人的政治身份，然而華人在這塊土地上的基本權益卻在獨立後幾年裡節節敗退，首先是一九五七年所草擬的國家憲章，馬來人的特權從十五年的期限改為永久性的特權，在語言文字方面則定馬來文為唯一合法的官方語文，而華文與淡米爾文被概括性指稱為「非官方語文」。一九六一年的教育法令走的是國家單一的馬來化教育政策，華文教育的發展便經常受到國家教育政策及教育制度的牽制和影響。[15]國家文學同國語、官方語文的地位一樣，則指以馬來文書寫的文學作品，排除其他採用華文、印度文或英文創作的作品於國家文學的殿堂之外，令它們自生自滅。張錦忠在〈馬華文學：離心與隱匿的書寫〉中指國家政權干預和壓迫華文教育與華族文學，目的是企圖「離心化」（decentralize）華文文學，壓抑中華文化意識，消淡中國歷史與民族記憶，企圖迫使華族逐步無條件融匯入以馬來文化為核心的馬來西亞文化。[16]

六〇年代以後的政治統御，國家文化透過官方制定的教育法令政策，建構出一種政治化語言文化課題策略的「主導文化」，所謂的國家文化三大原則（Asas Kebudayaan Kebangsaan），即一、馬來西亞的國家文化必須以本地區原住民的文化為核心。二、其他恰當及適合的文化原素可被接受為國家文化的原素，但是必須符合第一

---

[15] 莫順生：《馬來西亞教育史 1400-1999》，吉隆坡：華校教師總會，2000，頁139。

[16] 張錦忠：〈馬華文學：離心與隱匿的書寫〉，《大馬青年》10 期（1995），頁53-62。

及第三項的概念才會被考慮。三、回教為塑造國家文化的重要原素。何國忠對此課題提出他的不安：「國家文化概念固然有許多含糊的地方，但整個立場卻一目了然：國家文化，就是以馬來群島原住民及回教文化為主流。這個政策的重點是以單元消除多元。」[17]究其實，所謂的國家文化，不外是假借族群團結愛國意識為名目號召，來實行一種語文一種文化一種民族的同化政策。馬華教育界人士也指出：「如果細心研讀《拉曼達立報告書》的建議及《1961年教育法令》的條文，我們不難瞭解政府以團結各族人民為理由，而通過各種手段來建立國家教育制度的決心。實施國家教育政策的首要目標，就是要使所有學校以及大專學府採用國語為教學媒介語。其實，在之前的《1956年拉薩報告書》已有提出『一種語文，一種源流』的教育政策為國家教育制度的最後目標。」[18]。

在這裡加爾頓的文化暴力觀念或許可以提供我們一些省思，文化暴力乃是指文化中那些能被用來為直接性暴力和結構性暴力的辯護，使之達到合理化和合法化的目的。官方機構常常引用宗教、藝術、經驗等「象徵領域」來合理化文化暴力的正當性。加爾頓對暴力的理解基本上是與對政治的理解一致的，在政治上人們常注意的基本問題：權力的運用和運用權力的合理性，對暴力的研究觀察

---

[17] 何國忠：〈馬來西亞華人：身份認同和文化的命運〉，何國忠編：《社會變遷與文化詮釋》，吉隆坡：華社研究中心，2002，頁171。另外馬來西亞華人社會在一九六九年過後的政經文教變革與被邊緣化的局勢亦可參見顏清湟：〈一百年來馬來西亞華社所走過的道路〉，何國忠編：《百年回眸：馬華文化與教育》，吉隆坡：華社研究中心，2005，頁1-20。
[18] 《馬來西亞教育史1400-1999》，頁81。

也應持同樣的關注：暴力的運用和運用暴力的合理性。把文化暴力從知識結構的權力體制當中提出來，就是要破解直接性暴力和結構性暴力的迷思，讓文化體制裡那些顯得「自然」、「合理」、「正當」的傳統觀念價值暴露出其壓迫侵犯政治身份的一面。[19]

　　文化暴力使我們能夠認識國家政權制度的非民主和結構性壓迫，通過限制排擠華族語文與教育來邊緣化和分裂族群意識，滲透和消淡歷史記憶。作為馬華文學主流的現實主義受到國家主導文化政策的干預制約，其文學取向在重重侷限和禁忌的籠罩之下顯得欲振乏力。六○年代以後的馬華現實主義作家陷入創作的低潮，如果不是失去批判現實的社會寫實主義精神，就是在作品中對現實政治採取一種保守妥協的書寫態度。八○年代過後，不少馬華文學評論者都把六○年代馬華文藝停滯不前的因素歸咎於獨立後華文教育素質低落和華文在國家文化裡沒有地位息息相關。[20]另一個評論者伍良之更直接在〈華教與馬華文藝〉一文中開宗明義的說：「華文教育與馬華文學運動是血肉相連的。」[21]，「從 50 年代後期一直到 70 年代初期，華文教育一直在淒風苦雨中圖生存，當然也就影響到馬華文學運動的升沉。」[22]，「華文教育與馬華文藝的未來是怎

[19] Galtung, Johan, *Cultural Violence, Journal of Peace Research*, vol. 2 no. 3, 1990, p.291-292.

[20] 孟沙：〈馬華文藝要發奮圖強〉，林水檺編：《文教事業論集》，吉隆坡：華社資料研究中心，1985，頁 119。鍾夏田：〈馬華寫作人所面對的難題〉，林水檺編：《文教事業論集》，吉隆坡：華社資料研究中心，1985，頁 130。

[21] 伍良之：〈華教與馬華文藝〉，林水檺編：《文教事業論集》，吉隆坡：華社資料研究中心，1985，頁 149。

[22] 《文教事業論集》，頁 151。

樣，問題不在華文教育與馬華文藝的本身，而是繫於我國的政治因素。」[23]這篇論文詳細的交代了馬來西亞華族華文教育的歷史與馬華文藝發展的動向關係，把六〇年代的馬華文學說成「進入低潮時期」、「全面的消沉」，因為「壓制華教的法令一再通過實施」、「華教的變質已是形勢所趨」、「獨立前後華教地位淪喪」。[24]基本上這些馬華評論者指出了華文教育變質與馬華現實主義文學的消沉的牽動關係，但是他們採取的現實主義角度來看待和考察這個時期的文學現象，使到他們看不到（或不想看到）六〇年代另有一股崛起的現代主義文學潮流，正在試圖抗衡這個從戰前高峰掉落的現實主義文學，提出另類的美學形式，以一種隱晦含蓄、迂迴曖昧的抗議（或逃避）角度來質疑當權體制加諸於現實體制和人性的桎梏。

因此六〇年代的現代主義作家所表現的現代主義精神觀念如個人精神世界的解放、內在心理的挖掘、探討人性普遍的存在意義等現象，可視為馬華現代文學作家對現實體制一種隱性的抗議，而他們借助西方的文學理論來表現這些並不必然被視作不自覺的被殖民心態。我們不妨把這些現代主義的書寫現象特質——身份隱匿、內在心理想像、文化自我的分裂——視作馬華現代主義文學的隱性的抗議，它是作家處身於現實政治體制裡重重的束縛和限制，面對文化屬性危機日益加深，借用另一種（異化的）文學觀念或語言來代替和表達他們自身的「無言」的抗議。[25]

---

[23] 《文教事業論集》，頁 161。
[24] 《文教事業論集》，頁 158。
[25] 馬華文學表現受困於政治因素和文化屬性危機是很明顯的，我們試比較戰

　　對於研究馬華文學史的史學家來說，一個亟須認知的事實是，文學體制與文學場域結構的轉變，與國家政治的發展和政策執行之間的關係是具有關鍵性的。馬華文學，屬於馬華族群文化的一部分，更是整個國家文化體制裡被忽略邊緣化的部分，國家獨立後一直受到高度的政治化衝擊和廣泛的社會效應，從政治體制的層面來重新定位六〇年代以後的馬華現代主義文學發展，對馬華文學體制的影響自有其深遠的滲透力量。但是誠如一些學者所擔憂的，對那些全然採取政治情境的閱讀方法學，而忽略掉文化體制中其他更為複雜以及文學層面的現象：「然而純粹政治性的解釋通常低估，或全然忽視文學層面的因素。」[26]、「過於側重政治層面往往阻礙了對複雜文化機制的深入探討，這是文學研究者亟須引以

前與獨立後的馬華現實主義文學作品，其中一個趨勢是「文學表現被轉移成表現文學的語言問題」，張錦忠論文見《大馬青年》，頁53。在馬華現實主義作家眼中，「文學表現」成了次要的關注問題，書寫的文字／語言成了與華文教育共存亡的危機問題。這種現象源自政府政治化語言文化問題和策略性壓抑華族文化意識息息相關。面對國家政策法令的箝制，以書寫現實批判社會為己任的馬華現實主義作家馬上遭到廢棄武功的命運，結果是如溫任平所說的「它們所著力描寫的並不是真實的人生，而是經過某種意識蓄意扭曲了的人生。一旦文學反映或刻劃的是人生的假相，而非人生的真相，就會與社會實況嚴重背離，更無能『反映時代』了。」，溫任平見《文學‧教育‧文化》，頁6。馬華作家一旦放棄書寫的抗議色彩，集體陷入文學表現的無力感，距離張錦忠所謂的「身份頓成隱匿的、妾身不明的書寫人——失聲導致失身。」，《大馬青年》，頁53。此話雖不中亦不遠矣。面對現實主義書寫的失語或無言狀況，馬華現代主義作家選擇走另一條路，借用／翻譯另一種異化的語言（觀念）來遁逃／拒絕融匯入馬來文化為核心的他者異文化。

[26] 張誦聖：〈文學體制與現、當代中國／臺灣文學：一個方法學的初步審思〉，周英雄、劉紀蕙編：《書寫臺灣：文學史、後殖民與後現代》，臺北：麥田出版社，2000，頁34。

自警的。」[27]的確，馬來西亞在獨立建國後政治因素對馬華文學的
干擾經由特定的結構形式達到了某種預期的效果，但是從本書另一
個層面來看，這個政治定向對馬華文學甚至馬華文化所造成的不但
是個限制的能量，卻也是一個啟動的新能量。

第三節　後殖民話語與馬華現代主義

　　張錦忠分析馬來西亞國家文化政策對多元種族文化社會所實
行的一元化政策，對強勢文化統化或排斥弱勢文化的現象，終將分
裂成與「他者」隔絕的不同「自我」，而被「他者」同化的「自我」，
由於缺乏母體文化的集體潛意識，不得不忘卻歷史記憶，結果只是
不完整的「自我」。[28]這個不完整的「自我」，造成文化自我的分裂，
找不到屬性對象，唯有轉向認同六〇年代輸入的西方現代主義文
學，走入內心世界，尋找自我認同。相對於馬華作家自我身份的中
華文化，國家主導文化所認可建構的馬來文化被視作他者文化，一
種政治上強勢的他者文化。而六〇年代輸入的西方現代主義也是他
者文化，一種文化上強勢的他者文化，但是這個強勢的西方他者文
化，卻可以提供馬華現代主義作家一種隱性異化的語言來轉移國家
政權制度顯性直接的干預效果，讓他們在自我的文化屬性被剝奪
時，把個體形成的苦悶失落不滿心態，適度隱晦地表達出內在心理

---

[27] 《書寫臺灣：文學史、後殖民與後現代》，頁 35。
[28] 《大馬青年》，頁 57。

的感受、文化困境和身份認同危機的隱身管道。因此我們實不宜在馬華現代主義文學作品中所突出表現人性普遍存在的苦悶失落、追求人性精神的解放和寓言體的書寫形式，就武斷的認定是他們的被殖民心態作祟。換個角度來看，這種隱晦迂迴的書寫策略和敘事模式，一方面可以避開政治現實敏感地帶，另一方面又可以內省式的往內心反省或作為重新自我定位思考文化屬性和認同的契機。

馬華現代主義作家面臨文化屬性認同危機的現象，以及他們整體上所採取的書寫形式和策略，或許可以拿伯雷克威爾（Glynis M. Breakwell）對當代知識份子的困境所提出的「受威脅的身份」（threatened identity）認知觀點來比較檢視。根據伯雷克威爾的看法，如果某種身份認同不再能夠保持其習慣性運作所依賴的連貫性、獨特性和自尊原則這些身份認同的基本條件，那麼這個身份就受到了威脅。他把身份的遭受威脅分為外部和內部兩個形式，外部的威脅與政治社會制度的變化如身份群體的歸屬、政治身份的權益和統治意識形態的轉變息息相關，能夠迫使身份認同改變其內容或價值因素，從而使到身份和文化屬性無法保持連貫性和完整性。[29] 國家權力機構和政策對馬華作家的排斥和限制，使到他們難以維持文化屬性和身份認同的連貫性和完整性，尤其是他們強調自詡的民族文化的獨特性和自尊原則，遭受這些現實政治的外部威脅而產生動搖和分裂的面貌。內部的威脅則來自個體的馬華作家為了尋求改變他自身與社會環境的緊張關係，不得不改變他日常的習慣性運作

[29] Breakwell, Glynis M., *Coping with Threatened Identities*, London: Methuen, 1986, p.47.

生活方式，而在調整其身份的某些原則時發現它其實與其他原則存在矛盾相悖的理解。馬華現代主義作家通過現代主義的另類觀念來尋求改變馬華傳統主流文學觀念與形式上的習慣性和原則，利用一種隱晦婉轉的語言來改變直接硬碰現實政治體制的書寫方式，一方面可以保持作家的書寫權利自尊，另一方面又可以挽回作家失去書寫狀態的「失語」局面，但這也可能與作家或知識份子身份的批判原則有所抵觸，或者更嚴重的是全面隱匿個體的文化屬性而最終可能造成的認同分裂。馬華現代主義作家面臨這個受威脅的身份危機，在隱晦異化的書寫行動中透露出這種身份矛盾，這個矛盾的產生除了與主導文化（國家官方機構、馬華主流文學）和剩餘文化（傳統道德觀、中華文化純正性質）同時存在有關之外，更與政權體制的結構性文化暴力息息相關。

相對於馬華現代主義作家，馬華現實主義作家面對政治現實因素，也遭受到身份認同的內外危機，過去佔據馬華文學主流傳統地位的下降進一步威脅著他們身份的價值內容，因此也就迫使他們去尋找一個調整和應對這個危機的新策略。上面說過，馬華現實主義作家對於政治體制的禁忌擺脫不掉書寫的無力感，他們的自我增勢的途徑就是強調自己處於弱勢的地位。我在這裡把政治體制對文字書寫的箝制和壓迫作用放到後殖民話語的理解角度來探討檢視，這些遭受威脅的身份的馬華現實主義作家自我增勢的途徑就是強調他們「本土」的身份政治和社會地位，「本土」作為民族文化和民族身份的代言人——既是馬華文學的獨特性，也同時具有中華文化傳統的自尊原則——一個協調傳統文化與本土現實的身份認同的

新歸屬，同時也便以強調自身的弱勢位置來區別一個政治上的強勢他者和一個文化上的強勢他者。但是他們改變這個群體歸屬的新方式卻也產生了新的危機，面對一元化言論的官方強勢意識形態，現實主義文學要如何表現這種歷史記憶與文化認同的危機意識？一個新的歸屬身份的產生和確立必然來自一個具有威脅性的他者，根據我們上面的分析，這個具有威脅性的強勢他者指的就是政治上的馬來化政策，但是在馬華現實主義文學的言論話語中，這個他者往往不是指來自官方對文化論述的粗暴意識形態，而是「西方」。馬華現實主義作家利用「西方」這個文化他者以達到自我增勢的目的，一方面可以避開官方政治的文字獄，另一方面可以凸顯自身的民族文化優越性與本土性，因為「西方」這個刻板印象通常指的是一個具有高度威脅的、無所不在的、侵略性質的、殖民主義的強勢他者文化身份，而相對之下「本土」則予人被壓迫的、政治正確的、文化純正的值得信賴和令人同情的文化身份。這樣兩者間的對立區別或差異性越大就越能凸顯「本土」文化身份的道義價值。換句話說，他者越強大，本土身份的被壓迫程度就越危急，而本土對他者所進行的話語批判和權力爭奪就越重要和具有正當性。「西方」這個他者在六〇年代的馬華文學場域因此順理成章成了現代主義文學的化身，在西方殖民宗主國撤退殖民地建國獨立後，搖身一變入侵馬華文化／文學場域來實行文化殖民和精神殖民的勾當。馬華現代主義文學於是成為本土現實論者批判的焦點和譴責的對象。

強調自我與他者的差異（differences），在後殖民理論中佔有非常重要的地位。但是在馬華現實主義作家那裡，對自我與他者的差

異觀念，以及其刻意凸顯的西方他者的殖民壓迫意識，其反抗的態度和對文化主導權的言論筆戰，很容易陷入本土主義（nativism）知識份子常自恃的種族或民族身份政治和本質論的盲點。本土主義身份政治通常以第三世界本土文化代言人或守護者的姿態對來自第一世界（西方）的文化控制採取對抗甚至敵視的態度，他們強調本土的優越性和民族文化的純正性，把一切第三世界裡的不平等權力關係看作是西方對東方的文化與經濟上的殖民剝削活動和形式。於是在這樣的理論觀念的基礎上，本土主義的首要任務是反抗西方一切會對東方有形無形的影響和控制，最終本土主義對西方的全面對抗的結果是，掩蓋掉本土現實體制裡不同族群、階級、性別的壓迫和被壓迫結構機制，忽略第三世界的本土政治現實裡不同群體的人們所具有的差異性。作為後殖民理論的差異觀念，它並不是純粹指西方 V.S.東方的二元模式，差異的面貌是多元的，多重差異不只存在於西方／東方之間，也同時存在於東方／第三世界之內，還有西方／第一世界之內。

在馬來西亞，後殖民理論是在九〇年代中後期過後才逐漸被介紹引進的，起步和進度可謂相當遲晚。以後殖民理論來論述馬華文學的學者有張錦忠、王潤華寥寥數人，這套理論還沒有得到馬華文學史家的充分利用和開發，我想主要的原因是它在馬來西亞國內的介紹存有很大的侷限，最基本的原因是它只停留在本土主義身份政治的認識論中心——把後殖民理論理解為一切反西方的言論，西方是帝國主義（imperialism）與殖民主義（colonialism）的等號，對東方實行經濟、文化、意識形態上的剝削扭曲。這種簡約片面的認

知，最主要的缺陷是它和馬來西亞的政治現實體制所造成的生存方式和抗爭話語有所脫離，忽略馬華文學／文化的歷史現實和後殖民經驗要比薩依德（Edward Saïd）的東方主義（Orientalism）所強調的殖民／被殖民模式複雜得多。討論六〇年代馬華現代主義文學的發展時，殖民經驗並不只來自西方的現代主義文化思潮的輸入／宰制，同時還有兩股殖民經驗浮現在當時的文學體制場域內外，那就是官方主導強勢文化的馬來化政策、以及中國中心論的歷史文化積澱（包括中國、臺灣兩地）。

王潤華對新馬後殖民文學的討論可作為這個理論視角對馬華文學的侷限，他在〈走出殖民地的新馬後殖民文學〉一文中提出兩大類的後殖民文學：入侵者的殖民地（invaded colonies）文學與移民者的殖民地（settler colonies）文學。一般上討論後殖民文學的學者都把注意力放在以前被異族入侵的被侵略殖民地國家如印度，較少討論思考像紐西蘭、澳大利亞這些移民者的殖民地國家的文學，這些殖民地的白人作家在英國霸權文化與本地文化衝突中建構其本土性，創作出既有獨立性又有自己特殊性的另一種文化傳統。新馬的華文文學，作為一種後殖民文學，具有入侵殖民地與移民殖民地兩種後殖民文學的特性，雖然政治、社會結構都是英國殖民文化強迫性留下的遺產，但是在文學上，華人由於受到英國文化與中國文化不同模式的統治與控制，產生了兩種截然不同的後殖民文學／文化。[30]

---

[30] 王潤華：〈走出殖民地的新馬後殖民文學〉，《華文後殖民文學：中國、東南亞的個案研究》，上海：學林出版社，2001，頁118。

　　戰前的馬華作家，大都以中國文學為主流典範，中國文學的經典作品及代表性作家，結構性地支配一代馬華作家的寫作意識。但是馬來亞獨立建國以後，情況更為複雜，華人文化受到英國殖民時期在文化和經濟上的控制所產生的深刻影響，雖然在國家獨立後英國殖民宗主國已經撤離，但如同印度批評家南迪（Ashis Nandy）所說的：「西方現在已經無所不在，在西方之內，也在西方之外，在社會、經濟、文化結構中，也在人們的思想裡。」[31]這個西方對第三世界人民的「殖民化主體」的構成，在某種程度上，實必已經根植在馬來西亞華人的思想意識裡，馬華作家在書寫時自然也不免要面對這兩股入侵者殖民主義與移民者殖民主義。但是在六〇年代以後，馬華作家除了對上述兩個殖民主義形式需要保持高度的警覺和抗衡之外，卻也必須對其面對新殖民主義的身份屬性壓迫展開對抗，也就是官方體制所制定的國家單一化同化政策法令對其他族群文化進行壓迫和排斥的抗衡。後殖民主義因此除了指那些以西方為中心的世界結構中的思想文化殖民，也應包括第三世界國家裡對殖民主義和新殖民主義的思想批判，以及其對抗形態和策略。後殖民批判包括了對後殖民主體本身的解剖，認識批判者身份定位、認識侷限、歷史負擔以及他所處或所屬的那個社會的知識權力關係。[32]

---

[31] Nandy, Ashis, *The Intimate Enemy: Loss and Recovery of Self under Colonialism*, New Delhi: Oxford University Press, 1983, p.xii.

[32] 徐賁：〈後現代、後殖民批判理論和民主政治〉，《傾向》2-3 期（1994），頁175-176。

　　國家政治體制對馬華文學的壓制和排斥，正是再殖民的再延伸和具體表現，無論是獨立前的英國或是獨立後的馬來西亞政府，都是以權力為基礎，對馬華文學形塑各自的政治想像，一個是實行文化思想上的殖民改造，另一個則是實行語言文化方面的同化或消音，對這種變相的殖民行為形式，是現階段馬華文學史家在引用後殖民理論時必須加以注意的。以六〇年代的馬華現代主義文學為例，現代主義雖然有很大的部分依靠臺灣文學界的引介而輸入馬華文壇，但是它的源頭是西方的文化產品，這個舶來品曾經被當年的馬華文學界視為新殖民主義的延伸，而馬華現代主義作家用中文書寫現代主義形式的作品，卻被馬華文學保守陣營視為脫離本土現實、脫離中華文化傳統的根。指責現代主義不夠「寫實」和背棄文化傳統，讓我們在複雜的文學體制和權力話語中看到戰前熾盛的中國中心論的文化觀念意識再度浮現，在大部分落腳生根的華裔公民都轉換政治身份後的六〇年代，中國中心論的主流－支流文學定位猶自結構性地支配著一代的馬華作家。

　　把六〇年代的馬華現代主義文學放在後殖民的歷史脈絡來檢視，現代主義的輸入便具備了雙重意義，一方面為馬華作家的心靈桎梏帶來了解放，另一方面又使馬華作家陷入文化殖民的新變數。不過，在現代主義的傳播過程中，馬華作家並不必然是永遠處於被動的狀態，如同澳大利亞、紐西蘭和加拿大的移民者殖民地文學，在移植英國語言與文化意識的同時，也把個人與土地的全新關係作出調整，進口與本土的經驗整合在不斷棄用（abrogation）與挪用（appropriation）的寫作策略中，深化了文化移植的後殖民文學。

同樣的馬華現代主義作家也努力調整和修正現代主義和西方理論，承襲其創作技巧和普遍經驗的人性思想，挪用其現代化的另類情感成為具備隱晦異化的南洋書寫。七〇年代前期是這個崛起的馬華現代文學發展趨成熟的特色，它使作家在移植文化的話語宰制之中取得了某種程度上的創作瓶頸的突破轉機。

　　馬華作家一旦使用現代主義觀念（或現代主義語言技巧，兩者以後結構的觀點來看，實是互為表裡）從事寫作，主體的思考可能被他者文化意識所蒙蔽，但是主體的思考在某個程度來說是處於動態的狀況，無論他者文化殖民所形成的影響有多深，很肯定的它不再屬於殖民者／輸出者所能夠完全掌控／宰制的局面，在書寫的差異（包括時間／空間／語言）過程當中已經被轉化成為馬華文學資產的一部分。在這裡我們不妨再引用並質疑殖民話語所建構出的自我／他的二分對立思考模式，殖民話語把自我／他者簡單化約成強者／弱者、主動／被動的身份關係，這個話語強調殖民者高高在上，以一種全方位透明化的方式控制被殖民者，被殖民者永遠遭受宰制、規訓與教化，完全不能發出主體的聲音。這種單向式的權力宰制模式，其實是忽視或抹煞了人身為主體的能動性、複雜性和多重主體的位置性。它的迷思在於假設一個人在社會體制裡只有一個主體位置（或身份），同時也只有一種對抗關係，甚至過早排除了人類心理的複雜層面。後殖民理論學者指出殖民權力關係中第三世界主體身份的混雜構成性和非本質性，被殖民者如何在殖民情境中重覆、扭曲、置換、翻轉殖民者文化權力的優越性，以一種「殖民學舌」（colonial mimicry）的方式將殖民者的語言文字或觀念轉化

為「雜種文本」。[33]因此馬華現代主義文學可視作西方文學觀念飄洋過海「變質」為混雜分裂的差異符號，這個混雜構成在形式上既順從又對抗，在語言上既異域色彩又在地化，具有鬆動自我／他者二元模式的迷思，也因此暴露出殖民威權自身所導向的不確定性和不穩定性。換句話說，理論在經過輾轉旅行、飄洋過海過渡／國度之後所必然會產生的分裂變貌，以及話語情境對主客體身份位置所可能造成的顛覆性質。

第四節　文化翻譯／番易／旅行　與重寫馬華文學史

以上嘗試以文學／文化體制、政治體制和（後）殖民話語三個層面來重新探討六〇年代的馬華現代主義文學史，試圖釐清文學史流變與整個文化／文學／政治／國家結構情境的複雜牽動關係，並質疑以往的馬華現代文學史書寫或記載過於片面和草率的評價。最後在此提出翻譯理論的理論性看法，來看看它能夠帶給馬華現代主義文學什麼樣的意義思考？

溫任平指出：「我們可以那麼說，馬華文壇的現代化，與歐美文藝思潮的流入有關，我們可以再進一步說，馬華現代文學的興起確曾受過港臺現代文學或直接或間接的影響。但我們不能據此便說

---

[33] Bhabha, Homi K., *The Location of Culture*, New York: Routledge, 1994, p.113.

馬華現代文學是歐美現代文學或港臺現代文學的『翻版』。」[34]這
一段敘述自有其特定的時代語境和社會內涵，其中對於「翻版」一
詞的強烈排斥語氣，擺在二十多年後的今天來重讀，很明顯的它還
停留在文化本質論／建構論（essentialism／constructionism）的爭辯
認識論之中，遠未觸及當今各種策略性本質論（strategic essentialism）
與對文化翻版（或盜版）或文化翻譯的解構論述。從翻版或盜版一
詞出發，這裡首先要質疑存在一個「正版」的本質論迷思，強調一
個是／不是翻版的事實，其實是在強調一個存在著原版或正版的事
實，即翻版乃是對原版的複製或模仿，一個有如拷貝複製人那般具
有純種正宗沒有任何差異的版本。後現代論者已經指出這個文化本
質論的盲點──不只所有的翻版已經失去正版的事實，而且所有的
原版總已是翻版，由此顛覆了以模仿或複製正本來逃避差異性的詮
釋版本。[35]

　　提出這個翻版的事件，即是要重新閱讀／書寫六○年代馬華現
代主義的「翻譯」旅程，看看它從歐美或臺港飄洋過海來馬來西亞
這個異域，如何輾轉旅行而後在這裡落地生根，面臨文化內涵的變
奏、衍義、呼應、轉化乃至扭曲。採用米樂（J. Hillis Miller）的翻
譯理論來試圖理論化這個翻譯的旅行對馬華現代主義文學的意
義，米樂在〈跨越邊界：理論之翻譯〉一文中對翻譯正反兩面的觀
察很有參考的價值，他承認理論中有些中性的成份是可以翻譯出來

---

[34] 《文學・教育・文化》，頁 13。
[35] 張小虹：〈盜版瑪丹娜：後現代擬仿與性別拷貝〉，《性別越界》，臺北：聯
　　合文學，1995，頁 43。

的，但有兩方面談及翻譯理論的不可能，即一方面是觀念性字眼的根源，另一方面是產生理論的閱讀實例。除此之外，米樂還強調理論旅行到另一個領域（語言、文化、國家）時，所可能遭到扭曲、變形，雖然有創始性（inaugural）效用，但其踐行效果卻是難以預測的。[36]以六〇年代馬華現代主義文學為例，採取強勢文化團體／殖民者文化觀念「翻譯」成具有自我族裔特色或具備本地色彩的創作素材，進而能夠迎合作者／讀者心目中所期待的嶄新形式或令人耳目一新。在翻譯的過程當中，馬華現代主義文學無論語言文字或敘述模式的氣氛營造，都有類似米樂所說的特色：異化、轉化、誤譯。[37]這個翻譯的成果特色有時是作家為達到特定目的所採取的書

---

[36] 米樂（J. Hillis Miller）著，單德興譯：〈跨越邊界：理論之翻譯〉，《跨越邊界：翻譯、文學、批評》，臺北：書林出版社，1995，頁 1-32。

[37] 《跨越邊界：翻譯、文學、批評》，頁 21、26。關於文化翻譯，近年來最常被引用的文章是德希達(Jacques Derrida)的〈巴別塔〉(Des Tours de Babel, 2002)與班雅明（Walter Benjamin）的〈譯者之天職〉（The Task of the Translator, 1968）。另外，單德興的〈譯者的角色〉，參見國立中興大學外國語文學系編《國科會外文學門 86-90 年度研究成果論文集》（臺北：國立中興大學外國語文學系，2005）一文對文化翻譯的跨語際、跨文化脈絡的複雜場域亦有精闢的探討。香港學者周華山以詮釋學觀點的〈論翻譯〉，《意義——詮釋學的啟迪》（香港：商務印書館，1992），對這個課題的思考有所助益：「翻譯是理解與詮釋的過程，沒有最後的終結，也沒有絕對的完美。猶如欣賞繪畫、閱讀電影、回憶往事，只能按當下閱讀的需要而整理編排。」（頁 65）、「每次翻譯均是按當下的獨特需要而進行，我們斷不能抽離翻譯的獨特處境而評價其優劣。」（頁 66）、「翻譯本身就是一種涉及不斷（充滿價值取向的）選擇的過程。」（頁 70）、「翻譯工作者的基本職責是把一種語言文字轉化為另一種語言文字，可是，每套語言文字本身卻體現著某種特定的生活方式。……翻譯者所處理的實際上是關乎整個世界觀的詮釋，牽涉到整個思考習慣、美感經驗、風土人情、道德價值和社會文化。」（頁 75）、「翻譯是一種詮釋與理解過程，其間包括整理、排列、編輯、刪剪、改動、過濾、批判、創造、否定與遺忘。」（頁 79-80）周華山這部書

寫策略，有時也可能是作家無意識下被異化扭曲的產物。無論如何，這種翻譯已經造成一種跨文化跨國際的番易（translation and transformation）。相對於歐美的現代主義或臺灣的現代主義，於某種意義來說，這個「翻譯的翻譯」所造成的「番易」效果，其中自有一種「文化誤讀」的踐行功能──既非歐美或臺港版本的理論，亦非馬華作家心目中忠實翻譯的理論。也就是說，馬華現代主義作家對西方理論的翻譯，已經被一個雙重的文化誤讀（歐美→港臺→馬來西亞）或強勢團體（歐美／港臺 V.S.港臺／馬華）的文化體制／政治語境「事先翻譯」了。而馬華現代主義作家面對一再「誤譯的誤譯」狀況，其書寫的動機、過程和結果產生出一個失真的詮釋版本，這個「失真」本身反倒釀造出特殊的效應和意想不到的踐行效用。從這個角度來閱讀馬華現實主義論者，我們不是也可倒過來質疑他們指責馬華現代主義文學西化／異化，正是對此理論翻譯現象的另一種文化誤讀？現代主義在經過輾轉旅行而遭遇多重誤譯之後，馬華現代文學的書寫文本所呈現的是一套重寫／誤寫的語言

較少人注意，但其對翻譯的詮釋學觀點可以與米樂、德希達、單德興的理論翻譯的理論形成對話，甚至交集之處，也對我們討論六〇年代馬華現代主義思潮的翻譯／輸入提供一些思考，周對原文、譯者與讀者構成無止境的詮釋循環，在其中原文與譯文均不斷被重新賦予意義，三方人馬也會因此而互為影響不斷受到衝擊和啟迪。（頁 80）把這個現象放置到六〇年代的馬華文學，當年事件的三方人馬被轉換成西方文學理論／臺港文藝作品、馬華現代主義作家與馬華文學讀者／馬華現實主義作家，構成一個詮釋循環，不斷引起衝擊和挑戰，也在交流輸送的過程中被啟迪或扭曲，恰恰符合了周華山的詮釋學觀點：一切翻譯皆是試譯（頁 65），或者說，一切試譯也就是誤譯／誤讀／誤寫／誤解，與單德興後來對理論翻譯的觀點有不謀而合之處。

文字與思想觀念，如同米樂指出的，理論旅行到另一個領域當中具有創始性的效用，這裡我們不妨把馬華現代主義文學的（翻譯）理論觀點放在六〇年代的文學範式交替與文化／政治體制結構的複雜場域當中，來檢視其帶來的發揮作用和所取得的特殊發言地位，文化誤讀／誤譯／誤寫為馬華文學（史）增添特殊新穎的書寫視角和敘述模式，彌補以往的馬華現實主義主流觀點所撰寫的文學史之不足與缺陷，而馬華現代主義作家致力於改變／更換弱勢自我和文學信念的行為，在重重的「誤會」（誤譯／誤讀／誤解／誤寫）的歷史語境之中，發揮了創始／創史（inaugurating／making histories）的功能。[38]以書寫的形式來創造歷史，並不意味著過去沒有歷史／文學史。所有的「寫」都已經是某種程度的重寫，「重寫」意味著什麼呢？關鍵在於能不能對敘事（包括準備要寫的）提出自己的解釋和歷史的說明，也就是說「重寫」的大前提在於重新認識現代文學的性質和它的歷史語境。[39]重寫這一段馬華文學史，不只是重新

---

[38] 這裡借助單德興對米樂的翻譯理論文本的觀點加以翻譯／誤譯，以便觀察馬華現代主義文學作品中的翻譯／誤譯成份及意義，期望提供一個前人看待這一段馬華文學史的不同面向或方式，翻轉主流文學體制所提供的各種資源和論述建構。單德興對翻譯理論的觀點值得思考，本文對此的論述發揮便是得自他的啟發。這裡需要強調的是，提出理論翻譯的理論化思考，重點不在於區分某個事物的來源是外來或是本土，然後抗拒文化移植帝國主義的入侵並高舉本土傳統的大纛。其實以馬華文學乃至馬來西亞華人的一切文化習性和物質條件來說，恐怕很少不是外來的（現實主義文學觀念即是實例），所以如果掉入本質論的本源觀念過分執迷，很容易迷失掉真正的問題焦點：外來與本土之間勢力消長起伏變化背後的權力現實及其相關效應。

[39] 劉禾：〈文本、批評與民族國家文學〉，《語際書寫——現代思想史寫作批判綱要》，香港：天地圖書，1997，頁168。

挖掘和研究「馬華現代主義文學」的作家、文本或出版書目情況，重寫即是要重視（看重和重新解讀／定位）「馬／華」／「現代主義」／「文學」的作家和文本內外的文化體制／政治體制／殖民話語／文化翻譯／文學史書寫的互動機制及其運作。這些運作實踐直接或間接控制和主導文學史的評價和意義，也提供我們一個創始／嶄新的論述視域深入地去重寫／改寫／誤寫文學史詮釋的時代偏限。

第三章
現代性與文化屬性
──六○、七○年代馬華現代詩的時代性質

緣起

　　溫任平在〈馬華現代文學的意義和未來發展：一個史的回顧與前瞻〉中說：「馬華現代文學大約崛起於 1959 年。那年 3 月 6 日白垚在學生週報 137 期發表了第一首現代詩〈麻河靜立〉。關於這首詩的歷史地位，最少有兩位現代詩人──艾文和周喚──在書信中表示了與我同樣的看法。……」[1]邁入六○年代，馬華現代詩傾巢而出，大本營在《蕉風》月刊，形成馬華詩壇的第一波現代文學運動（包括創作、筆戰、專號等），一九七四年由溫任平主編的《大

---

[1]　溫任平：《文學・教育・文化》，美羅：天狼星詩社，1986，頁 2。關於馬華文壇第一首現代詩的爭議，學者陳應德不同意溫任平、周喚、艾文的看法，他在〈從馬華文壇第一首現代詩談起〉一文中舉了鐵戈威北華數人的詩來反駁白垚的〈麻河靜立〉為馬華第一首現代詩。陳應德與溫任平所持的不同意見，詳見本書第一章。筆者認為馬華現代主義文學於五○年代末、六○年代崛起，因此仍沿用溫氏的論點。陳氏論文見《馬華文學的新解讀》，吉隆坡：馬來西亞留臺聯總，1999，頁 341-354。

馬詩選》是這個時期的總體成績。馬華現代主義文學風潮，持續到七〇年代後期，已呈飽和狀態，開始停滯不前，一些作家猶在「現代性」中自我重複，另一些作家則陷入「現代－中國性」的淤泥深淵中不能自拔，更多的現代派詩人卻已經意興闌珊停筆掉隊了。

　　馬來西亞在一九五七年宣佈獨立以來，雖然大部分的華僑都變成公民，然而華人在這塊土地上的基本權益卻節節敗退。首先是一九五七年所草擬的憲章，馬來人的特權從十五年的期限改為永久性的特權，在語言文字的合法化方面則定馬來文為唯一的官方語文或國語，而華文及淡米爾文被概括性指成「非官方語文」。一九六一年教育法令立下一個令華文教育寢食難安的陰影，就是華社家喻戶曉的第廿一條（二）條文：任何有必要的時候，教育部長有權命令任何一間國民型學校改制為國民學校，走的是國家單一的馬來化教育政策。一九六二年國會修憲，重新劃分選區，增加鄉村選區的數量，保留城市選區的原來狀況，顯然是針對減低華人選民的投票能力而設計的。[2]一九六九年的種族動亂，乃是馬來西亞歷史上有名的「五一三事件」，被官方列為敏感課題，政府制定「新經濟政策」，推行國家文化（土著化）政策，一切馬來人特權、官方語文、回教、土著、固打制（Quota System）等問題被列為「敏感問題」，任何其他族群不能商談和檢討其合法地位。華人的政治權益和文化屬性過後只能退為消極的保衛與防守。[3]

---

[2]　楊建成：《馬來西亞華人的困境》，臺北：文史哲出版社，1982，頁 178。
　　另參見顏清湟：〈一百年來馬來西亞華社所走過的道路〉，何國忠編：《百年回眸：馬華文化與教育》，吉隆坡：華社研究中心，2005，頁 1-20。
[3]　黃錦樹：《馬華文學與中國性》，臺北：元尊文化，1998，頁 113。

　　六〇、七〇年代的馬華作家詩人，由於面對政治現實和文化屬性的危機感日益深化，這些外在和內在的困境深深困擾著他們的思想觀念，久而久之形成某種情緒表現，他們又藉文學的表現形式表現出來，對此表現得最淋漓盡致的要數六〇、七〇年代的現代詩人群。活在「自我」屢遭挫敗的政治現實，對於現實敏感的題材不能抒寫，現實環境層層的政治禁忌，無形中某種程度上迫使詩人更進一步認同和接受六〇年代開始輸入的西方和臺港的現代主義文學。一反現實主義文學作品，為了政治禁忌寫一些表面公式化的歌頌國家政策作品，馬華現代詩人開始走入內心世界，勇於發掘詩人的潛意識面，尋找一種內在的心理的寫實。[4]

　　西方和臺港輸入的現代主義文學思潮，其時頗流行的象徵主義、存在主義、超現實主義和意識流技巧對馬華現代詩人來說，是一種全新的語言觀念。他們在厭煩於現實主義作品的膚淺表現，又在面對「自我」的政治權益和身份屬性的焦慮徬徨中有所期待，因此現代主義的出現正好彌補了他們精神上的失去指引。除了個別詩人有意識的仿習，《蕉風》月刊有心引介也助長了這股趨勢。西方的現代主義作品，時常表現種種人類存在的「現代性」：虛無、苦悶、迷惘、孤絕、焦慮、徬徨、流離、荒謬等狀態，因為西方現代主義思潮產生於西方經戰亂後，重建廢墟，人的思想價值混亂的年代，及其後來興盛的西歐資本主義。香港學者劉小楓在討論西方現代性問題時指出：「導致西歐資本主義的興起，並非某種宗教理念及其建制形態，而是一系列經濟、地緣政治乃至生態條件的偶然聚

---

[4]　《文學・教育・文化》，頁2。

集的綜合因素，是諸多歷史互動和制度因素的偶然性互動的結
果……西歐資本主義起源於以奢侈生活原則為基礎的高度世俗化
的性文化，這種文化以城市享樂為基本特徵。」[5]基本上西歐資本
主義是一個極其複雜的問題，現代性（modernity）有別於現代
（modern），一般指的是西歐的啟蒙運動思想，以法國大革命為政
治標誌，以工業化及自由市場為經濟標誌的社會生存品質和樣式。[6]
我們這裡對六〇、七〇年代的馬華現代詩的「現代性」解讀實無法
涵蓋整個西方的現代主義特質，因為基本上當時的馬來西亞還是農
業國家，社會也缺乏物質享樂的生活條件，馬華詩人雖然身處在一
個沒有發展現代主義條件的環境，但內在的文化屬性被剝奪所形成
的苦悶失落，正是現代主義文學所強調的心理的寫實、深入的挖掘
人性和內在的必需表現，無可否認的提供了他們表達現實困境和文
化情結的理想管道。[7]六〇年代的馬華詩人，和六〇年代輸入的西
方（臺港）的現代文學，一拍即合，他們書寫的隱晦文體構成了歷
史的必然性，這類異化的文體語言是退而求其次的，為了躲避官方
的敏感課題，為了躲避陷入現實主義的僵化文體，為了心理表現上

5　劉小楓：〈現代性問題的累積〉，《思想文綜》第 2 期（1997.02），頁 214。
6　《思想文綜》，頁 206。
7　「內在的心理的寫實」一詞引自溫任平〈馬華現代文學的意義和未來發展：
　　一個史的回顧與前瞻〉：「確實地說，現代主義也是寫實的，它所著重的不
　　僅是『外在的寫實』，更重視『內在的心理的寫實』。……」（《文學·教育·
　　文化》，頁 2。我願在此作進一步探討這個課題，文學主義文化思潮的接受
　　仿習有兩方面的可能：外在與內在。外在的影響是現實社會的發展條件所
　　形成的，內在的影響則是文化身份的困境所造成的積澱心態，當然這兩者
　　其實是互為表裡的，很難把它們分開來談，只看到其中一種影響是盲點，
　　本文花了不少篇幅談內在的條件，是為了彌補馬華文評在這方面的不足。

的需要,因為詩句中的「現代性」是有策略的異化而求得委屈(曲)的自我。換句話說,「自我」的取經過程是(不得不)揚棄一部分的自我,而換取一部分的自我。今天我們後見之明,看到了兩個下場:一、自我在異化的過程中逐步被他者同化,失去自我,成為「他者中的他者」。二、自我在異化的過程中,作出調整重新定位,與他者一起異化,成為「他者中的自我」。

第一節　西方文化病 V.S.馬華文化屬性

　　向西方現代主義文學思潮取經,主要以引進西方思想和寫作技巧,為六○年代馬華詩壇注入一股新奇的聲音。西方思想最為東方文化界詬病的是它的思維中所常表現的文化病,包括焦慮、緊張、反叛、自我懷疑、虛無、疏離、荒謬、歇斯底里等精神上的病態。如果以這些特徵來看六○、七○年代的馬華現代詩,詩語言文字所表現的情緒和氛圍可謂相當接近,究其實這也是一種橫的移植,一種西方文化霸權的後殖民產物(六○年代的臺灣文學就是一個極端的例子)。[8]但就馬華現代詩中所表現的文化病態語

8　關於後殖民論述(post-colonialism),是第一世界與第三世界在二十世紀歷史現實洪流演變中所形成的語言支配/反支配意識形態,其中的觀點錯綜複雜,不是本文所處理的重點。這裡只簡要的說明,基本上第一世界(西方)通過語言控制,如科學、人類學、哲學、政治學等被強調為世界性的普遍客觀知識,以及由此引申出自由、民主、人權等思想觀念,重點推銷到第三世界(發展中國家),因為這些話語知識帶有開放的容納性和客觀性,很容易為第三世界所消化接受,無形中控制和支配了第三世界的話語思想形態。第三世界面對西方知識界的話語控制,在建構自己本身的文化

言文本，有一點是與西方或臺灣的現代文學不同的：六〇年代的
馬華現代詩不能單純的視為西方的移植或異化，它與馬來西亞整
個歷史時空的政治現實有很大的關聯。政治現實和華人傳統文化
的困境深深困擾著詩人的思想意識，為了避免踩踏政治地雷，他
們藉現代文學的象徵語言來隱匿文本的指涉，往個人內心世界深
入挖掘，在現實主義橫行的馬華文壇，這種語言文字的隱晦性質
卻反而帶來文學技巧表現的提昇，或者是一部分現代詩人所意想
不到的。[9]以下我們將檢視《大馬詩選》中的詩例，來窺探六〇、
七〇年代馬華現代詩對於西方文化意識形態和馬華文化屬性所產
生混雜衝突的影響焦慮。

　　艾文的詩〈困〉首節就表現出一種神經質的面對莫名的恐懼感：

屬性和知識形式時感到無力和焦慮，因為西方的意識形態已經深刻的支配
著他們的思想意識，換句話說也就是「思想被殖民化」，所有自身的文化知
識只能被排擠到邊緣的位置。後殖民主義認識到無法表述自己獨立的主體
性和歷史意識的困境，他們一方面從殖民者身上學習到社會建設和現代知
識，一方面又要擺脫殖民者的語言文化來重塑自己主體的身份屬性，因此
必須以反抗的形式來脫離對方的話語控制，但在反抗的過程中卻也免不了
又要以殖民者的（預設）語言來陳述，事先已遭化解，很難突圍而出，多
數的情形是殖民者和被殖民者陷入文化混生的模式，亦即 Homi Bhabha 所
謂的「混雜」（hybridity）。以後殖民的觀點來解讀六〇、七〇年代馬華現代
文學，是另一個很好的切入點，重點可以擺在後殖民和批判主體的曖昧關
係之間尋求對證／對策。另外以馬華現代詩人的後殖民身份屬性的書寫困
境與語言策略來探討詩文本的表現形式見本書第六章。

[9]　並不是所有的現代詩人都注重詩歌形式設計的技巧運用，艾文的詩更注重
　　語言的試驗性和反傳統性，這種種的語言表現構成詩整體的隱晦性質，不
　　明朗的意境構成一種非正規的美感經驗，讓讀者在某種狀況下感受異樣的
　　真摯性，無形中提昇了詩的語言技巧表現。比如艾文在一場座談會上說：「我
　　那時寫得很放，只要覺得有必要這樣子寫，就這樣子寫了，完全沒有考慮
　　到讀者。」座談會記錄見《蕉風》427 期（1989.06），頁 4-10。

> 醒來的時候
>
> 聽到烏鴉在屋頂上
>
> 黑暗的陰影便蒙下來
>
> 禪坐在那裡抖擻
>
> 同樣看得見聽得到
>
> 驅逐的辦法就轉不來
>
> 一部重卡車轟入門檻
>
> 隆隆的聲音怎樣也化不開[10]

詩人面對黑暗的陰影，產生一種受困的恐懼，異化的場景使這些詩句輕易地瀰漫著詭異的危機。詩第二節深化作者受心理壓迫傷害的感覺，面對強弱懸殊的暴力欺侮而不知所措，「看得見聽得到」是詩人意識到這裡頭的問題是怎樣的一個問題，「一部卡車」的力量足以摧毀一切徒然與之對抗的動作，詩人的權益爭取和文化屬性問題只退為護守，護守僅有的書寫身份。

同樣的表現在詩人黑辛藏的〈隔離症〉一詩中，受困於文化意識的壓抑，形成一種焦慮心態，在詩語言中化為一種私有的隱晦影射的巫術語言：「有幢幢牢獄向你擲下／比嵌緊罪惡還要孤冷地結著／你底來路與去路」[11]。這一場隔離症是詩人面臨政治文化的危機病症，「來路」已經回不去了，「去路」也籠罩在層層陰影之下，不見得有絲毫的明朗化，詩人只能以隱晦象徵的語言文字來抒發心

---

[10] 溫任平編：《大馬詩選》，美羅：天狼星詩社，1974，頁 43。

[11] 《大馬詩選》，頁 187。

中的苦悶焦慮。對現實政治和傳統文化屬性產生焦慮失落的心境，因此他們的詩中也無可奈何的渲染著種種的文化病症，企圖尋找「自我」，是詩人當時最重要迫切的思考方向，但現實政治的困境格局，他們在尋找自我的努力過程中可以預見的面對各式各樣的挫折。艾文的〈傳說〉一詩也提到華人文化面對他者的困境：「他背的皮囊／裂開陳年八卦／他迷離的網／張一口深淵」[12]。艾文的皮囊內所裝的是一個陳年八卦——古中國文化傳統的象徵，意味著詩人有意追溯文化屬性的源頭，但現實體制的壓抑就像一口深淵在等待他掉下去，他的文化屬性面對他者的異化／同化。在〈聲音〉一詩中艾文更以隱晦的語言和圖像來構築他內心世界的挫敗感，和追尋自我所面對的一道阻礙：圍牆。這座圍牆層層阻撓詩人的追尋意志力：

> 佈道的聲音
>
> 阿彌陀佛的聲音
>
> 蠟炬垂淚的聲音
>
> 腐草堆裡一灘血的聲音
>
> 枯堡上空黑蝙蝠哀慟的聲音
>
> 存在冥冥天地間
>
> 說不出種類的胎兒們
>
> 於子宮殘廢的聲音
>
> 他都尊敬

---

[12] 《大馬詩選》，頁40。

用左手盛之右耳

右手盛之左耳

這些聲音　孤絕　衝刺

有一座圍牆[13]

　　道盡追尋自我的種種努力和困境，自我被異化成他者的危機近在眉睫，胎兒認不出種類，意味著文化屬性的混淆失落，子宮已經殘廢，再也沒有機會傳宗接代，護守文化屬性也成了問題。這些聲音幾乎遭到封鎖，對於文化屬性的最基本要求，與對政治權益的法定地位已經成為不可能，因為這些都是敏感課題，有如一道圍牆層層被封閉起來。

　　詩人走入內心世界，尋找自我，義無反顧勇往直前，他們忍受心理上的痛苦，他們受困於政治化因素而累積的文化焦慮情結，也因此異化了詩中的語言文字，甚至被他者同化而變成一種文化扭曲病，一種歇斯底里的病態語言，比如艾文的〈白災〉詩中所描述的：「午夜　午夜以後／憂鬱的唱詩班／唱一些殘廢的故事／唱一些斷髮人　空虛／可憐的瞳眸　瞳眸／唱一些念珠的／孤獨與寂寞／吾人臉色蒼白起來／接近死亡」[14]。越接近認同死亡也就是越有可能失去自我的定位，整首詩的語言文字都是病態的：「唱一些……」的重覆呢喃語調更加把讀者的思緒推向不快的愁悶。這種情緒化的巫術語言為當時的現代詩人競相書寫。

---

[13] 《大馬詩選》，頁 49。
[14] 《大馬詩選》，頁 48。

第二節　尋找自我→失去自我
　　　　→再（自我）定位

　　六〇年代的馬華詩人在追尋自我定位的過程中，隨時面臨失去自我的身份屬性的危機。他們擔心在政府所採取實行的政治化語言文化政策下，會喪失自己的族群語言和文化屬性，馬華文學也在一種不受官方承認的情況下自生自滅，堅持寫作乃成為所有馬華作家對華文教育和文化屬性的最後「收復失地」的共識。[15]馬華作家知道，如果失去自己的語言文化，自己的身份權益也會消失殆盡。套張錦忠的話，便是「身份頓成隱匿的、妾身不明的書寫人——失聲導致失身。」[16]為了時時警惕自己失去自我的隨時發生，詩人透過詩句文本表現出不斷反省自我的緊張掙扎心態。艾文的〈沙漠象徵〉強烈表露出一股失去自我的矛盾掙扎：

> 他那樣固執的傢伙呀
>
> 且燃著一縷枯黃的輕煙
>
> 在一座孤絕的碉堡
>
> 徘徊
>
> 他沒有籍貫
>
> 騎在他背上的古老駱駝

---

15 「收復失地」一詞引自黃錦樹〈中國性與表演性：論馬華文化與文學的限度〉：「週期性的文化活動與日常化的華教運動及『收復失地』的文化保衛活動共同構成了華人集體的儀式，一種具中國性的『華人』身份之再確認。」該文見黃錦樹《馬華文學與中國性》，頁114。

16 張錦忠：〈馬華文學：離心與隱匿的書寫〉，《大馬青年》10期（1990），頁31。

> 始終要逼著他在沙漠行路
>
> 除此莽莽黃沙
>
> 他看到巨大仙人掌
>
> 小小土撥鼠
>
> 有時　一隻不老的野貓
>
> 疲憊的從仙人掌山峰掉下　　總是
>
> 逃不掉流血而掙扎
>
> 掙扎
>
> 掙扎而流血
>
> 他　　沒有指紋[17]

詩人追尋自我顯得固執和孤絕，意味著他的行動是義不容辭擇善固執，但是他所面對的文化屬性危機是那麼的強烈：他沒有籍貫，他沒有指紋。沒有籍貫和指紋令詩人失去身份，失去自我，這兩句的直接告白宣判了華族的死刑。

詩人從追尋自我到失去自我的焦慮掙扎，不單發生在艾文的身上，也同樣表現在其他現代詩人的詩句中，這是當時華人族群的切身感受。李有成的詩〈不快〉寫自我的身份追認，寫他者挑釁自我的定位命題：

> 你看見那些不快
>
> 他們附在你的靈肉上
>
> 一層又一層地繁殖

---

[17] 《大馬詩選》，頁 50。

> 直到你變成枯草，或者一隻
>
> 難看的獸，他們
>
> 唉，就是他們[18]

　　詩句中的他們，就是他者──自我的異化／同化收編者，詩人對於他們帶來的「不快」和「難看」感到不忿，但同時現實上卻是百般無奈，「你」的渺小孤單與「他們」的強大欺壓的形象形成鮮明的對照，表現弱者和強者的地位處境。詩第二節描寫自我的悲慘命運下場：

> 他們，那樣子向你推銷
>
> 如何去看見自己
>
> 如何去撕裂命運的外衣
>
> 然後，然後又如何讓他們
>
> 在你身上
>
> 一塊又一塊地剝下[19]

　　面對這樣愚弄的折磨方式，詩人的「不快」也只能是一種認命的姿勢，退而求其次的成為「留得青山在，不怕沒柴燒」的心理，注定要（也只能）「在剝下與繁殖之間／睜著眼」，他者與自我的強弱懸殊，彼此的主客關係似乎已成定局。

　　沙河的〈停屍所〉哀悼一個軍人的殉職，這個軍人的身份大抵可以確定，因為詩中描寫死者時提起「槍聲是他的陪葬品／他們在

18　《大馬詩選》，頁 55。
19　《大馬詩選》，頁 55。

他身上裝飾／以鐵勛章的一層冷意」[20]。死者是否華族，詩人沒有
說明，我們不得而知。但是詩人憑弔哀悼死者，通常都帶有詠懷自
比的含意，以示對自我的警惕作用，或感慨彼此的處境之相似。對
於這個死者的保衛國土而犧牲殉職，沙河採用一種反諷的語調：「那
人在謝幕之後／便如此躺著／躺出一頁空白／一頁不屬於自己的
歷史」[21]，透露出死者追求理想而最終卻失去生命，死者死後也沒
有身份地位和文化屬性，這真是一大諷刺。自我的身份定位模糊不
清，「一頁空白」和「不屬於自己的歷史」都是自我屬性被異化或
同化的悲慘下場，詩人的體認是深切的：「踩過國家的泥濘／踩過
壕溝的泥濘／如今／他要踩過他自己／身上的一團泥濘」[22]。死者
踩過自己的身體，詩人也將面對同樣的命運，泥濘的意象已暴露出
情勢的無可挽回，「收復失地」的構想更是遙遙無期。

　　對自我的身份定位引起的破碎思維，最終感到一股巨大的絕望
悲哀，六〇、七〇年代的馬華現代詩多有觸及，沙河的〈臉〉一詩
中也隱約的自我哀怨：「嚼草根的嘴／咀嚼著絕望」[23]，還有〈齒
輪〉寫出生後即刻面對阻撓和挫折的身份處境：「一根臍帶／一個
名字／給你一面闌柵／給你一座無法超越的橋」[24]，這座無法超越
的橋正好與艾文〈聲音〉一詩的圍牆有著異曲同工的作用，把詩人
／敘述者的族裔源頭隔離開來，無論是隔離或包圍，最終是無法保

20　《大馬詩選》，頁 92。
21　《大馬詩選》，頁 92。
22　《大馬詩選》，頁 93。
23　《大馬詩選》，頁 94。
24　《大馬詩選》，頁 95。

存名字，失去了自我的身份定位，詩人的絕望成為整個族群的命運。從追尋自我到面臨失去自我的危機浮現，在他者與自我之間徘徊不定，有人企圖在兩者之間尋求一條折衷的定位路向，揚棄一部分的自我文化屬性而涵攝一部分的他者文化屬性，自我成為異化的文化屬性，就是所謂的「他者中的自我」，而不是自我終結的「他者中的他者」。在焦慮徬徨面對失去自我之際，賴瑞和的〈渡河的人〉提供了另一種可能：

> 他是一個食月光的人
> 子夜裡還划著一艘船
> 叩訪並投宿於：河流的家
>
> 沿岸的苔蘚和水草，已為他織就
> 一襲歲月的縷衣，披在他童年種在
> 心中的一座果園，一排排
> 禿老的樹幹
>
> 等到河流都漲滿了
> 他從果園裡砍下一排
> 可以漂泊的樹幹
> 編成一個木筏
>
> 他終於遺忘了一條
> 古老的河
> 試探另一條河道的冷暖

　　他已在暗礁重疊的陰影中

　　熟悉了：河流的身世和年代[25]

　　「河」在中國古典文學中是一個普遍的文化象徵，「渡河」是為了尋找自我的定位，渡河的過程本身就象徵著一種「超越儀式」（rite of passage）。月光或月亮又是中國古典文學裡另一個普遍的象徵，詩人自許為肩擔中國文化傳統和心懷文化情意結，「河流的家」一句道出詩人的文化屬性一脈相承，絕不輕易迷失。通過渡河這個象徵性的儀式，他「終於遺忘了一條古老的河」，從「古老的河」過渡到「另一條河道的冷暖」，並且「在暗礁重疊的陰影中」，「熟悉了河流的身世和年代」，宣示詩人不再認同古老文化中國，那是遙遠陌生而不切實際的，詩人開始為自我尋找一個全新的定位：馬來西亞本土的華裔。雖然這個全新的定位仍然是危機重重，因為國家實行單一政策，非馬來人的一切都是邊緣／非主流的身份定位。賴瑞和的〈渡河的人〉比艾文和沙河的尋找自我到失去自我又跨出了一大步，他不在尋找自我的過程中自怨自憐，也不在面臨失去自我的焦慮中被他者同化收編，他採取一個象徵性的超越儀式來試探另一種可能，另一種可行性。我們讀到詩人的語言情調是舒緩平靜的，沒有其他現代詩人所慣常帶有的神經過敏氣急敗壞心緒。我們看到詩人從追尋自我和失去自我的影響焦慮中，如何企圖突圍而出，不放棄自我的文化屬性，但也不得不失去一部分自我，將定位重新調整而盡最大努力尋回（一部分）自我。

---

[25]　《大馬詩選》，頁 245。

第三節　鬼魂與死亡情境

對於死亡的觀念意識，對於死者的敬哀信念都是文化心理最基本的原型。對死者敬是因為死者已矣，對死者哀是因為節哀順變，更多的是對死者的哀痛轉化為對自己的哀痛，因為我和死者有著同樣的信念，同樣在追尋自我，同樣的分分秒秒在面對死亡的命運——失去自我。古代的人以某種禮儀形式的動作不斷重複，來祛除人們內心對於死亡的恐懼感，也藉此減輕對於死者的懷念和痛不欲生的情緒，幫助人們祛除內心不平衡與哀慟的意向，這些儀式通常表現在傳統的喪、葬、祭的形式規範上，統稱「超越儀式」。文化人類學研究學者認為，通過超越儀式，我們可以找到一切「生」的價值信念和泉源。死亡作為一個被感知、被體驗的對象，實屬精神活動中的表象性內容，具有非實體性和超越時空的存在形式。這就說明對於死者的認識、體驗、承受、全然存在，展開在人的精神意識領域之內，可以支配思想和情感，可以影響生存者的心態與意向。所以死亡觀不僅僅是文化模式、價值系統中的核心部分，而且也是人類確立自身意義世界，獲得自我理解的重要或主要的觀念形式。[26]我們在這裡透過文化人類學的角度，探討了一些關於死亡的價值觀念，主要是為了揭開六〇、七〇年代的馬華現代詩中的鬼魂意象和死亡情境的謎題。

沙河的〈停屍所〉最可以成為這一類詩的典型代表，通過一道超越儀式，詩人與死人在精神上產生某種共識，認同死者的死亡價

---

[26] 李向平：《死亡與超越》，上海：上海文化出版社，1997，頁10。

值信念，也就是詩人自身將要走的路向，在精神上無懼於失去自我
的危機，因此在這首詩中我們讀到的是嘲諷、冷靜而不錯亂憤怒。
除此之外，沙河有很多首詩皆提到死亡和死屍，如寫給自己的生日
的〈齒輪〉：「三月三日／母親的陣痛／或許給大地帶來一陣震撼／
或許給荒塚添多一具棄屍」[27]。出生（生日）與死亡（棄屍）的並
置交替，正說明了超越儀式對詩人所擁抱的生死信念：以死生之間
的非連續性還原為連續性，把死亡的反文化轉為文化性。死亡意味
著失去自我的文化屬性，但也同時延續著自我的文化屬性，這一切
透過詩歌文本來加以闡述。死亡乍看之下是文化體的毀滅，但透過
書寫不斷強調和重複死亡的進行足以讓人透視死亡的再生意義，讓
人看到超越死亡的可能性。

　　另一位詩人艾文也有同樣的死亡體驗，比起沙河，他的詩更多
一層陰森寒顫的氣氛，渲染死亡予人一種恐懼的壓迫感。他寫
〈煙〉，居然把煙幻想成鬼魂：「那年初秋的洛水／那抱枕寒凍的人
／淒然看見縷縷眾煙魂／自水面裊裊升上」[28]，另一首詩〈死結〉
對死亡作出多層面的探討，全詩充滿冷酷陰森的氣氛，語言文字也
佈滿病態的不可思議，試看此詩最後一節：

　　水腫的腳

　　且長滿片片磷光

　　且交疊於旋轉的賭盤

---

[27] 《大馬詩選》，頁 95。
[28] 《大馬詩選》，頁 39。

軋拉軋拉的滾動

直到黑驢馬和紅袈裟

拖著一箱小堡壘

到了陰陰的山腰

等煙火冥紙紛飛

他們的耳目已老

吾人

漩入紛亂的蟻巢[29]

　　艾文在他一九七三年出版的詩集《艾文詩》裡大量提到死亡的題材，詩的主題離不開詮釋死亡及存在、戰爭的陰影、物我及人生觀照、自我心緒的投射。往自我內心探索的結果，加上作者的人生觀念和現實政治無奈，形成了詩人以死亡來觀測存在生命的意義，甚至超越死亡來達到生之要義。這是艾文和沙河等人的企圖方向，我們今天以後見之明來檢閱，對於詩文本內在的藝術評價和政治文化因素互相印證，更能夠讀通這些隱晦兼含蓄的語言文字背後所潛藏的訊息。

　　江振軒的〈他要涉江而去〉藉涉江這個象徵符碼，來交代尋找自我的超越儀式，如同賴瑞和的渡河儀式，涉江與渡河都有著同樣的企圖，兩者取經的過程也頗相似：「危險因此必然／潛伏，如鱷之／靜待靈魂的到來／可是他要涉江／可是他要涉江／那必然美好的對岸」[30]。對自我的追尋認同，明知危險因此必然，隨時葬身

[29] 艾文：《艾文詩》，美農：馬來西亞棕櫚出版社，1973，頁89-90。
[30] 《大馬詩選》，頁77-78。

江水中為鱷魚果腹，成為一具沒有身份屬性的靈魂也在所不辭，詩人面對死亡的精神寄託令他不懼死亡。

　　政治現實和文化屬性的雙重困境，壓抑著詩人的文化思考，而死亡有意識或無意識卻成為一種壓抑的工具管道。透過詩中的死亡意象，我們在《大馬詩選》中讀到最多的是神經質、不安定和死亡傾向的病態語言。周喚的〈短詩集〉渲染濃厚的死亡傾向：「雖然他存在／左右手卻繫著死亡／死亡裡　看那些人在風裡舔血」、「斷臂後想毀滅自己　母親不允／因血肉要歸還她　雖然她已死」[31]，詩人的思想意識充滿死亡的丰姿，死亡以各類面貌呈現在詩句中，死亡後回歸大地的中華文化傳統觀念在周喚筆下表露無遺，母親與大地之母的形象在死亡情境裡顯得格外悚目，透露出這是一條絕路。艾文的鬼魂更加匪夷所思，〈絕路〉一詩中的超現實的鏡頭加上殺傷力的語言暴力：「某人／從冷卻的灰燼／跳出／雙手緊捉／祖宗的辮子／在空中／你靈幡飄揚／紋身的手臂／流著／點點／血路」[32]。這裡詩人換另一個角度，從「死」的角度來理解「生」，把人的有限生命放在任何人都有的死亡可能性中來感受，以死亡過程所帶來的文化價值作用，及其對於死後價值觀的設想來界說此在生存。透過對死亡現象的感知和體認，產生一種「置之死地而後生」的危機感和時代感。意識到死對生的威攝作用，因此在這些詩句中，我們看到詩人的死亡觀是自我感覺得以穩定的一個基礎，正視死亡而在死亡中自求生存，人的精神也會因其在死亡中的自覺和不死，突破自己的界

---

[31] 《大馬詩選》，頁 104。
[32] 《艾文詩》，頁 26-27。

限，由原有的領域（生）擴展到另一個超時空、超現實的領域（死），回顧原來存在的生命現象和現實世界，重新審視、嚴厲批判的知識意向。對於艾文、沙河、周喚等人詩中的死亡情境，也可作如是觀。他們的詩已展現了從現實到超現實的異化場景，語言文字夾帶一層超現實的象徵意旨，但我們沒有在他們的詩句中讀到嚴厲批判的知識意見，因為在政治現實上國家政體已經把文化政治化敏感化，他們只能在壓抑和禁忌的喘息夾縫中，以一種隱晦象徵的語言手法來表達那一代人的苦悶失落。他們面對自我存在的失落，意味著一個人孤獨在面對一切生與死的大課題，在現實上既然「生」已無法作出選擇，只好在「死」的形上索求方面剖析操縱，突出廢墟和荒墳的鬼魂幽靈。這些詩在六○、七○年代的馬華詩壇湧現，數量可觀，是各個詩人孤軍作戰的集體成果，也是時代性質的歷史產物。

第四節　異化的中國性

七○年代初期溫任平把中國性帶到現代主義裡去，形成另一種現代文學的現代感性，與艾文、沙河、周喚等人的西化的現代詩風是截然不同的。中國性的現代主義文學，在溫任平的大力鼓吹實踐之下，一時風起雲湧，天狼星詩社諸詩人子弟周清嘯、黃昏星、方娥真、藍啟元、張樹林等紛紛景從，他們詩中的中國性／古典中國風濃得化不開，古典詩詞風格的詩句幾乎成為一種陳腔濫調，才氣較高的詩人如溫瑞安、方娥真者也無法避免以上所說的弊端。關於

馬華現代主義與中國性的血緣關係，黃錦樹對此有很精銳獨到的見解：「馬華文學的現代主義透過中國性而帶入文學的現代感性（雖然還談不上『現代性』）有其不可磨滅的積極意義：細緻化，提煉了馬華文學的藝術質地，重新以中國文化區（臺灣）的現代經典為標竿，一洗現實主義的教條腐敗氣，然而卻也在毫無反省、警覺之下讓老中國的龐大鬼影長驅直入，幾致讓古老的粽葉包裹了南國的『懦弱的米』，極易淪為古中國文學的感性註釋。」[33]這種中國性的濫調詩風在作者毫無意識之下，對中國性的文化符碼大量採用，而並不具備有實質的歷史具體性，是這些馬華文學作者的集體「不見」，其中的模仿心態與文學集團互相影響可謂歷歷在目。

有別於天狼星諸子的中國性現代主義詩風，語言異化／西化的現代主義的現代性卻一反傳統，代表人物是艾文、沙河、周喚、黑辛藏、李木香、紫一思、方秉達等，他們的詩語言一般上有以下這些特質：一、超現實語言運用，包括潛意識自由聯想，反邏輯思維。二、純粹通過感官的體察。三、晦澀艱深的語言文字。四、用眾所周知的事物為象徵符碼，賦予個人色彩。

對於超現實的語言運用和純粹感官的體會，女詩人李木香最能夠表現這一切，她的〈髮〉一詩的最後一節：「常欲越獄者／是一片赤裸自己的黑／濃濃地／髮黑乃背陽之植物／雪雪地在陽光下呼痛」[34]，這些詩句乍讀之下感覺上頗不合理，違反了傳統語言的運作邏輯，但我們再三的細讀之後，於不合理的組合中，也可發現

---

[33]　《馬華文學與中國性》，頁131。
[34]　《大馬詩選》，頁67。

些許脈絡，「髮黑」乃承接前節的「一窩雲」而來，背著陽光的地方通常指黑暗，剛好髮的顏色是黑色，所以「背陽之植物」與「髮黑」能夠拉上關係，這自然是一種超理性的運作。李木香採用日常生活中的普通事物和身體感官，賦予個人色彩，表現了強烈的超現實主義和象徵主義的西化現代主義色彩。

除了李木香之外，類似的超現實詩語言在艾文的詩中也俯拾即是，甚至中國性的傳統文化象徵符碼到了艾文筆下，也染上了異化和超現實情境的中國性：異化的中國性／中國性的異化（對照我們前面提到的：他者中的自我／自我中的他者）。舉一個例子，月亮是中國文學傳統中一個很普遍的文化象徵符碼，一般在古典詩詞裡象徵美滿團圓，或者是女性的溫柔冰清個性，和遊子思鄉情結的庇蔭所。在溫任平中國性現代主義的詩筆下，對於月亮的書寫還是很傳統的情感，〈懷古〉一詩中的月亮是古中國文學的月亮：「群燕已經不是王謝堂前的了／二十四橋的冷月在烽火中炎熱／點滴的雨猶似屈原的揮淚／歷史的沙灘，時間的潮汐／許多無形的足印啊」[35]。典型中國性的月亮，交織著天狼星詩社的偶像人物：屈原。書寫屈原成為這一類詩的典型，溫任平的〈河〉和〈水月〉，甚至他的散文集也題名《黃皮膚的月亮》，都是循著傳統古典的語言意境來發揮運作。然而在另一個詩人艾文的筆下，中國性的月亮意象卻成為一種異化的語言情境，異國情調和現代病態緊密相隨，《艾文詩》集中有多首詩觸及月亮，甚至以月亮為主題，包裝在現代性的西化病態的陰森氣氛中，月亮成了驚悚詭異的死亡意象：

---

[35] 溫任平：《流放是一種傷》，美羅：天狼星詩社，1977，頁131。

濃茶

酒香

自疲乏的手

升起

一輪紅月

陰飄飄

露著

整座飢餓的牙齒[36]

　　升起來的月亮居然是紅色的可怖場景，充滿著異化巫術的語言
文字，與中國文學文化的普遍象徵意義大相逕庭。在〈貓〉一詩中
貓和月亮的意象並置，產生奇異陰森的畫面，而月亮在貓叫的鬼影
下，卻被處理成性愛的象徵影射：「頭髮都散光了／她還沒有走／
有一個青青的月／有一個可愛的她／貓又叫／每逢月流／便有一
束黑長的毛髮／梳著溪水」[37]，這裡的月所象徵的不是中國文化傳
統的月，而是西方文學中所慣常表現的意象。在〈驚夢〉一詩中，
滿月的天空充滿鬼影，令人驚嚇：「他猛坐起／愕然望見／一幅磷
光閃閃的古髏／就在滿月的天空／幌呀幌」[38]。艾文詩的病態語言
在〈月〉中發揮到極致：「臉朝著／矮樹上空／殘廢的黃月」[39]，「他
乃跪月／乾吐／想吐／某一些空洞的／頭蓋」[40]，「一整夜／月光

---

[36] 《艾文詩》，頁 13。
[37] 《艾文詩》，頁 22-23。
[38] 《艾文詩》，頁 67。
[39] 《艾文詩》，頁 74。
[40] 《艾文詩》，頁 75。

下晒苦了／他就用手／剝自己焦黃的／臉皮」[41]。溫任平的「黃皮膚的月亮」到了艾文筆下，成了殘廢焦黃的怪物，意味著詩人的文化屬性已然失去，政治身份的定位又遙遙無期，詩人只能吐露一些空洞而無法實踐的思想感情，最後他唯有剝掉自己焦黃的臉皮，「自廢武功」，自己成了〈致黃昏〉一詩中所說的「從煮酒的太陽／至琴棋的月亮／依然不屬於什麼／什麼也不屬」[42]。「什麼也不屬」的艾文最終逃遁入現代主義的現代性（病）中去也。

除了艾文，其他詩人也有類似的傾向，翻開《大馬詩選》，類似以月亮為暴力、驚悚、畸形、病態的象徵語言也不勝枚舉，這裡也不再多作舉例。中國文化傳統的象徵符碼，到了艾文等人手裡，居然一變成為異化的中國性符碼，另一個中國文化符碼是燈火意象，這是中國傳統中一個最普遍的象徵，傳火和燭火燃燒意味著薪火相傳文化傳承，在古典文學中多得不勝枚舉，甚至在民間已經演化為一種文化道德責任的儀式。天狼星詩人及其擁護者所走的中國性──現代主義常藉燈火的意象，以之表現出燈火不熄文化不滅的永恆信念，詩中的燭火「燃了又熄／熄了又燃」[43]，詩人「必須專注地在火光中煉詩」[44]。同樣的燈火意象到了艾文等人筆下，中國性被減至最低，甚至扭曲成了異化的景觀情態，試看黑辛藏的〈夜歸人〉的燭火意象：「打結的骨骼／那弱質的女手／已倦於幽怨膩於懶散／你睡了　有夜守著／夜冷時　有燭燃著／

---

[41] 《艾文詩》，頁 76-77。
[42] 《艾文詩》，頁 113。
[43] 《流放是一種傷》，頁 95。
[44] 《流放是一種傷》，頁 40。

宇宙在一根彈得出淚的弦上彈奏／燭的身世／所有的雪與火的結
局」[45]。又如紫一思的〈流浪的孩子〉末節：「一隻野狗／舉腿射
尿／射出兩盞紅燈籠／在你夢中」[46]，超現實的技巧手法巧妙的由
野狗置換為紅燈籠——古老中國文化的表徵。詩意盎然的文化符
碼經由「野狗」、「射尿」等粗俗低層的事物介入而產生異化，產
生一種非中國性的中國性，更接近於非文學主流的鄉野傳奇文
化。燈火相傳的美感優越剎那間因為「舉腿射尿」的衝擊而變得
蕩然無存，燈火與月亮交織的畫面，在另一首〈月與哀愁〉中成
了詩人心理不安惶惑的問句：

> 月亮升起
>
> 若一株哭的雨樹
>
> 一些散落的燈火
>
> 在煙霧沉沉的山村
>
> 若流落荒郊的幽靈
>
> 在黑夜的林子裡頭
>
> 是蟲泣和鳴禽的鬼號[47]

異化的心靈景觀發展到最高潮，月亮的傳統文化形象顯得扭
曲不堪、支離破碎，甚至面目全非：「月亮升起／若一張沒有眼睛
的怪臉／窗外是流螢冷冷的叫喊」[48]，那已經不是中華文化傳統的

---

[45] 《大馬詩選》，頁185。

[46] 紫一思：《紫一思詩選》，吉隆坡：馬來西亞學報月刊，1977，頁31。

[47] 《紫一思詩選》，頁113。

[48] 《紫一思詩選》，頁114。

象徵符號，那是一個異化的中國性符碼，失去中國性的中國性象
徵符號。

　　七〇年代的馬華中國性現代主義堅持純粹的中國性，在意識
上陷入中國文化傳承，在詩句中一再召喚屈原的文化血緣關係。[49]
屈原在天狼星諸詩人如溫任平、溫瑞安、黃昏星、周清嘯、藍啟
元、張樹林的筆下集體表現出一個典型的形象：流放。黃錦樹認
為他們寫屈原的主題就是「自我流放」，堅持唱著傳統、古老、不
合時宜的歌，彷彿承擔了整個文化的血脈。天狼星弟子謝川成把
溫任平多首書寫屈原的詩總稱為「屈原情意結」[50]，從溫任平鼓吹
實踐開始，他的詩社子弟加以發揚光大，藍啟元的詩集《橡膠樹
的話》和張樹林的詩集《易水蕭蕭》裡頭就有多首詩觸及屈原端
午的主題或題材。這種現象隱隱成為一股寫詩的風氣，詩人一提
起筆就馬上想到屈原、端午、龍舟、粽子，直到八〇年代後期因
為另一場政治風波，一時詩人競相描寫屈原，企圖通過謳歌屈原
來喚醒華族的傳統文化意識，不少年輕詩人也加入「屈原情意結」
的行列，可謂把屈原的身價推到最高潮。[51]

---

[49]　《馬華文學與中國性》，頁 129。
[50]　謝川成：《現代詩詮釋》，美羅：天狼星詩社，1981，頁 94-111。
[51]　此處指的是八〇年代後期馬來西亞的政治動盪局勢，華裔族群普遍上感受
　　　政府對華文教育文化的排擠壓制，詩人作家與知識分子遂產生文化憂患意
　　　識，當時詩壇上湧現不少的「感時憂國詩」，詩人舉辦「動地吟」詩朗誦
　　　會巡迴演出，代表人物有傳承得、游川、小曼，其中不少詩作者書寫屈
　　　原的中華文化精神，抒發政治禁忌的敏感題材，尤其是游川和傳承得的
　　　《聲音的演出》中不乏觸及政治上敏感的題材，筆者當時亦曾目睹游傳
　　　二位詩人朗誦詩作，配合音樂的氣氛撩撥醞釀，在場者無不為之動容，
　　　可謂三十年國家獨立以來詩界活動的一項突破。關於「動地吟」詩朗誦

屈原有詩〈九歌〉，艾文也寫了十首〈九歌〉，以楚辭名稱翻寫再鑄新詞，他的宗旨不在於原詩中的忠君愛國形象，他力圖扣合自我面對的慾望和死亡的精神面貌交織予以詮釋，全詩所採用的異化語言情調為它鋪上一層西化病態的色彩，傳統古典的象徵色彩被消減到面目全非，忠君愛國的正義形象衍異為性愛飢渴和模糊不清的身份屬性，充滿中國性的詩題，卻在詩人的超現實語境中成為異化的中國性。由於此詩過長，茲引最後一節以見其異化景觀：「喝茶／吃飯／泥壺的黑影／水聲中／幽靈升起／總是濃濃的藥味／總是那雙面／枯槁的骨／橫過／手掌心／兩頭刺痛／雙親」[52]。這樣異化的中國性，以書寫技巧的角度來說，是為「隱匿主題」或「剝離主題」，無論是隱匿或剝離，都是一種異化的表現，中國性從主要的位置失落到邊緣的地帶（心態）。

結　語

六〇、七〇年代的馬華現代詩，論者一般上指責它為異端、崇洋、晦澀難懂、沒有關心現實生活，這些評語只是觸及表面似是而非的現象，意味著說這些話的人看東西過於膚淺表面化，以語言文字的表象來論斷現代詩人崇尚西洋文化、詩人的關懷面向不夠大眾

演出的精彩分析，參見林春美、張永修〈從「動地吟」看馬華詩人的身份認同〉，黃萬華、戴小華編《全球語境・多元對話・馬華文學：第二屆馬華文學國際學術會議論文集》，濟南：山東文藝出版社，2004，頁 64-78。
[52] 《艾文詩》，頁 46-47。

化、詩人關在象牙塔內雕琢文字而詩題材沒有現實社會性。今天我
們以歷史的後見之明來閱讀《大馬詩選》，以及其他同時代的現代
詩集，整體來說這些詩具有以下這些特徵：

一、詩人在特定的歷史情境下面對身份定位和文化屬性的雙重
　　危機。

二、詩人藉西方文學、文化思潮的現代性入詩，包括技巧和思想
　　觀念。

三、技巧的轉移和習仿豐富了馬華現代詩的文字表現，思想的汲
　　取則影響了傳統文化的語言象徵符碼，帶來病態扭曲的語言
　　異化。

四、詩人的處境和影響焦慮，從失去自我與尋找自我的複雜糾纏心
　　態在詩文本裡顯而易見。

五、詩人面對失去自我的死亡焦慮情境，與鬼魂幽靈展開辯證對話。

六、詩人的傳統文化象徵系統產生異化，是現代性／西化的侵蝕結
　　果，與外在現實的失去自我的焦慮錯亂的歷史演變的結果（內
　　憂外患）。

　　馬華現代詩的「現代性」是西方／臺港文學技巧和思潮混合的
移植特性，交織著一些鄉野傳奇的本土特性，它有別於西方高度發
達／腐敗的資本主義社會文化，也有異於中國性現代主義自我流放
的現代感性。時間是無情的，歷史也是無情的，這些六○年代早熟
的現代詩人，以周喚、艾文、沙河、李有成、江振軒、黑辛藏、紫
一思、李木香為代表，在七○年代後期即已紛紛停筆。他們的詩以
大量超載的意象和隱晦的語言情境來表現文化心靈的失落，也藉此

抗衡現實社會的教條化政策，和馬華文學主流的現實主義文學。七〇年代後期有不少年輕詩人開始冒起，這些年輕的一代非常引人注目，無論是在意象或語言的運作皆可看出變的跡象，比如《大馬新銳詩選》（1978）中的沙禽、子凡（游川）、張瑞星等。其中沙禽和子凡的詩風格儘管不相同，但他們採取一種對現代主義和現實主義兼收並蓄的語言轉化運作，終於為八〇年代的馬華詩壇引出另一條可行的道路。今天我們看到六〇年代的現代詩人大都已經停筆，這些前行代詩人至今還有寫詩的不會超出十個，計有王潤華、沙河、陳慧樺、淡瑩、黃昏星（李宗舜）、溫任平、艾文，比較《大馬詩選》裡頭的廿七位詩人，在比例上少得可憐。還在創作的詩人的語言風格也出現很大的轉變，有者在現代和寫實之間孜孜經營，有者揚棄現代文學技巧，改用明朗淺白的寫實詩風。歷史後見之明告訴我們，這些前行代現代詩人在某個時期表現了那個時代的時代性質，雖然他們的整體表現是略帶生澀感傷的。

第四章

象徵主義與存在迷思
——七○年代《大馬詩選》的兩種讀法之一

> 我們可以那麼說，馬華文壇的現代化，與歐美文藝思潮的
> 流入有關，我們可以再進一步說，馬華現代文學的興起確
> 曾受過港臺現代文學或直接或間接的影響。但我們不能據
> 此便說馬華現代文學是歐美現代文學或港臺現代文學的
> 「翻版」。
>
> ——溫任平〈馬華現代文學的意義和未來發展：
> 一個史的回顧與前瞻〉[1]

　　從事比較文學研究對象的學者指出，從早期的影響研究到近期
的接受研究，構成比較文學方法論的遷移和提出新的觀點，接受研
究的重點圍繞在「接受者」和「被接受者」的主題、語言、作品特
色、象徵隱喻等一系列的研究基礎上。[2]本文嘗試透過被接受者法

---

[1]　溫任平：《文學‧教育‧文化》，美羅：天狼星詩社，1986，頁13。
[2]　關於比較文學的影響研究和接受研究，本文無意深入討論兩者之間的差

國象徵主義詩人和存在主義思想的論述和詩作，來導讀接受者六
〇、七〇年代馬華現代詩人發表在溫任平主編的《大馬詩選》裡頭
的詩作品的主題、語言、象徵、隱喻、技巧特色。通過接受研究的
觀點角度，探討兩者間在不同文化背景之下是以何種方式和何種程度
達到接受的交流或變形。接受者往往與被接受者有著差異的文化背
景，接受者在選擇接受的過程中，他們自身的文化傳統框架會起著過
濾轉化作用，最後所生產出來的文學作品與原來被接受者的作品「似
是而非」，不可能一個模樣，讀者絕不可輕率以「翻版」視之。[3]

　　五〇年代初期開始，臺灣詩壇向西方現代主義文學思潮取經，
大量引進西方思想和寫作技巧，大趨勢是「橫的移植」，一九五六
年由紀弦為盟首的「現代派」提出的「六大信條」中就對西方文學
極度擁抱和追隨，信條中的「我們是有所揚棄並發揚光大地包含了
自波特萊爾以降一切新興詩派之精神與要素的現代派之一群。」。
在這樣的環境背景之下，五〇、六〇年代的臺灣詩人大量吸收或模
仿西方的文學理論、語言技巧和哲學思想，是一點也不足為奇的。
他們的詩文本中普遍上呈現異國情調、象徵主義的手法、超現實主
義的語言運作，和存在主義的思想意識。

　　五〇年代末期，這股流風吹襲來新加坡和馬來西亞，其時在臺
灣風起雲湧的西方現代主義文學思潮，開始輸入馬來西亞華文詩

異，有興趣的讀者可參考 Ulrich Weisstein, *Comparative Literary Theory*,
Bloomington, Indiana UP, 1973, P.29-65。又如深入的探討接受研究的理論和
實踐，讀者可參考佛克馬、蟻布思合著的評論集《二十世紀文學理論》第
五章，香港：中文大學出版社，1985，頁 123-147。
[3]　但這並不表示筆者贊同有一個純正源頭的「正版」的事實。

壇，在《蕉風》月刊有意識的策劃和推波助瀾之下，主要以引進西方文學理論和寫作技巧，再配合詩人作者的埋頭創作實驗／實踐，為六〇年代的馬華詩壇注入一股新奇的聲音，打破了馬華文學主流一貫的現實主義詩風。溫任平在一九七四年主編的《大馬詩選》，可視作六〇、七〇年代馬華現代詩的一個總體成績，今天我們從這些詩裡行間看到它們與五〇、六〇年代的臺灣詩壇文字技巧的表現，可謂相當接近，有一點很肯定的是當時的馬華現代詩人與臺灣詩人都從西方文學理論和作品中汲取養分，通過模仿和接受，兩者同樣的表現出現代詩時代性質的兩大特色：一、文字表現：象徵主義。二、哲學思想：存在主義。

第一節　象徵主義

象徵主義（Symbolism）是法國自十九世紀下半葉開始到二十世紀上半葉的一個詩歌流派，從波特萊爾（Charles Baudelaire）到瓦雷里（Paul Valéry）結束，歷時約八十年。期間西方同時存在或強或弱的其他文學流派，必須在此指出當時的歐洲並不被象徵主義所壟斷，只是這個流派的文學表現對六〇、七〇年代馬華現代詩的影響最深，為了論述上的需要，我在這裡約略地交代它的起源與方向。基本上，象徵主義是對浪漫主義和巴拿斯派（Parnasse）的總和與反動，十九世紀初期浪漫主義以人作為主體與古典理性主義相對抗，巴拿斯派推崇的「為藝術而藝術」的審美新觀念，詩人由此意識到應「還創造性給詞語本身」（馬拉美，Stéphane

Mallarmé 語），象徵主義詩人企圖在語言的創造性中獲得自由的意志，這種對藝術的創造性又令詩人們更加尊重語言。莫雷亞斯（Jean Moréas）的象徵主義宣言文章〈文學宣言——象徵主義〉最有代表性，看他為象徵主義文學運動作出辯護：「一個新的藝術表現因此必然地，不可避免地成為預料之中的事。這一長久以來蘊釀著的藝術表現剛剛破土而出。而所有那些報刊無關痛癢的嘲笑，所有那些莊嚴的批評家的擔憂，所有那些受驚的綿羊公眾的壞脾氣只能日益證實今天這種演變在法國文學中的真實存在。性急的評判者出於無以解釋的矛盾，以頹廢標之……我們已經提議用『象徵主義』命名，唯有它能恰當地代表當今藝術創作者的精神趨向。」[4]接著他給象徵主義下定義：一、尋找（為思想）一種主體性的敏感的詩體。二、絕不走向純思想的極端。三、晦澀，模稜兩可，怪誕。四、新的詞語，在那兒色彩、線條造就和諧。五、神祕性、不可言喻性。六、原始而複雜的文體。七、節奏，單數音節的自由詩。八、音韻響亮而又斷裂，迷亂而又流暢。[5]以這些定義來看象徵主義詩的表現技巧，它一般上充滿著新奇的風格，險僻的造語，繁複的文體，自由形式的節奏，神祕的氣質，矛盾而又和諧的音韻。

在眾多研究象徵主義的論述當中，巴爾（André Barre）的《象徵主義》一書對象徵主義所作的結論該算是最符合法國詩歌歷史的發展演變，他認為象徵主義給法國詩歌帶來了四個方面的革命：詩歌、韻律、句法、詞彙。[6]詩歌的革命給傳統的抒情詩提供了新的

4　金絲燕：《文學接受與文化過濾》，北京：中國人民大學出版社，1994，頁 37。
5　《文學接受與文化過濾》，頁 37。
6　《文學接受與文化過濾》，頁 60。

和完全不同的題材，象徵主義詩人把傳統的抒情題材──自然、愛情和希望引入一個神祕與未知、心靈與未知的關係，開拓前人未走過的路，以新的審美意識和方法將詩歌引入形而上的世界。韻律的革命則去除掉古典主義的理性詩律，以一種現代意義的自由詩體系來表現神祕與未知的複雜性。詩人尋求詞與詞音之間的和諧，運用句法的矛盾組織結構，產生一種偶然撞擊而造成的音樂性和諧，為象徵主義詩歌所追求的句法的革命。象徵主義詩人認為詩歌主題的改變必然導致韻律、句法和詞彙上的改變，因此他們試圖用一種未曾用過的富有創造性的詞彙來充實豐富語言，他們自覺地接受語言的折磨和冶煉，他們更尊重語言的革命和創造性，大致上象徵主義的詩語言都能夠具有不斷再生能力的意義和歧義，這一影響延續至今日的詩歌創作理論。這樣的論述分析是建立在某個時代背景之下的文化現象，有深透的歷史視野和文學認識，但僅就以象徵主義詩歌的表現手法和語言形式來作歸納，奧康納（William Van O'Connor）的分析比較中肯，他把雜亂紛陳的象徵主義特色分成三大類：一、用眾所周知的事物為象徵，賦予它們個人色彩的意義。二、多方運用「聯感」的手法。三、捨棄邏輯的順序，讓超理性的功能與超理性的經驗充分在詩創作中發揮。[7]以下我們將引用奧康納的三個詩歌特點來看《大馬詩選》中的詩作，它們是如何的充分利用象徵主義詩歌的表現手法來創作，或者說這些詩作是如何的符合象徵主義詩歌特色，其中的心態認知含有模仿／影響／接受動機。

[7]　轉引自鍾玲：〈臺灣女詩人作品中的中西文化傳統〉，《中外文學》第十六卷第五期（1987），頁88。

第二節　馬華現代詩的象徵主義色彩

艾文的〈困〉一詩：

> 門外那口井　有女人汲水
>
> 我聽到她們爭論某種形式
>
> 譏笑的彈殼墜落在石板上的聲音
>
> 我太疲倦去收拾
>
> 許多的細菌繁殖著
>
> 以後我便傷寒了
>
> 而且怎樣也要把咳嗽留在喉頭
>
> 我好傷心　眼淚也擠不出來[8]

　　詩中的「井」、「彈殼」、「石板」、「傷寒」、「咳嗽」、「眼淚」都是一些眾所周知的事物，在艾文對這些詞彙的巧妙排列設計下，卻賦予它們很強烈的個人色彩的象徵意義。我們讀到的「井」和「石板」，已經不再是普通的一口井和一塊石板，這些物體因為彈殼的介入使得它們披染上一層時代性質和歷史色彩，還有「傷寒」、「咳嗽」、「眼淚」雖然是一些平常的日常生活動作和身體狀況，但在句法的如此排列下：「怎樣也要把咳嗽留在喉頭」，「我好傷心，眼淚也擠不出來」，它們成為詩人本身對生活／存在的一種隱喻，這些詞彙已經成為某個特定的含意，充分顯露個人色彩的意義。女人在井邊汲水，在爭論某些話題，詩人沒有明說她們在爭論什麼課題，

8　溫任平編：《大馬詩選》，美羅：天狼星詩社，1974，頁43。

但對於她們所引起的熱烈爭論氣氛，居然被形容為「譏笑的彈殼隆落在石板上的聲音」，可說是匪夷所思，爭論和譏笑本是一種空洞抽象的聲音動作，卻因為「彈殼隆落在石板上」一句而產生清晰具體的動作，譏笑的聲音演變為具體可感的彈殼隆落石板上，艾文只採用了兩行的詩句就表現出「聯感」的象徵主義詩歌手法。接下來的「我太疲倦去收拾」也不合理，因為聲音如何能夠收拾，這是詩人有意運用不合邏輯的思路來表現，他太疲倦去收拾的其實是「彈殼」，但是在現實中女人汲水的井邊，彈殼當然是不存在的，那是一句作為隱喻的意象語，比喻女人的爭論譏笑的聲音。詩人觀看井邊的女人談話爭論譏笑，他的心情卻是低落無奈的，他所疲倦去收拾的其實是過度低落的心情，但他採取的表現手法卻頗特別，很明顯的他採用的是一種超理性的經驗和功能來突破語意的平凡俗套，把日常生活的邏輯方式打破，詩人低落無奈的心情再加上細菌的感染，詩人的病情加重了。為了襯托詩人的病情之深重，詩人再度運用超理性的語意邏輯，說成受到許多細菌的繁殖感染，最後三行含有欲哭無淚深切的悲痛，這裡也因為前面提到的「彈殼」的意象而有了較清晰深沉的時代感受和歷史情境。我們在短短八行的詩句中讀出象徵主義詩歌的特色，艾文表現出他充分利用上述象徵主義詩歌的三個手法來深化現代詩的語意，在這一點上來說艾文是極為成功的。

第二個例子是沙河的〈街景與死亡〉：

> 焚過的整張下午
> 緊貼在玻璃窗上

街景在痙攣著

某種空洞

眼睛用塵埃雕塑

雕塑一群移動的泥像

走

著

歸向同一焦點

雕塑座座樓宇

崩為座座廢墟[9]

　　詩句中的「街景」、「玻璃窗」、「眼睛」、「塵埃」、「泥像」、「樓宇」等都是日常生活中可見或普通的事物，詩人透過象徵主義的語言手法，賦予它們個人色彩的意義。玻璃窗和街景本來是視覺物象，沙河用了「緊貼」和「痙攣」的詞彙，整個效果就很不一樣，玻璃窗產生了觸覺，街景也帶出動感，詩人懂得運用象徵主義手法，從靜止的視覺物體表現出觸覺和動感，這就是多方面運用「聯感」的表現手法。同樣的此詩也捨棄了邏輯的思考方式，眼睛如何用塵埃雕塑泥像，泥像如何能夠走動，但是我們還是可以在這些超理性的語言運作中整理出一些頭緒。此詩寫的是街景與死亡的存在關係，眼睛靜止不動凝視著某人某物，透過空氣中的塵埃來看街道上的人，由塵埃凝聚造成的物體，自然就是泥像，人的緩慢動作痙攣緊貼的不動形象，自然就是一群移動的泥像，泥像走向同一焦點，崩為廢墟，也就是暗喻人的脆弱性質，很無奈的被現實生活（存在）的空洞虛

9　《大馬詩選》，頁91。

無推向死亡的終點，沒有人能夠逃避得開這個死亡的下場。泥像的脆弱性質和沒有生命預示了死亡結局的無可挽回。這裡詩人巧妙地運用象徵主義詩歌的技巧，成功的表現出個人對於生活與死亡的思索觀照，透過一些很普通日常生活眾所周知的事物來呈現。

除了艾文和沙河，《大馬詩選》裡頭的詩，其他詩人如李木香、周喚、林綠、陳慧樺、黑辛藏等都在詩句中或多或少某個程度上表現出象徵主義色彩的語言手法，他們的詩語言基本上都符合奧康納所提出的三個特點。問題就出在有一部份的詩人太過注重聯感的意象語，太過強調個人色彩，太過投入超理性的經驗和功能，以致批染上一層超現實主義的色彩，一部份的詩作意象極為稠密超載，容易為奉現實主義主流的馬華作家和讀者詬病，譏貶為「晦澀艱深，詰屈聱牙」，希望這些「夢囈病態」的現代詩人能夠反省，「果敢地跳出現代詩過去孤立絕緣的困境」。[10]意象語的過份龐雜的確造成一些詩句語意不清，但對於熟悉象徵主義和超現實主義表現手法的讀者來說，他們欣賞和接受這一份詩的神祕性和多義性，比如飄貝零的〈山橄欖〉：

> 卅二根象牙色的秩序
>
> 榨出吾父母的歷史
>
> 一隻蝙蝠盤旋
>
> 毛氄氄蜘蛛
>
> 在他們的眼球裡編織記憶

---

[10] 《文學‧教育‧文化》，頁 19。

> 彼時，我很小
>
> 緩緩地，嚼爛鵝卵石
>
> 吾弟斷掌上的一塊繽紛琉璃
>
> 放射出一點月光
>
> 檢視我掌心上自然的定律
>
> 下顎蠕動
>
> 告訴我始末噢
>
> 不是悲劇
>
> 而苦盡甘來
>
> 吞下淬
>
> 我追溯
>
> 原始，澀澀之苦根[11]

　　在這些詩行中出現了大量的意象語，幾乎每一行詩句中都有一個或兩個意象以上，類似的意象密集詩語言在六〇年代的馬華詩壇是很普遍的現象，造成讀者震撼和驚駭。這個時期的馬華現代詩作者大都帶有一種實驗性質的衝動和使命，因為當時現代詩剛開始從西方和臺灣被引介進來，不要說大部份讀慣現實主義作品的馬華讀者對它感到陌生，就連一些馬華現代詩作者對現代主義也是一知半解的，他們對現代詩的熱忱和擁抱的其中一個原因是他們意識到馬華現實主義作品的疲弱和僵化，以往那種粗糙的文學表現形式不再能夠滿足年輕作者的內在心理要求，馬華現代詩人為了表達社會日

---

[11]　《大馬詩選》，頁 296。

趨複雜的人性心理狀況，他們懷著創新的實驗勇氣和使命感，企圖藉一種新的文學表現形式來反動舊有的文學格局，肯定現代文學在馬華文學史的發展和變革意義。飄貝零上面那首詩充滿了時間的幻變和神祕的色彩，時間是抽象虛幻的，詩中人的身世充滿了苦澀悲涼，但是詩人通過意象的暗示，告訴我們一個令人鼓舞的可行性：苦盡甘來。詩人以橄欖自比，點出橄欖身世源頭的苦澀哀傷，這看似宿命的命運身世卻透過執著和不斷的自我思索追尋，可足以改變一切大環境的惡劣傷害，扭轉了自我的悲苦命運為充滿希望的未來意義。在這首詩中，詩人以一種隱晦的語言角度來述說這些熱烈執著的理想，這種象徵的語言形式是屬於象徵主義的表現手法，它令讀者看到一顆敏感的主體心靈在詩句裡浮沉掙扎，感到言說行動的神祕性和不可言喻性，這一切都符合了莫雷亞斯對象徵主義所列出的定義特色。誠如周無在〈法蘭西近世文學的趨勢〉一文中借法國文評家波薩（Alfred Poizat）的觀點，對象徵主義如是批評：「他（指波薩）能夠將文學的範圍更張大，藝術的力量也強。並且他心靈的引導，可以使讀者感覺到最深的境界。他有時可以使自然界的事物，都能現出意志來。於微笑之中，便說明了人生的動態。這些都是象徵主義的長處。但是他於冥冥之中，卻含有一種不健全的根芽。因為他有時明明的傾向著神祕主義（mysticism），叫人不知不覺的，便到了迷離恍惚的幻想。這神祕主義其實便是苦行主義和宿命論的餘緒，又是那失望和悲苦的最後逃遁所。……」[12]以這段話來印證飄貝零上述那首詩，可謂相當貼切，在「心靈的引

---

[12] 《文學接受與文化過濾》，頁 127-128。

導」之下，藝術的力量加強，讀者感覺到最深的境界，藉一些自然界的事物說明人生的意志動態，而其缺點則是「不健全」、「迷離恍惚的幻想」、「失望和悲苦的逃遁所」、「宿命論的餘緒」，我們看到〈山橄欖〉一詩表現出苦盡甘來的意志力，很顯然馬華詩人並不全面認同西方的象徵主義思潮，他們接受更多的是現代詩的文字技巧和表現形式。

第三節　從波特萊爾到楊際光：
共鳴／借用／轉化

　　我在本書第三章〈現代性與文化屬性〉中從六〇、七〇年代的馬華詩人對自我的政治權益和文化屬性的危機意識焦慮為主要論點，闡述為何那個時代的現代詩人接受西方文化思潮中的病症：焦慮、疏離、苦悶、迷惘、孤絕、虛無、徬徨、荒謬等精神狀態。[13]關於這一點，我將在下章裡論及存在主義的時候才深入剖析。現在讓我們來看看法國象徵主義作品中常出現／表現的「不健全」、「幻想」、「遁世」三個要素是如何影響六〇年代的馬華詩人，這些馬華詩人又是如何與象徵主義作品特色產生共鳴，進而借用和轉化。首先必須指出法國象徵主義作品中常出現這些負面消極的色彩意識，是有其時代社會和歷史背景的，尤其是波特萊爾的詩集《惡之華》更是此流派的巔峰之作。我們清楚看到波特萊爾及象徵主義以

---

[13] 詳見本書第三章。

降的法國詩人是如何影響五○、六○年代的臺灣詩壇，波特萊爾的名字常掛在臺灣詩人的口中，多篇談論現代詩或現代主義的評介文字也必定有波特萊爾的大名，尤其是創世紀詩社的詩人更是把波特萊爾奉為現代主義的宗師，西方現代主義當時被引介入馬華文壇，大部份還是透過臺灣詩界的評論讀物，直接接觸西方原典的馬華詩人數目並不多，因為熟諳一種或兩種以上外文的馬華作家也不多。六○年代現代主義從臺灣詩壇輸出到馬來西亞文藝界，很快的馬華現代詩人發現它能夠對時代苦悶和身份屬性困境的內在心理訴求作出極細膩深層的刻劃表達，尤其這些現代派詩人對於當時馬華文壇主流的現實主義文學觀感到格格不入，對大部份現實主義作品的僵化粗糙反感，於是他們很容易便對波特萊爾等人的作品特色產生共鳴，開始在詩句中借用法國象徵主義的表現技巧和語言風格。

　　波特萊爾是十九世紀末法國象徵主義的重要詩人，他的詩集《惡之華》被公認為劃時代的世界文學，各國各地受其影響的文學作品不計其數，其詩作的語言意象怪異程度前無古人，他最為人津津樂道的是詩句裡散佈一種邪惡之美，在種種醜怪邪惡的題材事物中提煉出一種詭異美的氣氛，表現出世紀末的痛苦。上個世紀二○年代的中國文評家田漢在評述波特萊爾的邪惡之美和魔鬼題材時說：「但觀《惡之華》全集詩題，即可由讀者以直感感之。如鬼怪也，死屍也，舞蛇也，『死之歡喜也』，『死之跳舞也』，梟，貓，毒蛇也，異端者的祈禱也，地獄之唐長也，……皆波陀雷爾（作者註：波特萊爾）愛用之詩題也。使偏狹的教徒，淺薄的道德家，廉價的樂天主義，及實用主義，人道主義的文學者讀之，未有為蹙額駭怪

而卻走者。然波氏之真價自不磨也。」[14]田漢在此對波特萊爾持正面評價，但對文中幾種主義的讀者卻持批評態度，他認為波特萊爾「於美中發現了醜之潛伏，他求善，反得了惡，求神，反得了惡魔。」這類「美醜觀」和「惡魔主義」的觀念在當時無論是法國或是全世界的文學都是很前衛、令人注目的，詩風深受波特萊爾影響的上個世紀二〇年代中國詩人李金髮也對象徵主義的「美醜觀」附和擁抱：「美是非常奇特的，即在醜劣之中，它也可存在，因為一個醜的面貌正確之描寫，可成為極美的作品。」[15]

波特萊爾的「美醜觀」也對六〇年代的馬華現代詩產生共鳴和影響，成為一些詩人的關切主題，楊際光以「美醜觀」和「魔鬼主義」為詩的主要中心思想，寫下〈魔鬼〉一詩，可算是對波特萊爾詩觀的共鳴和借用，成為馬華現代詩的早期代表作：

> 在你的羅網裡，我將終止我無休的搜尋，
> 你寒冷的黑袍，可賜我以奇香的暖氣，
> 我的重壓將憩息在你懷抱，腐爛，
> 甚至你低聲的哭泣也激起我戰慄的歡快。
>
> 歡快是我心胸所抗拒的毒物，
> 它早經拋卻於我對你追蹤的初刻，
> 苦刑和磨煉佔有我所有的一切，
> 目光熟悉於冷寂的色彩，凍結。

14　《文學接受與文化過濾》，頁 129-130。
15　《文學接受與文化過濾》，頁 220。

甘心求取的，是我信仰中無定則的醜惡，

醜惡有它的甜酒，連杯使我沉醉，

永遠迷途於真理界外的空野，

只有罪的美麗在培育我思想的花朵。

迎接我，魔鬼的使者，塵世的悒鬱愁苦，

曾是我親手種植的瓜果，你才能給予唯一的理解。

請唱出你忠誠的戀歌，我要重聽愛情喑啞的聲音，

讓我撲近你引路的磷燈，向地獄安眠。[16]

　　這首詩題目即為〈魔鬼〉，毫無隱蔽的道出詩的精神取向，詩寫的雖然是「我」對「你」的愛情和追求，但並不是一般常見的浪漫唯美的唯心主義，也不是現實道德的唯物主義，而是耽溺於痛苦深淵以便化苦痛為積極的享受追求，在醜惡的環境中追求美好的未來意義，即美在醜惡之中也可存在，追求美也就是追求醜的必要途徑，這類「美醜觀」的辯證是波特萊爾式的魔鬼主義的思想本質，對醜中有美、美中有醜的體認頻頻表現在詩句中。詩最後一段更是熱切的呼喚擁抱魔鬼的降臨，熱情的迎接魔鬼的使者，引路的磷燈，甚至向地獄安眠，全面的認同魔鬼的世界，而不是人間或人類的世界。為什麼呢？因為只有在魔鬼的世界中，才能夠帶來真切的人性熱情，震撼人類脆弱的心靈，現實的人生裡有太多的虛假和限制。如果我們細心讀這首詩，會發現它其實借用了很多法國象徵主義詩人及波特萊爾所常運用的意象詞彙：黑袍、奇

---

[16] 《大馬詩選》，頁241。

香、腐爛、醜惡、空野、魔鬼、塵世、地獄、甜酒，這些與死亡或
醜惡有關的意象語，為象徵主義流派的擅長手法，很明顯的楊際光
的〈魔鬼〉受到波特萊爾的影響很深，它對醜惡的態度觀念與波特
萊爾有著同樣的關注，對魔鬼與人生的精神思考也相當接近，更
令人注目的是把詩題取為「魔鬼」，在當時的馬華現代詩中恐怕也
是不多見。

第四節　馬華現代詩中的死亡意義

　　死亡與醜惡的主題在《大馬詩選》中的詩篇俯拾即是，與死亡
有關的詞彙如死屍、墓地、骨骸、骷髏、枯骨、魔鬼、地獄、遺囑，
大量的出現在六〇、七〇年代現代詩人的筆下，這可說詩人們接受
法國象徵主義流派詩風的明證，詩人接受其風格表現，借用其語言
意象手法，然後轉化為自己對時代和心理的感受體驗，成為馬華文
學的新養分，就某一個程度來說，它經已成功的塑造出一個嶄新的
語言情境，為馬華詩歌注入一股精緻新奇的血液和聲音。今天我們
只能在這些詩作中比較印證西方現代主義尤其是法國象徵主義，對
它的影響和干擾痕跡，卻無法更加強有力的以詩觀或文學觀念來指
證兩者存在的內在聯繫，因為這些馬華現代詩作者很少為文撰述他
們的詩觀念或文學立場。當時對現代主義作出最多努力的是《蕉風
月刊》，但是它多數只是停留在引介翻譯外國文學思潮（包括歐美
和臺港），撰文評議現代主義思潮和詩觀方面的論述並不多，較出

色的是六〇年代的白垚及七〇年代的溫任平、賴瑞和等人。因此今天我們後見之明，唯有透過這些詩作文本看到一些詩人，對象徵主義和超現實主義表現出狂熱追求，而不加以審視過濾，產生矯枉過正的現象，一部份詩的語言意象產生超載稠密，文字過度歐化的弊病。下面讓我們來看看一些例子，法國象徵主義如何影響這些詩人，對他們的語言取向隱隱約約形成一種支配。

死亡是法國象徵主義詩人最關切的主題之一，一般上他們在詩作中透過對死亡的深刻思考辯證，交代出生之張力和希望。對於死亡的描寫，波特萊爾的〈窮人之死〉一詩有著一種對死的衝動慾望：

> 是「死」安慰，唉，並讓我們活下去
> 它是生的目的和唯一的希望
> 彷彿強壯劑，它使我們振奮陶醉
> 賜我們邁進的勇氣，直到晚上
>
> 越過暴風雨，冰天雪地
> 它是黑暗地平線上搖動的光明
> 是聖經上記載的著名客棧
> 人們可以吃睡和坐息的地方
>
> 它是天使拿在具有磁力手指上的
> 睡眠，和美夢的禮物
> 為赤貧的人們翻修床褥的

> 它是神的榮耀，是神祕的糧倉
>
> 是窮人的錢包和故鄉
>
> 是開向未知「天國」的迴廊[17]

　　如此美好而充滿衝動慾望的死之嚮往在馬華現代詩中並不多見，馬華詩人向象徵主義借用的是其詩句中的死亡情境，表現出對生活和生命的無奈消極，這一點與當時的馬華詩人接受法國哲學思想存在主義有很大的關聯，現在暫且不談存在思想和馬華現代詩的掛鉤，留到後面探討「存在主義」時再說。我試舉一些表現死亡情境的馬華詩例子，看看兩者間的異同之處。周喚的〈短詩集〉一詩探討生死：

> 從起點到終點
>
> 從誕生到死亡
>
> 生命成熟在人海　　也失落在人海
>
> 一個尼采陰影下的黑　　由窄門
>
> 認出上帝的光與路　　而捨離光與路
>
> 雖然他存在
>
> 左右手卻攜著死亡
>
> 死亡裡看那些人在風裡漆血
>
> 然後揮刀浮囂　　野蠻是新潮[18]

---

[17] 波特萊爾：〈窮人之死〉，莫渝譯：《惡之華》，臺北：志文出版社，1990，頁 395-396。

[18] 《大馬詩選》，頁 103-104。

另外周喚的〈存在之外〉第五段也有同樣的死亡情境：

> 沒有選擇　在送葬味道很濃的旅途
>
> 你騎上一匹灰黑的銀色馬
>
> 死是它的名字　你騎在死上
>
> 你去遠方　滿是腐葉的遠方　尋找存在的路
>
> 你愛過恨過也活過
>
> 你願　在域外埋葬自己的聲音
>
> ……
>
> 許多人永發不出的聲音
>
> 你常凝視自己　問自己是什麼
>
> 實在什麼都不是[19]

　　從周喚這兩首詩中，我們看到周喚的死亡觀察只是一種宿命式的無奈認命，雖然他也有對自己發問：自己是什麼？但馬上又遭到自己斬釘截鐵地否定：實在什麼都不是。這些也與波特萊爾上面那首詩對死亡與生命的辯證、希望超越大相逕庭，對於死亡的無奈接受，其實是詩人對於生活和生命的沒有選擇的認知有關，在這裡周喚雖然接受了波特萊爾的死亡主題，但是對於死亡的認知（或不認知）卻深受存在主義的影響，人生來就注定要面對膠著虛偽的生活世界，無論如何都不可能逃脫出生存的空間，這是存在主義思想的基本論調，換句話說，周喚認識到存在思想的基本層面（此在的界限），卻不知道「存在」與「虛無」的精神超越觀念，下文將論及這些。

---

[19]　《大馬詩選》，頁111。

　　由死亡所牽引出來的意象如死屍、墓地、骷髏、枯骨、遺囑等，
也可看作死亡主題的一系列變奏，墓（tombeau）在波特萊爾詩中
常被處理成一個隱匿之處，自我內心活動說話的場所，甚至是抗
拒現實外界的一個自我保護空間。生命在墓地那裡上演著生死之
間的辯證關係，不只是死者群體或個體的世界，也包括活著的死
者和死了的生者。波特萊爾對墓地之嚮往歡欣，具體表現在他幾首
詩中：

　　　　那時，墳墓……

　　　　我無限夢境的知音

　　　　（因為墳墓永遠瞭解詩人的）[20]

　　　　我的靈魂是座墳墓，一如惡修士

　　　　遠古以來，我即徘徊復逗留

　　　　不曾美　化過可憎修道院的牆壁[21]

　　　　在某座古老廢園後面

　　　　埋葬你引以為豪的軀體[22]

　　同樣的黑辛藏的〈魔笛2〉一詩也如此寫道：

　　　　你底冷熱依然磨碰著寂寂苦斷的

　　　　十字星

---

[20] 波特萊爾：〈死後的內疚〉，《惡之華》，頁 126。
[21] 波特萊爾：〈惡僧〉，《惡之華》，頁 67。
[22] 波特萊爾：〈墓地〉，《惡之華》，頁 228。

依然轉換不停

有時癡妄如森森的幽　靈

有時結著比髮夾還要無從

即使所有的墓地都淫了

你仍能烘乾耳膜

朝內內外外傾聽

在與不在的決策[23]

詩人透過墓地來暗示生死兩端的重大命題，以一個最清醒的空間來傾聽思考一些心靈深處的「苦寂之華實」。這些詩句與波特萊爾同樣對墓地充滿遐想追認，甚至透過它來思考人生所面對的生死兩難問題，但是黑辛藏詩的語調是沉鬱感傷的，與波特萊爾的歡欣嚮往語調還是有很大的差別。又如溫任平的〈沒有影子的〉一詩也不可避免受到這股西方文學思潮的影響，雖然這首詩的語言源頭可追溯上中國性的象徵符碼：

野餐著祭酒和黑色

我是沒有面孔的人

我的棺材裡藏著太多無效的哭泣

泥濘愈來愈重

啊，它正向我壓迫而來

山風喧嘩，墓碑崩塌

23　《大馬詩選》，頁180。

> 而我將化作無助的春泥
>
> 無助地點綴著滋養著
>
> 寺廟石階前的蘚苔[24]

　　對死亡主題的思考辯證，追認死亡空間——墓地其中的生死命題，也就牽引出人與陰界的鬼魂、幽靈、幽魂對話指認，如艾文的〈煙〉：「於是到了三月裡呵／塚山的孤魂／一概把盞／陰陰山麓下　相逢／你和我都這樣走著」[25]。對自我身世的追認思悟不得，竟惶然產生鬼魂的陰影存在，如黑辛藏的〈魔笛1〉：「多鏡且潮濕的身世／支付你空剩之逸醉／一管不受情困／卻驚異於己身無以眠息之鬼魂」[26]。甚至如周喚接受法國象徵主義詩歌中的魔鬼英雄「撒旦」，把撒旦化名詞為形容詞：「殺戮之後　許多臉漆上卡謬的存在／由陰暗裡走出　披血去流浪／去涉山涉水走荒山／去域外建造自己的城／……域外的夜雖很撒旦很撒旦」[27]。

　　法國象徵主義詩句中常以氣味（如酒香、香水、香料、花香）與大自然的微妙變化產生契合，除了味覺，也常運用色彩和音響的交織來造就和諧，在《大馬詩選》中這類表現取向的詩句並不多見，只能在黑辛藏的〈魔笛1〉中窺探一二：「形跡是傾倒的酒／疲憊是瀉落滿地／軟軟的香醇／唯有長長的歌旋著／旋錯一罐無夜的燈光／裝滿多年的雨聲」[28]。香氣的芬芳無以持久，淒美、暈

---

[24] 《大馬詩選》，頁198-199。
[25] 《大馬詩選》，頁39。
[26] 《大馬詩選》，頁177。
[27] 《大馬詩選》，頁110。
[28] 《大馬詩選》，頁177。

眩、憂鬱、苦悶、腐味便隨之出現，這個轉變可說是一種聯感的意象轉換，從外部的清新香味轉向內心的憂鬱苦悶，由外景到內心的遞進過程，造成矛盾的美學張力既相連又相互對立，震撼讀者的心靈意識。腐爛和腐味與死亡互為表裡，更加接近象徵主義詩派的死亡觀念，在《大馬詩選》中這類詩作為數不多，試舉艾文和賴瑞和兩個例子：

> 佈道的聲音
>
> 阿彌陀佛的聲音
>
> 蠟炬垂淚的聲音
>
> 腐草堆裡一灘血肉的聲音
>
> 枯堡上空黑蝙蝠哀慟的聲音[29]
>
> 成熟後，綠的轉紅
>
> 再等待腐爛的時候
>
> 撲面的風來自：草和枯葉下
>
> 陰濕的泥土
>
> 葉子和枝椏
>
> 都落滿果園裡的：
>
> 小徑和石凳
>
> 折落的聲息，染深了
>
> 夕暮的陰晦

---

[29] 艾文：〈聲音〉，《大馬詩選》，頁49。

> 蟲蟻爬過剝落的樹幹
>
> 回歸葉與葉之間的巢
>
> 餐食秋黃的幾絲夕暉
>
> 成熟後，暮的時日近了
>
> 在一隻逐漸隱息的蟬聲裡
>
> 在一隻山鳥的飛起中
>
> 驚起的一片落葉……[30]

　　我們看到，在法國象徵主義詩派那裡，六〇、七〇年代的馬華現代詩人接受的是他國的語言文化形象詞彙和新奇的表現技巧手法，在波特萊爾那裡，《大馬詩選》中的現代詩人接受的是一種頹廢的反常與精美情調融會的體驗，一種令人感到困惑不安的氣氛，一種對傳統寫實觀念產生解構力量的新方向。其中對死亡、幽魂、魔鬼、墓地的呼喚和抗拒的矛盾張力，充斥於詩裡行間，轉化成為六〇年代馬華現代詩的特殊語言情境。

---

[30] 賴瑞和：〈果園〉，《大馬詩選》，頁 246。

第五章
象徵主義與存在迷思
——七〇年代《大馬詩選》的兩種讀法之二

第一節　存在主義

　　存在主義（Existentialism）的誕生乃是西方國家經歷第一次世界大戰過後社會百廢待興經濟蕭條時期，德國思想家雅斯培（Karl Jaspers）和海德格（Martin Heidegger）等人所探討思考的存在思想哲學體系。基本上存在思想把個人從群體中解放出來，揚棄人的共通性，只承認個人的存在，個人的存在完全與他人相異，個人的特性是獨一無二的，個人在存在過程中必須面對生活和生存的種種苦難和逆境，以及個人如何在這個困境裡所體現的「自我創造」。第二次世界大戰對歐洲所形成的摧殘與創傷，加強了存在主義的存在和宣傳，在尼采（Friedrich Nietzsche）、沙特（Jean-Paul Sartre）、卡繆（Albert Camus）等哲學家和文學作者深入研究和實踐存在主義於他們的文學作品之下，存在主義儼然成為五〇年代歐洲和美國學術界最流行狂熱的生活時尚和意識形態。這股流風迅速散佈到世界各地，成為五〇、六〇年代世界性

的學術思想，五〇年代末期，存在主義被引介入臺灣文學界，成為
臺灣現代文學小說家和詩人最熱烈探討的思想理論，他們透過文
學作品來實踐存在主義的哲思，對臺灣現代文學的發展作出極大
的貢獻。

　　如同象徵主義，存在主義開始在六〇年代輸入馬華文壇，當時
的馬華現代詩對這股全球性的學術風潮自也不能抗拒，馬華詩人紛
紛在詩中表現人生存在的情境，在觀念上受到存在哲思的影響。我
們在《大馬詩選》中讀到為數不少的詩作有大量存在主義的相關術
語：存在、虛無、焦慮、死亡、荒謬、疏離、孤寂等等，這些詩作
一方面觸及和接受存在思想的哲學觀，另一方面詩人們可能誤解存
在主義的內涵要素，造成詩作表現出一種變相的存在思想，「虛無」
成為消極墮落的同義詞，詩人的誤解／誤寫讓馬華現實主義論者將
錯就錯誤讀，對這些詩作大力貶損抨擊。以下我將以沙特的存在主
義思想來檢討解讀幾首《大馬詩選》中的現代詩，看看他們如何接
受存在思想，如何因誤解它而造成偏差，又如何因馬華情境的介入
而轉化成華洋混雜的迷思。

第二節　馬華現代詩中的存在主義迷思

　　現代詩人常常表現人存在的苦悶和絕望，他們認同人的生活和
生命充滿了限制和虛妄，無論如何行動都不可能逃脫存在的現實
困境，因此他們大量挖掘自我的內在心理世界，類似個人化存在主

義的心理刻劃在周喚的〈短詩集〉和〈存在之外〉裡俯拾即是，又如沙河的〈齒輪〉：

一根臍帶
一個名字
給你一面欄柵
給你一座無法超越的橋

齒輪轉著
一週
不銹鋼
輾過你的腦壁
輾過你根根的恐懼
二十四週
從玩具店中出來後
你的影子在你前後左右飄忽不定
這個年代你屬於鞋
這個年代你在隧道中摸黑
一個天窗也不屬於你[1]

詩句中的「齒輪」代表現實世界，而「欄柵」和「橋」象徵這個世界裡的種種限制，人的生存是注定要苦痛和絕望，比如生活在龐大的恐懼當中，永遠在隧道裡摸黑，一輩子和自己的影子搏鬥，

---

[1]　《大馬詩選》，頁 95。

不可能超越這些困境。謝永就的〈21 天的最後一日〉也對人存在的
絕望和生活的荒謬苦悶有所解嘲：

> 銅鑄的鐘必規律地拉動長音
>
> 囚生活成形狀的門必開啟
>
> 進來的是挾講義的演講者
>
> 白色的字和粉畫的圖示
>
> 必如短命的蜉蝣茍生
>
> 蛻成後回首即死去
>
> 我將是速寫的記者
>
> 為自己報導烈性的聽講記錄[2]

存在主義認為，人的生存現實環境，稱為「此在」（Dasein），
是不能消失和超越的，但是個人卻可以透過本身的「去存在」
（Zu-sein）行為來決定自己會存在成何種生命和生活，「此在」的
「去存在」過程乃是一種由自身選擇、規劃、決定的存在方式，非
現成或宿命的無條件接受，而「去存在」的過程的最大意義與目標，
就是人的有所作為價值。由此可見，上面周喚、沙河和謝永就的引
詩部份都共同面對一個缺憾，他們都表現出現代人存在的現實環境
的限制和不可超越，這是存在主義最基本層面的認識，但他們沒有
透過任何「去存在」的行動探討來交代出詩人的超越存在意識，致
使這些詩淪為「常人」（Das Man）觀物角度的複寫，只是一些意
象語形象化的加工手法，論到存在主義思想的深刻度就付諸闕如

---

[2] 《大馬詩選》，頁 261。

了。沙特認為個人的意識活動不能不與現實生活中的「非我」的因素相衝突矛盾，個人越是強調個人意識的主動性，越會感受到非我的他物對於這個企圖任意行事的意識的格格不入，沙特承認我的意識之外的他物是現實的存在，而對於這個現實的存在，人的主觀意識是無能為力的。然而，沙特並不甘心為外在的現實他物所擺佈和束縛。[3]當此在意識到自身存在與外在現實體制有很多無法超越的規範和束縛，如上述的詩句中詩人對自身存在的迷惘和限制，這時自我會產生焦慮緊張狀態，尋求掙脫現實困境的意圖，但現實體制和限制是無可掙脫的，「常人」越想掙脫現實束縛越是感到深深無力，自我的焦慮煎熬也就更加激烈。

藍啟元的〈呢喃〉一詩對現實體制的焦慮表現得最淋漓盡致：

綠色的胸膛‧紅色的眼珠

不知燒那一個村落那一家的茅寮

焦慮要人不斷抬頭

側著身子去吻，火燄般的

惆悵

嘴臉埋在厚黑的掌心

把唇舌的衝動

網住

坐著的時候看到米褐色的天花板

站著時依然是那種破敗的繽紛

3　高宣揚：《沙特傳》，臺北：萬象圖書，1994，頁 144-145。

> 躺下來便覺凋零
>
> 黃昏有黃昏的伴侶，不與你同醉
>
> 黎明是條單身漢，只願獨睡
>
> 鏡子內的你是另一個世界的鏡子
>
> 發現
>
> 只有脫去上衣環抱一棵大樹
>
> 用自己的皮磨擦大樹的皮
>
> 才是最真實的感受[4]

　　詩人的焦慮源自於對現實世界的無法掙脫和人生存在的虛妄迷惘，這股焦慮化為種種歇斯底里的動作，如詩中所提起的惆悵、衝動、坐立不安、躺下來幻覺為死亡、精神分裂、自我人格崩潰等。這種種的焦慮表現，在沙特看來，不是指人的自我欺騙，而是看到人在此在的侷限性，人的焦慮是不可能消除和掩蓋的。[5]詩人用自己的皮膚磨擦樹皮來感受真實，這裡表示詩人懂得運用自我意識來超越現實此在（大樹），詩人已經把心理的焦慮狀態化為行動，不再單純的自怨自憐，或者怨天尤人，比起上引沙河和謝永就的詩可說是跨出了一大步。

　　對於人無法超越現實限制困境，沙特提出「虛無」（Néant），人的存在是因為他能夠自我意識，人唯有透過自我意識的否定作用去超越現實中的事物，無視於它們的實際存在，毫無顧忌地為自己

4　《大馬詩選》，頁 277。
5　萬俊人：《於無深處──重讀薩特》，四川：四川人民出版社，1996，頁 25。

作出選擇，形成精神上的自我隔離功能，這時人在意識層面上已經脫離了現實的束縛和限制，這就是「虛無」的本質。由此可見沙特的虛無論並不是一般讀者所誤解的消極和空洞，它是一種針對存在限制所產生的拒絕「平整化」（Einebenen）意識作用。李有成的〈不快〉寫的就是現實體制對人的壓抑剝削，人活在此在就注定要面臨這些困境：

> 你看見那些不快
>
> 他們附在你的靈肉上
>
> 一層又一層地繁殖
>
> 直到你變成枯草　或者一隻
>
> 難看的獸，他們
>
> 唉，就是他們
>
> 他們，那樣子向你推銷
>
> 如何去看見自己
>
> 如何去撕裂命運的外皮
>
> 然後，然後又如何讓他們
>
> 在你身上
>
> 一塊又一塊地割下[6]

　　對現實困境帶給自我的傷害，詩人只能擺出焦慮憤怒的表情，無法藉自我的超越意識來超越這一層精神上的不快：「你只能剝

6　《大馬詩選》，頁 55。

下，一寸寸地／緩慢而且怒視」。江振軒的〈海中〉也對現實體制帶給人的失去自由和擺佈有著同樣的焦慮，對於自我的無能為力流露深深絕望：「必須手腳共划／若掙扎停止／水便淹過你的額／剩下幾粒無力的水泡／然後空無痕跡」[7]。

沙特分析個人存在與外在現實／他人的關係時指出，有感覺的個人，一方面他感受自我存在的限制，另一方面又感受到自己擁有一種選擇能力，憑著這個選擇能力，個人可以運用自由意識創造自己的未來，在精神上超越這個世界體制。李有成的〈一座海〉一詩中同樣面對現實體制（海）的擺佈（茫茫地向我逼來／讓我的膚色痛苦），但是此詩末段詩人企圖超越自我存在的限制，運用他自己的意志來改變此在，向沙特的虛無思想境界跨了進去，比起〈不快〉這首詩更加深刻的思考：「海／和我一樣孤絕／和我一樣衝激著自己的生命／海茫茫地向我逼來／我張開手／我要浪花不凋／我要濤聲不絕／我知道／我因此／忍受苦役」[8]。

個人在創造自己未來的過程中，卻充滿著太多的困難和束縛，四周圍的現實體制無時無刻在限制著他，支配著他和威脅著他的存在，畢竟如〈一座海〉詩中對現實體制的精神抗衡思想的詩人並不多，更多的是常人，這些人對生活逆來順受，甚至認同現實的膚淺凡俗。沙特把外在世界限制個人的存在形容為「黏滯」（Visqueux）：「黏滯表現出世界同我的一種溶合的現成的毛坯。」具體來說，糖漿的黏滯性是最典型、最形象、最理想的黏滯表現形式，因而也是

---

[7]　《大馬詩選》，頁 79。
[8]　《大馬詩選》，頁 57。

存在的最生動的寫照，它向周圍擴大，所到之處，糖漿與桌面黏合在一起，難分難捨，當你要把它從桌面上分離時，它可以分離一部份，但有一部份繼續黏在桌面上，另一部份粘在你手上。這時，你要甩也甩不掉它，它是如此頑固，卻又如此馴服，也就是說，你要甩掉是甩不掉，要壓它卻可以軟綿綿地壓平它。人的存在，就像糖漿那樣，它既不是堅固的、不變的，也不是完全像水那樣無定形，那樣離散，而是又黏又軟，又兼有一定的執著性。存在，即人生，多多少少是一種又黏又軟，又有一定的內聚力和附著力，又有一定的離散性的東西。因此，人生是一種令人討厭的現實，黏糊糊就是人生的原始狀態。人一旦認識這個世界，他就馬上厭惡、嫌棄這種黏滯性。[9]林綠的〈週末〉一詩中現代人的生活充滿公式化，廣大的都市架構平整化，生存的要素被黏滯的生存空間消散化，處在如此迷糊糊的現實環境，詩人筆下不斷重複迷糊困惑的生活日子，卻無法提供任何可能超越此在束縛的批判視野。林綠另一首詩〈手中的夜 No.5〉則採取比較積極的行動，雖然現實的干擾和阻擋在四面八方重重來襲，無所不在，詩人似乎已經開始對自我意識作出虛無化：「於是我閉起眼／享受自己扭手指的聲響」[10]。但是詩人採取「閉眼」而不敢正視，意味著詩人不付諸行動，只選擇一種心靈的「虛無化」來抗拒現代生活的苦痛和焦慮。

　　同樣的沙河的〈齒輪〉末段也對現實限制作出突圍超越的意識動作，詩人並不是純粹悲觀的宿命論者，現實與命運對人生存的重

---

[9]　《沙特傳》，頁 151-152。
[10]　《大馬詩選》，頁 131。

重枷鎖壓制著詩人，煎熬著詩人的身心，詩人卻絕不言輸，也不自動放棄：「你只是單純的一個存在／你猶在寒夜／自空無中提煉一株火燄／想從那透明的鞦韆上／躍／起」[11]。最後兩行的排列設計，交代出詩人從單純渺小空無的存在焦慮轉變為對存在意識體認後的上昇位置（昇華），靠一個蒙太奇鏡頭的跳接，成功運用肌肉運動（Kinetic）意象的表現手法，突破了整首詩前三個段落的現實黏滯現象複寫的窠臼，令詩的結束更加深刻有力。

沙河另一首詩〈街景與死亡〉描述現實世界的黏滯性，活在其中的現代人無從躲避，注定要面對這一切此在的存在情境——離散性、附和性以及迷迷糊糊的個性：

> 焚過的整張下午
>
> 緊貼在玻璃窗上
>
> 街景在痙攣著
>
> 某個空洞
>
> ……
>
> 穴居人與電腦
>
> 仰望同一顆絕望的太陽
>
> 一位帶傷的將軍策馬而過
>
> 一個老頭栽植棵棵的花
>
> 望著它們枯萎
>
> 一聲歎息長長地拖過耳際

---

[11] 《大馬詩選》，頁 96。

街景

街景是幅幅快速變更的畫面

在我的腦壁沉重地壓下[12]

　　詩人觀察到機械化的都市生活步調，在都市生活的空洞迷糊中，常人對現實世界感到絕望，他們的存在自我不斷被擊傷不斷被扭曲，甚至產生變形／痙攣，失去海德格所說的本身結構的自我，自我的靈魂和精神受到污染，所有人被平整化了，成為現代都市中的「死活體」。現代人被詩人嘲諷為「穴居人」，除了與他們常年住／躲在石壁房屋的原因有關外，也與詩人對存在的空洞困境意義相呼應，值得注意詩人為何特別採用「腦壁」一詞，而不是腦袋或頭腦。太陽本是象徵光明充滿希望美景，然而詩人卻把它說成「絕望的太陽」，策馬馳騁沙場的將軍本是光榮勝利的象徵，卻被詩人寫成受傷，栽花本是希望看到豐盛的美景，詩人卻注意到它的枯萎凋零，如此種種生存的矛盾和悲劇，已成為現代都市人／常人的共同命運，要面對和超越這些生存的困境，詩人就不得不正面思考沙特的虛無哲思，而不是一味重複的逃遁陷入常人的生存迷思。

第三節　從存在的自為超越到時間命題

　　沙特認為，一切對於外界的認識都是個人的意識活動的結果，在現實生活中，許多人可以面臨著「同一個」事實，但不同的人對

---

[12] 《大馬詩選》，頁91。

這些事實的認識卻是完全不同的,因為個人的不同的意識狀態決定著「自為」的存在。在探索個人的存在中所進行的人的意識活動時,沙特發現「自在」的事物,就是那些被意識到的外界事物,而意識才是真正的「自為」的存在。[13]自為之「為」是一種虛無化的超越,個人運用意識的決定性作用,藉此擺脫或超越此在現實的限制枷鎖,但是自為的超越是有其進向和維度的,它顯示於時間之中,顯示出由過去到現在到將來的進展動向,因此時間總是與人類對存在、命運和理想的思考聯繫在一起。個人自身所面對的不僅是變幻莫測、難以把握和重重限制的世界,而且是這些變幻所流動其中的時間性質,正是這時間的力量,無情地將人的生命存在和行動切割成無法重合和再現的瞬間。它讓人產生了過去/現在/將來的三維時間性概念的反思,時間性給人類對自身存在命運帶來分離和矛盾的局面,誠如沙特所說:「過去不再存在,未來尚不存在,至於瞬間的現在,眾所周知,它根本不存在,它是一個無限分割的極限,如同沒有體積的點一樣。」沙特提出把時間命題當做一個整體去加以剖析,時間是隨著自為的存在才顯露其意義的,也就是說只有人才能領悟並把握時間的意義,沙特強調通過時間的多維尺度來理解自為的存在意義。[14]

《大馬詩選》中有不少詩作表現人類存在和時間命題的糾纏關係,比較有代表性的是李有成的〈時間三題〉,詩人透過時間的過去/現在/將來的三維角度來把握和理解人類的存在意義,如第一題〈公園〉中的精彩觀察視角:

---

[13] 《沙特傳》,頁 142-143。
[14] 《於無深處──重讀薩特》,頁 31-32。

某婦人坐在公園

她的手上

一張枯黃的經濟版

一片憔損的枯葉

輕盈地

飄落

黃昏走近

陪她坐著

遠處走來了一對情侶

笑聲越近

越是沙啞無力

她的女兒

正向她走來

她想喊住

但是她喊不出

因為這是公園

她的兒女有權到來

他們必須到來

某婦人坐在公園

她的內心愴痛

她走不出

來路

> 暮色中
>
> 她發現自己的身影
>
> 正逐漸消逝[15]

　　依沙特的見解，把時間當作一個整體來看待，自為的存在必須同時在時間的三維度中存在，即他必須（一）：非其所是，揭示自為存在的過去，他不再是他曾經所是的存在。（二）：是其所非，揭示自為存在的將來，他現在所是的不是他將來要成為的。（三）：在一種反射的統一之中，是其所非，非其所是，揭示自為存在的現在意義，他的現在既不是他將要超越或虛無化的，也不是他曾經所是的。[16]在這裡，沙特要說的是自為存在的時間性維度基礎，無論是「過去」還是「將來」，都是與人的「現在」相聯繫才能顯現其意義，在存在的時間性思考和探測中，人必須賦予現在一種面對現實世界在場的優先地位。李有成選擇了「公園」為此在現實世界的象徵縮影，詩人在這個公園裡面對人過去／現在／將來的時間維度變換，同時這裡也是「她的兒女有權到來」、「他們必須到來」的現實此在，現實世界中的常人無力逃遁的「沉淪」（Verfallen），生活在現實體制和限制所產生的頹喪：「笑聲越近／越是沙啞無力」。「枯黃的經濟版」正顯示商業消費意識的不可持久性質和虛幻性。換句話說，她意識到她的現在不過是一種「瞬間的現在」，自為存在的「現在」是與她的「過去」和「將來」緊緊聯繫，形成一個整體，

15　《大馬詩選》，頁 58-59。
16　《於無深處──重讀薩特》，頁 32。

把握住「現在」的存在意義，也就是看穿「將來」的命題，詩人對
這個命題的認識無可否認地帶有苦澀傷痛的理解。

　　「現在」所面對的不只是自在的存在，而且還有「在場」的他
人，如上述的引詩中的情侶和兒女，又如詩第二題〈巴士站〉中的
孩子、少年、青年、中年、老人，這些「在場」的他人形成自我存
在的此在網路，每個人都不可避免要面對他們的「在場」，沒有個
人可以生活在自我封閉的無人空間裡，因此個人自為的「在場」總
含有某種「共同在場」的意味。[17] 但是自為的「在場」還不是「現
在」的意義根本所在，是自為存在本身的虛無化決定了個人的存
在，他既在此又不在此，因為他的「現在」只存在於虛無化之中。
這種既存在又不存在是自為存在的「現在」，很深刻的表現在李有
成的〈時間三題〉中的第二題〈巴士站〉裡：

> 某人守在巴士站
>
> 這輛巴士過去
>
> 那輛巴士到來
>
> 他守候的巴士還在顛簸的路上
>
> 緩慢
>
> 或者急速地
>
> 複印著過去
>
> （一個孩子走過
>
> 一個少年跟著

---

[17] 《於無深處——重讀薩特》，頁 35。

一個青年隨後

一個中年趕來

然後是

然後是一個老人

可憐的老人

另一個類同的孩子

正向他的背後追來）

某人守在巴士站

他守候的巴士仍在茫茫的遠方

人群

在他苦痛的眼前走過

除了等待

他無其他目的地留下

某人守在巴士站

他要趕赴

一程

必然的

空白[18]

　　詩句裡「某人守在巴士站」是詩人對於「現在」的體認思考，但是這思考本身卻是透過「過去」和「將來」的聯繫才得以完

---

[18] 《大馬詩選》，頁 59-60。

成。「將來」決定著自為存在的超越意義，但是「將來」被詩人
說成「空白」，因為「將來」是一種還沒有的存在，沙特認為「將
來」的基本意義即是「欠缺」。「將來」是個人所期待的理想和存
在的目標，是個人對自己未來的策劃和投射，但是作為自為存
在的「理想之點」，「將來」永遠只能是空洞，它是永遠不可能最
終達到的，將來之為將來，就在於它永遠不是或不能變成「現
在」。因此，「將來」沒有存在，它是無限的超越可能性，作為
虛無化的個人恰恰就是他的將來，由他的無限可能性組成的自由
存在。詩人明知「趕赴一程空白」，也要對他的「將來」作出虛
無化的超越性探索，這種試探的可能性即是自由的根本價值和
意義。[19]

第四節　存在主義的誤讀／嵌入／轉化

對此在現實限制的擺脫與超越，沙特提出了「虛無」的思想觀
念，一般人對「虛無化」的落實發展有兩個可能的結果，一是如沙
特所要求的運用自我的心理意識，來追求心中的理想目標，創造出
自己的本質，具有強烈的行動性和實踐性；一是消極的接受現實環
境的不可超越性，與現實生活隨波逐流，逃遁入常人生存的空虛墮
落狀態，也就是現代人類時常表現的「現代性」：苦悶、迷惘、孤
絕、焦慮、徬徨、疏離、庸俗、消沉、空洞，後者是一般人所常誤

---

[19] 《於無深處──重讀薩特》，頁 36。

解的存在主義思想，他們對沙特的「虛無」存有明顯的無知而把它
當作墮落的同義詞，這種帶有達達主義式的誤讀／誤解，集體表現
在六〇年代的馬華現代詩中，造成存在迷思／迷惑，以及虛無化的
「虛無」。我們不要忘了在當時除了西方和臺灣輸入的現代主義文
學思潮，還有詩人們集體面對政治現實和文化屬性的危機感日益深
化的局勢，這種種外在和內在的困境深深困擾著他們的思想觀念，
因此詩人在作品中有意或無意藉存在主義的誤讀，嵌入虛無意識，
在重重的時空隔絕和文化差異的條件或盲點之下，馬華詩人的存在
虛無觀念受到現實和語境的限制，與沙特的存在主義自是有所不
同，發生質變然後轉化為馬華本土的另一種聲音，毋寧也是很自然
的一件事。馬華詩人面對政治禁忌和現實限制（包括文化教育大環
境）的雙重困境，巧妙的借用存在主義的思想意識來表現內在心理
的苦悶失落，因此這些詩大部份都浮現西方現代病症的刻板印象，
對五〇年代盛行現實主義的馬華文壇來說，這些現代詩的語言意
識是隱晦異化的。

　　存在的苦悶和自我身份的不確定形成艾文、沙河、周喚、黑辛
藏等人的詩表現出集體挫敗的感傷鬱結。以下試舉一些例子：

> 每天，太陽就這樣出來
>
> 向樹林的夏天
>
> 向稻田的雨季
>
> 遊說
>
> 但是小灰鴿們怔怔地

向茫茫遠方

想一些新鮮的聲音[20]

一種感覺

像一則在人們齒間

流傳了千百年的故事

這麼重複重複重複

花朵謝了

我們再栽培一株

某種機能的休止

我們把他的名字

從族譜中除去

從記憶中除去

或以輓聯揮別

我們就是這樣活著[21]

風起處　鬼火曾迫近你小小的影子

傲氣卻在那丕土那片黑上飛躍

踢躂裡　把臉朝向天外

不聞血腥與械鬥的　邊陲

在長天一色的飲馬邊陲　向東方

---

[20] 艾文：〈腳步〉，《大馬詩選》，頁 45。

[21] 沙河：〈感覺〉，《大馬詩選》，頁 100。

　　搜集陌生　的冷熱　也寫下你陌生的名字

　　存在曾失落　不失落的是意志[22]

　　無非是拆散的久雨　如果

　　攀你神話繫垂的青髮可以越獄

　　如何？我的城　已失

　　我背上的寒冽

　　割得斷黃昏卻割不斷清醒

　　夜夜無眠久久無夢

　　以失蹤的自己

　　尋求苦楚而真實的夜夜[23]

　　上述詩例普遍上都呈現出詩中人一種對生活和生命的失落空虛感，好像在期待著一個改變或超越現實限制困境的聲音出現，企圖改寫自我長期以來被壓抑放逐的歷史身份，雖然這一切是那麼的困難和苦楚，充滿了重重的外在現實和內在心理的禁忌失調。這種導致馬華詩人感到失落不安焦慮壓迫等多樣負面的神經反應，以及生活裡充滿空虛無聊的寫照狀態，在詩人面向社會環境中的現實物象時思考和體驗，除了有一份較具體落實的現象題材陳述，也讓人窺視到詩人心理幽微深處的存在憂患，比如沙河的〈感覺〉一詩的後段：「我們就是這樣活著／看速度運動／看速度運動在留產院／看速度運動在婚姻註冊局／看速度運動在診療所／看速度運動在

22　周喚：〈存在之外〉，《大馬詩選》，頁 110-111。

23　黑辛藏：〈夜歸人〉，《大馬詩選》，頁 185。

殯儀館／然後速度運動在虛無中／只是一種感覺／指揮著食道指揮著肛門／曉得分割白晝與黑夜／不為什麼地競爭一些什麼／懂得寫報告書／懂得寫自傳」[24]。

這首詩表現出現實生活的擬象，在不斷出現的重複句的氣急敗壞語調中，整段詩充滿了速度感和行動性，但是在詩人語言意識的心理深處，卻透露出現代人的空虛荒謬情緒，可以說沙河已經深深觸及現代人的集體潛意識困境，無論是外在現實還是內在心理的層面。

歸雁的〈陽光和無聊〉也同樣面對生命的疑難提出批判，他這樣寫常人的生活面相和生命情境：

> 所有生命的蠕動
>
> 街衢是一塊豆腐乾
>
> 被車輛切了又切
>
> 被情人嚼得面目全非
>
> 交通燈竟閉上兩隻眼睛
>
> 只讓黃色去為難油門和掣止器
>
> 所有的咒罵
>
> 就整齊地排起長龍
>
> 向自己示威[25]

把生命比喻為都市街道，生命的被動沉淪就如蠕動的毛蟲，現實生活的體系限制有如街道上人為的交通規則和紅綠燈，生活在

---

[24] 《大馬詩選》，頁 100。

[25] 《大馬詩選》，頁 291。

其中的人任由這些體制限制著他們的生命情調，一切的場景顯得非人性和異化，與人類原本嚮往的自由意識背道而馳，然而詩人生活在這個黏滯的「豆腐乾」世界，要逃也逃不掉，卻又不甘心任由自我隨外在世界空間所奴役依賴，因此這首詩旨在對人類生命的被奴役所產生的無力感提出批判和譴責。歸雁身為一個詩人，已經開始意識到現實社會的縮影就是人類生活和生命的譬喻寫照，詩人寓社會物象的錯亂顛倒於內在心理的迫切焦慮省思體悟，可謂精彩又準確的表現形式。

結　語

從西方的現代主義文學思潮那裡，尤其是法國象徵主義和存在主義，滲雜了馬華本土文化憂患意識和身份屬性政治現實壓抑焦慮，六〇年代的馬華現代詩人藉現代性來追認與塑造這些複雜的身份屬性和文化危機，逐漸走出自己獨特而新穎的輪廓。獨特是因為六〇年代的馬華現代詩除了不可否認受到西方現代文學思潮的影響，甚至還有一些詩人完全接受這些新觀念，直接表現在他們的詩作裡，但是其中卻擺脫不了馬華社會的現實環境限制和本土文化情結，我們在他們的詩中看到西方思想和馬華傳統文化的矛盾抉擇與混纏的思緒掙扎。新穎是因為馬華詩壇在六〇年代以前一直是現實主義的主流大論述所壟斷，雖然在更早的四〇、五〇年代也有人試驗過含有現代主義色彩的詩作，但那畢竟只是零星個別的詩作者，

與六○年代傾巢而出的含有運動色彩的現代詩（文學）自是不可同日而語。從六○年代早期的隱晦疏離的語言到七○年代後期的舒緩與反思，我們在《大馬詩選》中讀到整個六○年代馬華現代文學的縮影，與之對照七○年代的現代詩集，可以很明顯的看到馬華現代詩語言承受了各式各樣需要的改變和提煉。

　　誠如溫任平所言：「無需諱言，馬華現代文學在初創階段甚至現階段都有許多缺失。在初創階段，由於求新過切，往往流於故弄玄虛，技巧的不夠嫻熟，也使得理論的要求與實際的成果出現重大的差距。每一種新思潮的興起，總難免會被許多看作是『反傳統』、『標新立異』的。所謂標新立異有時甚且可說是一種健康的現象，它顯示著人們已不願再抱著那個又舊又爛的包袱，不願再墨守前規，自囿於過去那個天地裡。標新立異者，從另一個角度來看，往往是另創新猷的先機。」[26]以這段話來看待和印證《大馬詩選》中的詩作，可謂相當貼切，溫氏這篇論文發表於一九七八年十二月的一場文學研討會上，乃是為六○、七○年代的馬華現代文學的發展方向作出總結。讀《大馬詩選》這本當年馬華文壇第一部現代詩選集，對於書中的早期現代詩，筆者認為多方面多層次的解讀才能深入的瞭解詩人的歷史關照意識，體現詩人對自我的文化、身份、以及他們面臨本土經驗／西方思潮影響焦慮與衝激反思的內涵語境。

---

[26] 《文學‧教育‧文化》，頁 14。

第六章
從《大馬詩選》
看七〇年代女詩人的風格趨勢

　　溫任平主編的《大馬詩選》，於一九七四年出版。[1]這部詩選是馬來西亞華文文壇第一部現代詩選集，所選錄的詩人從馬來西亞國家獨立後的五〇年代末至七〇年代初為止，共收錄廿七位馬華現代詩人的詩作品，其中只有方娥真、李木香、淡瑩和梅淑貞四位是女性。七〇年代馬華文壇上的女性詩人，除了上述四位，還有天狼星詩社的林秋月、洪翔美、冬竹、鄭榮香數人表現較出色。人數與男性詩人相比之下，可說是寥寥可數，而上述女詩人大部份現今已停筆。八〇年代的林若隱，及九〇年代的劉藝婉、邱琲鈞，這幾位詩

---

[1] 溫任平在《憤怒的回顧》一書中把馬華現代文學分為四個階段：一、探索時期（1959-1964），二、奠基時期（1965-1969），三、塑形時期（1970-1974），四、懷疑時期（1975-1979）。證諸《大馬詩選》出版於一九七四年，而天狼星詩社創立於一九七二年，溫任平認為一九七三、七四年是詩社的鼎盛期，顯然溫任平藉文字論述與詩社運動欲建構馬華現代文學史的意圖是很明顯的。見當事人的回顧，溫任平：〈天狼星詩社與馬華現代文學運動〉，江洺輝編：《馬華文學的新解讀》（吉隆坡：馬來西亞留臺聯總，1999），頁 153-176。溫氏的四個馬華現代文學分期轉引自馬崙〈馬華新文學的脈絡〉，《馬華文學之窗》，新加坡：新亞出版社，1997，頁 14。

人的詩藝表現在在令人矚目，實則已超越了七〇年代以來的女性詩人的整體成就。[2]

　　本文試從《大馬詩選》中的四位女詩人及她們的作品，一窺七〇年代馬華文壇上女詩人的風格趨向，暫且撇開詩人創作的時代脈絡及文化語境，把焦點集中探討她們詩作的內容和技巧，品評她們作品美學藝術上的成就。

第一節　傳統婉約派與中國性的承襲

　　方娥真當年入選《大馬詩選》時只有二十一歲，她以一種少女特有敏銳細緻的感覺，轉化為詩。方娥真的詩承襲了古典傳統中「婉約」的特色，「婉約」在這裡指的是詩中表現了溫柔、細緻、含蓄、淒清、純淨。方娥真寫愛情，寫內心的感情變化，語調是柔美溫婉的，雖然詩中的女敘述者可能承受很深的痛苦。〈月臺〉、〈天地悠悠〉、〈燃香〉諸詩都是如此。比如〈燃香〉一詩末節：「燈熄以後／枕香樓落你風塵的倦意／儂是一室暖暖的春雪／花燭一般亮開了初夜／愛情昇華的侍你／品茗燃雪的溫香」[3]，在語調和意

---

[2]　關於林若隱、劉藝婉、邱琲鈞詩中的後現代語言與女性意識的表現，整體上已經超越了她們的前輩，我另有專文論述，本章的重點放在六〇、七〇年代的女詩人，在筆者翻閱所有這個時期的詩集、詩選、詩合集中，值得論述的也只是區區四個，即入選《大馬詩選》的這四位女詩人。這個時期女性詩人的匱乏現象與文化體制／文學生態的關係如何，是一個值得進一步探討的課題。

[3]　溫任平編：《大馬詩選》，美羅：天狼星詩社，1974，頁33。

象的運用方面，都深深的顯現古典詩中婉約的風格，其中的「枕香」、「春雪」、「花燭」等詞彙在唐詩宋詞裡俯拾即是。方娥真的這個古典傾向，溫任平稱為「中華孺慕」。[4]但方娥真的抒情詩的成就並不止於此，她一方面賦予作品一種精緻溫婉的古典韻味，一方面又讓其作品洋溢著流動自如的現代感。這個分別很重要，一個詩人運用古典意象和詞彙，如果無法做到轉化和融匯傳統與現代，那麼其作品便會流於堆砌、陳腔濫調，與把現代感和傳統意識冶為一爐的作品相去甚遠。

試以〈月臺〉作為例子：「當最後的揮手欲揚而垂下／我忽然化為一座斷崖／你是崖邊將垂跌的快樂」[5]。方娥真在處理感情的題材時，能夠掌握住瞬息間所湧現的強烈情緒，因此筆下往往會出現自然而又奇巧的佳句警句，如引詩中的「你是崖邊將垂跌的快樂」一句，「快樂」本是形容詞，方娥真卻把它轉化為名詞，且轉化得這般從容妥貼，實屬難得。

七首詩中，〈窗〉是一首十行的小詩，展現出方娥真的才華，茲抄下與讀者共賞：

> 世界上的窗
>
> 都在夜裡對著燈光發呆
>
> 它們同時有著一個古老的記憶
>
> 從很久以前起
>
> 所有的行人都是陌生客

---

[4]　溫任平：《文學‧教育‧文化》，美羅：天狼星詩社，1986，頁 76。
[5]　《大馬詩選》，頁 27。

寒著臉尋找自己的庇護

當你走過長街

當我走過長街

美麗的帘影背後

是什麼[6]

　　某夜詩人走過一條長街，看見一扇扇張開的窗子，看見一盞盞發亮的燈，看見一道帘影垂直而下，帘影的後面模糊不清，引人深思。方娥真以少女特有的細膩感觸，及一股自我剎那的好奇衝動，捕獲了這一份微妙動人的效果。語調平靜純真，情思含蓄真摯，有一種迷人的詠嘆意味，於詩行的轉折進行間，托襯出少女的情懷及其感性世界。最後四行含有含蓄、悄靜、悠長這些特質，使詩的結束進入一個沒有完結的境界中。整體來說，方娥真的詩成功結合文白之長，走的是婉約清麗的路向，題材多為愛情或個人內心的感情，曾出版詩集《娥眉賦》，由名家余光中寫序，受到贊許和好評。目前旅居香港，以創作專欄及小說為主，近年甚少發表詩作。[7]

　　同方娥真一樣，另一位女詩人梅淑貞走的也屬古典婉約派的路向，詩選中的〈徙彼青山〉、〈空無的山〉、〈星星雨〉等詩莫不令人勾起古典的聯想，發起讀者思古之幽情。比如〈徙彼青山〉一詩中的某些句子：「你暮靄的喃喃語與你眉尖的恨／別時緣何忙折枝枝柳／紅豆原不相思，柳枝亦不斷腸……／依然是山疊山高，淵壓淵深／

6　《大馬詩選》，頁35。
7　方娥真詩集：《娥眉賦》，臺北：四季出版社，1977，由余光中寫序，受到贊許，稱為「謬思最鍾愛的幼女」，在當時的臺灣文壇贏得不少的注目。

依然是鳥啼泣血，鳥啼風塵／啼雛之失舊居，啼難聚之天倫／我步步並移，如針挑細線……」[8]。稍微涉獵唐詩宋詞的讀者當能夠感覺到上述詩行中濃厚的古典氣息，古人寫送別友人情人、懷念友人情人或親人的詩時，「暮靄」、「折柳」、「斷腸」等詞語是不可或缺的，宋代的柳永是此道中能手，〈雨霖鈴〉一詞不知風靡了多少代讀者。至於「紅豆相思」、「鳥啼泣血」都是古典詩中一用再用的意象語，發展到後來已成了一種濫調，不宜再用，除非作者有信心能夠從中翻出新意。梅淑貞上述詩行自然也無法跳出這項弊病，詩選裡其他幾首詩皆陷入這種危機──太多陳腔濫調毫無新意的句子。上引梅淑貞的詩句可以說是以現代詩形式寫成的「古典詩」，無論是在情感或意象的經營上都顯得十分古典意味，紅豆相思、鳥啼泣血、高山流水、蝴蝶夢等都是從詩詞中擷取而來，完全不見詩人的情感和個人的意象創意，詩人個人的現代情感古典化，古典的幽怨情懷漫溓字裡行間，這些十分古典中國、十分唐詩宋詞的意象語言、情感狀態、思考模式，深深的把梅淑貞這幾首「現代詩」淹沒掉了。然而中國的古典詩詞意境和修辭畢竟與七○年代的馬來西亞格格不入，古詩詞中的四季風景畢竟不同於馬來西亞常年炎熱的氣候，強硬的把古典詩詞的詞彙意境移植到馬華現代詩，除了暴露出詩人在為賦新詞強說愁的不成熟情感之外，更泄露出詩人書寫想像背後的意識形態──書寫主體的中國慾望。這個意識形態深深限制七○年代的馬華現代詩人，尤其是天狼星詩社成員的詩作，翻開《天狼星詩選》與詩社成員的個集，他們的詩語言與思維模式都是籠罩在古典詩詞的修辭意

---

[8] 　《大馬詩選》，頁 168-169。

境中的，梅淑貞的詩作並不是唯一的例子，也不侷限於女詩人。黃錦樹曾經探討過這個馬華文學與文化中國的書寫現象，為馬華文學與文化的「中國性」作出精彩具有說服力的辨析。另外鍾怡雯也以馬華散文為例，探討馬華散文作者的中國慾望被古裝化／古典化，成為一種文化鄉愁，而非對中國土地的認同。作者把中國慾望投射到散文裡，讓想像的維度透過古典詩詞的化裝而得到最好的發揮，鍾怡雯把馬華散文作者寄情於古典時空的中國化方式稱為「古典／古裝策略」。[9]

梅淑貞八首詩中唯有〈塵寰〉、〈水患〉二詩的風格不盡相同，句中也少有古典傳統的意象語，題材也不侷限於愛情和感情的心理變化。〈塵寰〉基本上不脫古典婉約的語調，但詩人成功的融合了古典與現代，使此詩既煥發古典的光采，又洋溢著現代的律動。至於〈水患〉一詩完全不同於上述詩作的古典意境表現，展現出一種很特殊的書寫視角，值得進一步申論，容後再談。一般來說，梅淑貞和方娥真兩人走的都是古典抒情詩的婉約路線，不同的是方的用語較為淡雅，想像力較強，古典與現代均衡，而梅的詩則用語較濃，古典的成份往往蓋過現代感，奇巧的構句也較少。

淡瑩是詩選中四位女詩人裡最年長的一個，或許是這個原因，整體而言她的詩視野最廣闊，題材也朝多方面發展。她寫過婉約含

---

[9] 方娥真、梅淑貞詩語言的古典中國傾向在馬華詩壇上並不是特殊的個案，也不侷限於女詩人，七〇年代中後期的天狼星詩社同人如溫任平、溫瑞安、張樹林、黃昏星、藍啟元、周清嘯等人的詩風都有這個傾向。黃錦樹對馬華文學與中國性的探討與批判，見黃錦樹〈神州：文化鄉愁與內在中國〉，《馬華文學與中國性》，臺北：元尊文化，1998，頁 219-298。鍾怡雯論文見〈從生命記憶到文化母體〉，《亞洲華文散文的中國圖象 1949-1999》，臺北：萬卷樓，2001，頁 79-139。

蓄的〈傘內‧傘外〉，寫過豪邁風格的〈楚霸王〉，也寫過令人低迴不已的〈海魂〉、〈水劫〉等詩。〈噴水池〉一詩承襲古典婉約的風格，清麗柔美：

> 一刹那，繁花吐出五顏六色
> 震攝目光和驚嘆
> 眾花神冉冉自水中上升
> 撒下珍珠融入琉璃
>
> 整池的七彩交疊
> 蓮與菊並蒂綻放
> 我是那枝獨立的水仙
> 永遠以秀麗光耀你
>
> 今晚，花神設宴於此
> 斟酌芳香，品嚐變幻
> 每一朵青春都透明
> 盛在旋轉的高腳杯裡
>
> 廿分鐘是一團煙霧
> 帶著讚賞融入琉璃
> 明午酒醒後
> 繁花不開在我的睫上[10]

---

10 《大馬詩選》，頁149。

淡瑩在〈前記〉中說：「七月離臺經港，前往觀賞新建的噴水池……。回來成此詩，仍不足以描繪其十分之一。」[11]。這首詩是否不足以描繪其十分之一，我們不得而知，但此詩散發的淡麗雅緻的光芒，卻牢牢地開在我們的睫上。我們不得不承認作者懷有無限敏感、有情及獨具慧眼的詩心，平凡簡易的語言意象到了她手裡，竟能夠做到化腐朽為神奇。「每一朵青春都透明／盛開在旋轉的高腳杯裡」，「一朵青春」是承接前面的「繁花」、「花神」、「蓮與菊」、「水仙」等意象而來，「透明」既是指噴水池的水，也呼應後句的「高腳杯」，當然也用來形容青春的本質和特色。這兩句遣詞用字雖然淺易，卻是意義飽滿的佳句。淡瑩很喜歡寫四行為一小節的詩，這種四行體的詩在她三本詩集《千萬遍陽關》、《單人道》和《太極拳譜》中佔有一定的份量。詩選中的四首詩可劃分為兩大類題材，第一種是鄉愁，如〈飲風之人〉，第二種是懷念親人，如〈那比永恆更永恆的名字〉、〈長春樹〉。從這些詩作中，我們可明顯的看出淡瑩的「婉約」與方娥真和梅淑貞最大不同之處，乃是淡瑩的抒情詩極少用典，或根本不用典（包括擷取古典字彙或意象）。淡瑩的詩給讀者的感覺是平易淡麗，卻又如此綽約多姿。

第二節　西方與臺灣詩壇的影響

五〇年代至六〇年代這段時期，臺灣的現代詩受到西方的文學理論、文學技巧和哲學思想影響很深，詩篇中充斥著存在主義思

---

[11]　《大馬詩選》，頁 149。

想、超現實主義與象徵主義的理論觀念。六〇年代這股流風從臺灣襲來馬來西亞，整體上提高了馬華文壇的現代詩的品質，如文字運用的密度較大、語言表現技巧的翻新、內涵伸向多樣性，但也同時造成一部份現代詩的作者詩風偏向晦澀難懂。詩人們受到存在主義、超現實主義的理論的影響，自覺或不自覺的都在自己的創作裡加以實踐。有些詩人深入研究相關的學說理論，有些則是讀了臺港詩人的詩，一味往自我內心的世界挖掘，表現出人類存在的苦悶和迷惘，輕則揚言孤絕，重則滿紙死亡暴斃。這種現象只要翻開《大馬詩選》，便可明顯看出端倪，如艾文的〈白災〉：「唱一些念珠的／孤獨與寂寞／吾人臉色蒼白起來／更近死亡」[12]。又如黑辛藏的〈隔離症〉：「有幢幢牢獄向你擲下／比嵌緊罪惡還孤冷地結著／你底來路與去路」[13]。這只是兩個信手拈來的例證，其實類似的例子在選集中比比皆是，不勝枚舉。李木香是四位女詩人中年紀最輕的一個，然而卻也是受到上述西方思潮影響最深的一個。李木香的詩，詩題很平凡，如〈髮〉、〈眼〉、〈耳〉、〈唇〉，然而詩的內容絕不平常。她喜歡寫佛寫禪：「所有的靜／都禪了」[14]（〈一舟霞色〉）、「一窩冷禪」[15]（〈髮〉）、「有佛在你瞳內說禪」[16]（〈眼〉）等詩句。根據筆者看來，李木香的詩所展現的思想更接近西方的存在主義，遠甚於佛理或東方文化思想。〈眼〉一詩中存在主義的風味歷歷在目，頗生動地勾劃出人類存在的虛妄和悲哀：

---

[12] 《大馬詩選》，頁 48。
[13] 《大馬詩選》，頁 187。
[14] 《大馬詩選》，頁 65。
[15] 《大馬詩選》，頁 67。
[16] 《大馬詩選》，頁 69。

> 　常被神所駐紮
>
> 　植了粒粒寂寞
>
> 眼，守護著自己看不見的自己
>
> 　從不曾泣過泣腺泣起
>
> 　　十年一日地
>
> 如一憧雨後失寵的雲層[17]

　　這首詩最後一節表現出人類對其所處身的世界的無奈無助：「眼眼相視／猶不能拯救重重營養不良的／視網膜／一若木魚之不能為魚」。[18]

　　奧康納（William Van O'Connor）把象徵主義的理論分為：一、用多數人所知曉的事物為象徵，賦予事物個人色彩的意義。二、多用「聯感」，也就是把兩種或多種感官交錯使用。三、不重視邏輯的順序，強調超理性的運作。[19]〈髮〉一詩中雲、獸、痛苦、黑都是讀者所熟悉的事物，但李木香卻賦予它們個人色彩的意義：「一窩冷禪」、「髮黑乃背陽之植物」，「窩」形容禪的形狀，「冷」形容禪的感覺，暗示禪是一窩雲，雲帶著冷意，在此抽象的禪轉化成視覺意象和觸覺意象。李木香運用了「聯感」的技巧手法，另外一句「髮黑乃背陽之植物」更不合理，但在不合理的組合中，讀者也可發現些許脈絡，「髮黑」乃承接「一窩雲」而來，背著陽光的地方

---

[17] 《大馬詩選》，頁 69。

[18] 《大馬詩選》，頁 70。

[19] 轉引自鍾玲：〈臺灣女詩人作品中的中西文化傳統〉，《中外文學》第十六卷第五期（1987），頁 88。

通常指黑暗，剛好髮的顏色是黑色，所以「背陽之植物」與「髮黑」能拉上關係，這自然是一種超理性的運作。熟悉西方文學理論的讀者必能發覺到「獸」、「痛苦」、「黑」等意象是象徵主義和超現實主義的作品裡常出現的意象。

超現實主義作品的特徵是：一、反邏輯反正統的思路。二、意識自由聯想的發揮。三、純粹通過感官的體察。四、從平凡的題材中帶出不平凡的體悟。李木香的〈唇〉表現出超現實主義的特色，詩中由唇聯想到霞色，由霞色聯想到紅菊，又從紅菊聯想到雲彩和山色。這一連串的聯想過程，很接近意識自由聯想的運作。這種反邏輯反正統的思路在李木香的詩中到處都是，無論是意象的配搭或是語言的銜接。我們很難在方娥真、梅淑貞或淡瑩的詩中找到這樣意象隱晦的例子：「常欲越獄者／是一片赤裸自己的黑」。[20]

七〇年代的馬華現代詩，很多表現存在主義、超現實主義和象徵主義的作品意象過份稠密，致使它們的詩揹負晦澀的罪名，也有不少詩力求意象的譁眾取寵，淪為失敗之作。這不限於馬華詩壇而已，臺灣方面也是一樣，商禽與洛夫早期的超現實主義作品至今還是毀譽參半，反觀馬華文學，李木香以一個年輕女詩人的身份，在作品中實踐西方的文學思潮及主義理論（也有可能李木香從來沒有直接讀過西方的文學理論，只是從臺灣的詩作及翻譯得到間接的資料和概念），使她的詩鋪上一層輕微的晦澀（並不完全不可解），詩中所刻意經營的哲理也呈現一種朦朧不清的概念。[21]

---

[20] 《大馬詩選》，頁69。
[21] 筆者亦從另一種角度來解讀六〇、七〇年代馬華現代詩中的語言異化現

第三節　抒情以外

　　女性作家和詩人給大多數讀者的印象是：婉約的風格、陰柔細
膩的筆觸、多寫個人小我的情懷、愛情親情，是常見的女性書寫題
材，少有觸及社會國家民族的大我意識。關於這方面的正反意見及
批評，西方女性主義論者自七〇年代以來已經累積了相當深厚的理
論視野，相關的文獻專書無論在深度或厚度上也不勝枚舉。同意或
不同意的讀者自可對此提出各自的意見，這裡不擬深入論析。[22]回
到《大馬詩選》中的四位女詩人的詩風格，除李木香往西方現代思
潮的超現實與存在主義取經，其他三位都在某種程度上承襲婉約溫
柔的語言風格發展。方娥真是寫愛情的箇中高手，四位女詩人中鮮
有人能出其右。如果把詩選裡諸位女詩人的詩題材歸類，大致可分
為四項：愛情、親情、鄉愁、自我的內心發掘。

　　詩風婉約的梅淑貞八首詩中唯有〈水患〉一詩深具區域色彩，
社會意識也隱約浮現於詩行間。試看此詩第一節：

> 浮腫的阿答葉
>
> 像夢中的一塊塵土
>
> 椰幹

　　象，以及詩人對西方現代主義思潮的挪用轉化的目的。相關論點詳見本書
　　第三章。

[22] 相關的西方女性書寫文獻著作可謂汗牛充棟、不勝枚舉。較具有代表性的
　　是七〇年代西蘇（Hélène Cixous）的「陰性書寫」，以女性作家特有的私密
　　細膩敏銳的筆觸，來挑戰並顛覆傳統主流父權觀點的「大論述」（grand
　　narrative），重建女性主義觀點的小敘述、瑣碎政治、日常生活書寫。

一須古一須古地發脹

涉上危橋突

瞥見黑暗那飽膩的影子

Banjir Banjir

潮湧來的

仍是那狂暴的名字[23]

「阿答葉」、「椰幹」等語頗能喚出本地色彩，馬來西亞的熱帶風光。但這些詞彙的運用必須是有表現上之必要，在整首詩中構成緊密的聯繫，否則就如在詩中大量運用古典事物而無法消化那般的毫無意義。「一須古一須古地發脹」這個句子很傳神，勝在於模擬水流遄急的聲音，也指木塊漂流的聲音，椰幹漂流水中，一會兒浮上一會兒沉下，宛如在大水中掙扎浮沉的人，喝了過多的水後肚皮呈現膨脹的現狀。這裡隱含有「意象重疊」的技巧運用，大水淹來，一切天昏地暗，故有「黑暗那飽膩的影子」一句。至於「Banjir」一字，為馬來文字，即水患或水災的意思。以馬來文字入中文詩，一些人表示無法贊同，這些人所持的看法是詩作者應該考慮到馬來西亞國外的讀者（這裡主要指中文世界如中國、臺灣的讀者）讀不懂馬來文的問題，進而影響到欣賞市場的問題。[24]

---

[23] 《大馬詩選》，頁 174。

[24] 例如馬華詩人方昂的〈讀詩筆記〉一文中認為「艾文沒考慮到國外讀者？」，參見《蕉風》433 期（1989），頁 26。又如謝川成的評論中說：「在中文詩裡用國語，給人的印象是不倫不類……。」，參見《蕉風》433 期（1989），頁 37-38。或許一個解決的方法是在詩句中的外來語文作註。

　　根據筆者看來，這個憂慮無疑是多餘的，就好像我們不可能要求所有用中文寫詩的馬來西亞華人放棄中文，改用馬來文字來書寫，只因為馬來西亞的人口比率上以馬來人居多。運用外來語入詩，純就於詩人的語言調度問題來看待，比較是詩人的思維模式和情感狀態上的抉擇，如果能生動地表現出地域色彩，呈現出現實語境的諸多面貌，而且就詩的整體結構而言，牽涉到語義的不可替代性及不可翻譯性，雖然就量而言可能會因為傳達方面有限制，懂得欣賞的人較少，但對於深諳外語的讀者來說其意義往往會溢出言表。

　　且讓我們回到〈水患〉第二節：「灌滿了淚水的／你正以西瓜紅腫似的淫眼／瞅住／一方歪斜的竹簾」。[25]「灌滿」一詞與前面的「發脹」一詞有相同的妙處，相得益彰之效果，普通我們說「淚水泉湧」、「眼淚奪眶而出」，但梅淑貞在這裡避開了濫調陳腔，賦流淚予新意，哭得雙眼紅腫被形容為西瓜似的淫眼，可謂絕妙。這四行中筆者認為第二行的「似的」的「似」字可以刪掉，使意象重疊的功用更為直接俐落。最後一節共有六行：「河床生出死土／斷木的餘身／Banjir／你便是土中的／一截截的／黑色的鬼魂」[26]，「河床生出死土」一句實為矛盾語，「生出」的卻是「死」土，然而這確實是水患過後的真實寫照，最後三句更加令人匪夷所思，但對於水患的滿目瘡痍的情境來說，卻又如此讓人感到心情沉重，濃厚的悲哀洋溢於詩裡行間。

25　《大馬詩選》，頁 174。
26　《大馬詩選》，頁 174。

　　梅淑貞的〈水患〉完全擺脫了〈徙彼青山〉諸詩中的古典婉約的風格語調，這首詩的成功不在於避開婉約抒情的語言意象，而在於不陷入傳統抒情詩慣有的孤絕淒涼氛圍，也沒有現代詩過重的超現實和超理性語言運作。其他如淡瑩的〈飲風之人〉表現不俗，值得在此一提。有別於淡瑩在詩選中大抵所展現的婉約清麗的語言風格，這首詩寫的是鄉愁，以鴉喻人，整個詩的氣氛呈現給讀者一種宏偉的時空，遼闊雄壯的視野，由水窮處的域外，寫到冰凍的地平線，蹤跡從遙遠的忘年河寫到黑夜千里外的太息，這首詩展現出馬華詩人少有的雄渾（sublime）風格。通篇的氣勢不但磅礴有力，還帶著孤傲悲愴的語調。如果說梅淑貞、方娥真的「古裝策略」是詩人向中國古典詩詞一份（誤認）的追慕和致意，那麼淡瑩這首〈飲風之人〉則是抒發詩人在國土外飄泊所生出的鄉愁之感覺意識。淡瑩生在馬來西亞，卻在青壯年時期出國深造，後隨夫婿王潤華在多個國家如美國、新加坡、臺灣等地執教，經年身在海外的她對鄉愁的體認最深。鄉愁在個人離家去國時才產生，飄泊是在海外生活的異鄉人的切身感受，因此當我們意識到鄉愁和飄泊的感覺時，總是已經身處別的時空，〈飲風之人〉寫的就是詩人身在美國深造時期，故鄉只能想望，異鄉卻處處存在眼前，眼前異鄉現實中的艱難處境（積雪、流浪）對比故鄉想像的溫馨（母親雙眸）：「積雪上只有他流浪的足印／延伸到母親雙眸的迴廊深處」[27]。詩的悲壯氣氛也漸漸加重，終於凝聚成一股龐大絕望蒼涼的心境感受。詩句中一再鋪陳強化敘述主體的邊陲性質：「他是一隻被放逐於視線

---

[27]　《大馬詩選》，頁147。

之外的黑鴉／再憤怒也啼不醒萬年青的綠意／乃挾雙翼寒流徘徊
至水窮處／環視域外而域外依舊無一樹無一歌」、「那年／左肩剛
披上秋色／右肩已落滿雪花及鄉愁／他被放逐到冰凍的地平線
上」、「那年／傳說他的蹤跡被西風啣去遙遠的忘年河／傳說他的
聲音跟積雪一道融解／易經上六十四卦沒有一卦足以燃燒起確實
的預言／因為他是一隻被摒棄於記憶之外的黑鴉」[28]，這幾節詩的
文字充滿邊陲性，文化身份被視為敘述主體的支柱，用來對抗西方
社會文化（西風）的籠罩，然而吊詭的是敘述主體的自我文化身份
的「中國性」（易經），卻絲毫不足以挽救詩人身份邊陲化和流放的
事實。詩人一再調動自我的文化鄉愁來抗拒西方文化，這個重覆衝
動的動作卻不經意的暴露出文化認同被脈絡化的不確定性、複雜的
一面。詩人的馬華流放者的身份要如何在西方現代性、中國文化與
馬來西亞華人屬性中自我轉圜定位？如同溫任平的詩集：流放是
一種傷，這個歷史現實與文化含混（ambivalence）交織而成的傷痕
注定了作為馬華詩人，意味著與身俱來的飄泊離散、自我心靈流放
的命運或宿命？淡瑩的詩句並沒有對此提供答案，然而她身在異鄉
為異客，焦慮的心情感慨透過詩句的深切提問或疑問，這個境外馬
華文學的離散現象，卻成為後來學者一探二十世紀海外華人身份屬
性與歷史意識的焦點所在。[29]

---

[28] 《大馬詩選》，頁 147。

[29] 這方面論述最著力的學者是張錦忠。張錦忠的馬華文學論述以「離散文學」
（diaspora literature）與「旅行跨國性」（travelling transnationalism）的角度
重寫馬華文學史和反思南洋論述，主要以馬來西亞國家政治運作與族群互
動（或被動）、馬華文學作為弱勢族裔文學與國族身份屬性的糾葛困境現
象、中國南來作家的離境與馬華作家的跨國離散流動，探討二十世紀馬華

結 語

　　四位女詩人當中，方娥真、梅淑貞、淡瑩三位比較傾向婉約的語言風格，這是相當大的比率，一般上她們的作品多為抒情、敏感、細膩、含蓄等等的女性感性，愛情親情是她們津津樂道的主題。然而西方存在主義和超現實主義的文學思潮也影響了馬華女詩人如詩選中的李木香，雖然這是比較罕見的個例。婉約風格的詩作雖然侷限了女詩人在詩中表現社會意識、民族國家和社會現象，但另一方面卻能夠深入探索詩人內心的潛意識世界，以及書寫主體真摯熱切的願望與慾望。李木香和梅淑貞現今已停筆寫詩，方娥真遠走異國，少有詩作，淡瑩持續寫詩，成績可觀。

作家的雙重或多重身份屬性。張錦忠相關論文見〈離境，或重寫馬華文學史：從馬華文學到新興華文文學〉，《南洋論述：馬華文學與文化屬性》，臺北：麥田出版社，2003，頁 41-59、〈文化回歸、離散臺灣與旅行跨國性：「在臺馬華文學」的案例〉，《中外文學》7 期（2004.12），頁 153-166、〈離散雙鄉：作為亞洲跨國華文書寫的在臺馬華文學〉，《中國現代文學》9 期（2006.06），頁 61-72。

第七章
國家獨立初期馬華現代詩與殖民主義
——以張塵因的《言筌集》為例

第一節　《言筌集》的時代背景和歷史意識

> 黑夜孕育著另一個白晝
>
> 沉潛的靜謐釀著生命的躍動
>
> 世界在每一個早晨
>
> 是新的嬰孩，新的苗種
>
> ——張塵因〈晨的第一義〉，1959[1]

　　馬華現代文學始於五〇年代末期，邁進六〇年代，馬華現代詩
傾巢而出，再加上一些文學刊物也熱烈譯介西方現代主義的理論和
作品，形成馬華文學的第一波現代主義運動。這些現代主義文學的
引介和創作，詩人作家們除了反動當時僵化的現實主義教條作品，
也是回應五〇、六〇年代馬來西亞（馬來亞）的社會和政治局勢發

---

[1] 張塵因：《言筌集》，吉隆坡：人間出版社，1977，頁 13。

展。隨著一九五七年的到來，整個馬來亞聯合邦（包括新加坡）已從殖民地步上獨立建國的年代，舊制已結束，但還未發展成熟定型的階段裡，大部分華人從「中國人」轉變為「馬來亞（華）人」，他們在心態上認同馬來亞本土，在文化上認同中華文化，這個政治身份上的轉換，令馬來亞華裔步入一個新的歷史階段。面臨這新形勢，一個年輕的華裔知識分子（詩人）如何在面對新生國家的強烈愛國氣氛中，思考國家民族未來的理想，關心世界的局勢演變，甚至切身體驗國家社會剛脫離西方強權殖民主義色彩濃厚的現實困境，以及城市化所帶來的物化和商品化的危機感？這些種種是敏感兼有自覺意識的知識分子（詩人）所要去面對和思考的時代現實問題。

本文以詩人張塵因（1940-）的詩集《言筌集》為例，探究五〇年代末、六〇年代的馬華詩人兼知識分子，如何以詩作來見證那個時代的歷史意識和社會關照。張塵因，本名張景雲，另有筆名張黛、一沙、蕉階先生、張友荊、張啞侶、張光齋、張遐舉、張乃營等，生於緬甸，二戰後在馬來亞檳榔嶼長大受教育，因故輟學，從此自學苦讀，青壯年時期在新加坡生活，後從事新聞工作，現任《東方日報》總主筆，先後擔任華小臨教、油漆工人、獨中教務主任、書記、樂隊經理、畫廊經理、《南洋商報》總主筆、《新通報》總主筆、華社研究中心研究員、《人文雜誌》主編等。他文筆與才學出眾，在報紙專欄所發表的評論與隨筆文字，深受馬華文藝界敬重，馬華史料工作者馬崙在《新馬文壇人物掃描 1825-1990》一書中說他「能編、能譯、能寫，對英文也有深湛造詣」[2]。七〇年代初張

2　馬崙：《新馬文壇人物掃描 1825-1990》，新山：嘉輝出版社，1991，頁 428。

塵因與黃學海、何啟良等人創辦人間詩社,一九七七年出版詩集《言
筌集》,這本詩集也是他至今為止唯一的一部詩集,共收四十九首
詩,寫作時間為一九五八至一九七七年間。後轉向文化評論與專欄
寫作,這些文字結集為《雲無心,水長東》(吉隆坡:燧人氏,2001)
和《見素小品》(吉隆坡:燧人氏,2001)。

　　翻開《言筌集》,詩人張塵因充分展現出一個知識分子在那個
歷史階段裡的自覺意識,在詩人筆下的文本情境中,國家與社會的
命運和前途連接在一起,也與整個時代的發展趨勢纏繞糾結在一
起。張塵因往往站在政治和社會較高的層面,透過他個人的經歷和
思考,追求個人理想的實現,詩集中有很多首詩觸及這些,如一九
五九年寫的〈晚禱,群眾大會〉,詩人站在一個較高的角度來觀看
政治群眾大會,心中思考的卻是苦難的殖民地主義快成為過去,充
滿著理想殷望的明天。這首詩以黑夜的苦難將成為過去,明天的新
生和充滿希望,來表達詩人追求理想的心理寫照,毋寧也是馬來西
亞五〇年代末所有知識分子的心理寫照。值得注意的是以黑夜(今
夜)對比明天(早晨)的修辭手法,竟然在詩第一輯「少年軌跡」
裡佔了很大的分量,〈夜旅〉是輯中的第一首詩,寫於一九五八年
八月新隆車上,年份上來說也是詩集中第一首詩,馬來亞在一九五
七年獨立,〈夜旅〉寫於馬來亞獨立翌年,四十多年後的今天我們
可以想像當年僅十八歲的少年詩人,當時乘坐火車在新加坡和吉隆
坡途中,對於國家的新生獨立充滿著希望憧憬,然而也對國家未來
的前途命運感到捉摸不定,既充滿喜悅又滿佈焦慮,表現在詩句中
的兩組意象:暗夜對比黎明,產生張力。詩人追求理想的執著使他

最終把理想交給將來臨卻有太多變數的黎明，但我們在這首詩中讀
到的是一種理想主義的色彩。列車把詩人轟隆轟隆的載進黎明，把
無數個歡笑和低泣，三百年屈辱的暗夜拋在腦後，剛獨立新生的今
夜充滿疑懼，叢林在冷冽晚風中微微顫慄，曠野濡浸著蒙厚的白
霧，唯有早晨黎明的到來充滿希望，這樣理想主義的色彩在〈新
人〉、〈獻歌〉、〈夜聽潮〉、〈晨的第一義〉、〈晨陽〉諸詩裡俯拾即是。
暗夜／黑夜象徵過去的屈辱／微卑／蒼白／迷失／醜惡／痛苦／
夢境，而黎明則象徵未來的新生／光明／溫暖／奇蹟／幸福／真善
美／信念，詩人在兩極化的二分修辭手法當中並不是歌頌非黑即白
的教條式的光明的尾巴，而是黑夜與早晨的互動，是黑夜孕育著早
晨，新生命的降臨是無數個黑夜的醞釀成果，〈晨的第一義〉中詩
人如此想透：

> 黑夜孕育著另一個白晝
>
> 沉潛的靜醞釀著生命的躍動
>
> 世界在每一個早晨
>
> 是新的嬰孩、新的苗種
>
> ⋯⋯⋯⋯⋯⋯
>
> 晨的意義
>
> 像對於我們的原始人的祖先的記憶
>
> 那樣古老，那樣蔥蘢[3]

---

[3] 《言筌集》，頁 13。

我們不難明白，其時國家剛獨立，很多知識青年都熱忱的投身愛國主義運動，我們頗能感受到張塵因對未來的理想有時幾近於熱愛擁抱，他儼然就是筆下的敘述者在見證歷史，以情感為主導的語言書寫，偶或有懷疑躊躇不定，反映了大時代中一個知識分子反省思考的自我心理寫照。[4]愛國主義的詩風從五〇年代初延續到馬來亞獨立前後幾年的時間，我們看到張塵因的《言筌集》中寫成於五〇年代末的詩作也未能免俗，不少詩對國家獨立及未來理想投注了無限的憧憬熱情，詩句中對愛國理想的熱情呼聲，表現在無盡黑夜的過去與黎明理想到來的詩句辯證上，雖說不免受到「愛國主義詩歌」的影響，但是他的詩句往往在熱情理想的背後，隱藏著一股現代主義的懷疑精神和批判自覺，不同於「愛國主義詩歌」通篇充滿浪漫熱情、毫無省思的謳歌，他的詩作中具有理想憧憬與冷靜省思兩股力道的辯證，這是其詩作的過人之處。

第二節　現代主義的批判和藝術自覺

> 舉目望這城市和人群
>
> 都成了形而上的空架

---

[4] 國家獨立前一年，即一九五六年初，新加坡文化協會召開響應馬來亞獨立運動大會，發表《全星文化界響應獨立運動大會宣言》，使馬華文藝在理論上正式建立了以馬來亞為祖國和愛國主義的觀念。獨立前後這一時期的馬華詩歌創作，作者開始熱情地歌頌《馬來亞祖國》的愛。有關這個時期的「愛國主義文學」的簡短說明，參見李錦忠〈戰後馬華文學的發展〉，林水檺、駱靜山編：《馬來西亞華人史》，吉隆坡：馬來西亞留臺聯總，1984，頁377-378。

> 恆久被放逐於自己心靈的
>
> 主啊，你往何處去

——張塵因〈快樂的獸〉，1965[5]

六〇年代西方現代主義的理論和作品輸入馬華文壇，形成馬華現代主義文學運動的蓬勃時期，西方現代性和存在主義思潮宰制馬華現代詩人的精神意識，透過大量的西方翻譯作品（有本地作家在《蕉風》、《南洋商報》的文藝副刊上發表的譯作，也有一部份從港臺輸入轉載的譯作），影響了大部份馬華詩人作家的寫作意識和思考方向。[6]根據馬崙編《新馬文壇人物掃描 1825-1990》，介紹張塵因時說張自一九五八年至一九六〇年首度居留新加坡的時候，文化視野開廓（闊），涉獵現代文學藝術與社會思潮，並開始觀賞藝術電影和習油畫。[7]從這個簡短的資料中可見張塵因是很熟悉現代文學的思潮觀念的，《言筌集》中第二輯「聽夜錄」以後的作品都寫於六〇年代以後，比起「少年軌跡」輯中的詩，少了一份堅持理想熱烈執著的樂觀態度，卻多了一份冷靜嘲諷的省思語調。年輕詩人在獨立時期所追求憧憬的理想，在現實的發展演變和鄉鎮初步城市化的階段，理想和理念不但無法實現，而且身處在現實社會的逐漸腐敗生活環境裡，個人抱負受到腐化的物質生活侵蝕而落空挫折。詩人的聲音開始從理想色彩和樂觀態度轉換為懷疑和批判，詩人在

---

[5]　《言筌集》，頁 29。
[6]　關於這方面的論述，詳見本書第五章。
[7]　《新馬文壇人物掃描 1825-1990》，頁 428。

字裡行間所承受的龐大深刻的孤獨感和悲憤，往往是連接於國家社會的脈動，具有當代政治社會語境的批判和控訴。讀張塵因的〈故事〉、〈述懷〉、〈晚炊〉、〈畸零〉等詩，我們常常能夠感受到一種個人熱情理想與社會規範拉鋸腐蝕的悲痛。詩人思想的強烈內在矛盾衝擊，造成他的時代視野免於掉入矯情的浪漫歌頌或濫情的感傷，而這一點讓張塵因的詩得以跳脫出五〇年代愛國主義詩歌的巢臼。

〈故事〉一詩同樣以黑夜和早晨對比來製造衝突，但這首寫成於一九六四年的詩卻很吊詭的把「黑夜＝痛苦」／「早晨＝光明」兩組意象翻轉過來，不同於第一輯中少年時期的表達方式，在這裡黑夜雖然充滿淒冷黝暗，但詩人期望在黑夜裡尋覓舊識的話語和體溫，相比於早晨的腐敗生活：役於生活的人們，像幽魂似的走在寒氣裡，生活就像一張巨大的謊（網），充滿了病態的蒼白，詩人處身於物化腐敗的生活，精神信仰空虛的大環境中，個人的理想漫無頭緒，感受到很多委屈和疲乏，年輕的熱情執著被社會體制規限制約、逐漸轉變衰老，詩人透過對「你」的認識暸解來說出自己的境況：「我彷彿在你疲乏的眼裡／看到了無限求慰的委屈／與我自身的衰老」[8]。最後詩人採用一種嘲諷的語調來批判現實和理想的矛盾衝突，具有現代主義的藝術自覺和批判意識。〈快樂的獸〉、〈主題〉、〈述懷〉、〈玩世篇〉、〈字裡行間〉等作隱約顯示詩人對現代主義批判城市罪惡的自我意識的繼承和開展，鄉鎮城市化帶來資本主義的現代社會，物化的物質文明帶來腐化空虛的精神文明，物質文明的過度帶來商品化和性慾的社會現

---

[8] 《言筌集》，頁 25。

象，生活在其中的人被物質文明蒙蔽了心靈，物慾和性慾充斥橫流
於每一個角落。

詹明信（Fredric Jameson）認為現實主義與現代主義的區別，
乃在於「現實主義作品中，每一個細節都應該有意義和作用，而在
現代主義裡，雖然也可以說細節表現了意義，但這種意義已發生了
變化，因為現在重要的不是知道其中的事實，而是讓這些細節對象
向你說話」[9]，現代主義的個人風格秘密就在於：「現在你不是直接
看著某一事物，而是看著事物的某一特定形象，中間有著作者的視
角和色彩。」[10]張塵因的詩常常透過物象的具體呈獻，因為作者的
藝術自覺或是語言策略，與物體對象產生了一種對話的色彩，生活
的涵義和秩序浮現出客體存在的意義，表現出對事物對象一種自我
反省的思考視角。現代主義作家的任務是透過文字，回應現實社會
裡種種扭曲異化的弊病，暴露出時代醜惡和黑暗墮落，並於病態無
望的境況中發掘出人類潛藏的思緒和希望。〈寫詩〉一詩對生命與
死亡的思考有著頓悟的啟發：

> 我用生命寫詩
>
> 寫愛，寫懺悔，寫懷念
>
> 寫恨與憤
>
> 寫憂鬱與哀傷
>
> 中夜從睡裡醒轉

---

[9]　弗・杰姆遜（詹明信），唐小兵譯：《後現代主義與文化理論》，陝西：師範
　　大學，1986，頁 165。
[10]　《後現代主義與文化理論》，頁 165。

驚悟我所寫的

全是死亡、死亡、死亡[11]

　　張塵因對於現代主義思潮的認識匪淺，他的詩中不乏對都市文
明或現代生活的批判和思考（如〈字裡行間〉）、否定泛道德的傳統
觀念（如〈玩世篇〉）、精神文明空虛的生活複製（如〈晚炊〉）、質
疑真理的存在（如〈述懷〉）、存在主義濃厚的自我寫照（如〈無明〉、
〈主題〉）、批判意識的政治詩（如〈避秦篇〉）。

第三節　殖民主義的文化暴力運作

先插上驕矜的奴役的旗幟

再種植櫥窗文明於東方的土壤

然後豎立起華爾街式的高墙

把新加坡河隔棄於陰影裡

（在沉默中她有多少話要講……）

歷史的巨手恒指北極星的方向

──張塵因〈萊佛士坊〉，1959[12]

　　馬來（西）亞和新加坡（獨立前統稱為馬來亞）自十九世紀以
來，便成為英國的殖民地，百多年來兩地各受到英國殖民地的管制

---

[11] 《言筌集》，頁 27。
[12] 《言筌集》，頁 11。

政策，無論政治、經濟、社會、文化等方面都成為「帝國主義」
（Imperialism）的擴展入侵，進行「殖民主義」（colonialism）的經
營滲透，實行殖民地的經濟資源剝削，大量引入華印勞工，又對各
民族採取分而治之的政策（divide and rule）來分化族群之間的團結
意識，弱化或壓抑本土意識／民族意識。在英國殖民地的社會文化
發展之中，我們常常看到宗主國藉著「現代化」和「都市化」之美
名，淡化東方國家社會的文化性質，導致被殖民地的人民認同出現
危機，以及極度仰賴西方的制度和文化信念。葉維廉在〈殖民主義，
文化工業與消費欲望〉中很精闢的探討了殖民主義的運作：「殖民
主義的運作，首先是外在宰制，即軍事侵略造成的征服與割地。但
在征服以後，要完成全面穩定的宰制，必須要製造殖民地原住民的
一種仰賴情結。這個仰賴情結，包括了經濟、技術的仰賴和文化的
仰賴，亦即是所謂經濟和文化的附庸，使殖民地成為殖民者大都會
中心的一個邊遠羽翼。大都會（在此是英國的倫敦）彷彿是一個統
視一切的主子，有種種理論支持著，並塑造成屬於優越、進步、發
達的形象，邊遠的原住民是屬於未開發或猶待開發的屬民。」[13]的
確，受到殖民化以後的東方國家的原住民或人民的生活形態產生變
貌，他們對殖民者強勢的文化運作感到認同，卻對自身的本源文化
感到自卑和羞恥，這種殖民政策下的被殖民者把殖民思想內化，用
Renato Constahtino 的話來說，便是「文化原質的失真」（cultural
inauthenticity），當殖民者離去以後，這些曾受到殖民政策的剛獨立

---

[13] 葉維廉：〈殖民主義、文化工業與消費慾望〉，張京媛編：《後殖民理論與文
化認同》，臺北：麥田出版社，1995，頁 127-128。

國家的人民卻沒有脫離殖民政策的陰影，他們還生活在一個後殖民的意識形態的世界格局當中。[14]

　　以如此的認知去思考張塵因上引的那首短詩，就格外具有特殊的意義，可以發現寫於一九五九年的〈萊佛士坊〉在短短的六行詩句裡說了很多東西，詩人只是採用幾個具體可見的事物並置，卻很強烈的呈現出詩人對（後）殖民主義的批判視域。一八一九年萊佛士（Stamford Raffles）在新加坡河口登陸，一般的史學家都把這個史事當作新加坡史發展的轉捩點，這是從西方殖民者的歷史視角來定位新加坡的歷史事跡。根據一封萊佛士在一八一九年給伯爵夫人的信中說：「我的殖民地迅速的繁榮起來，開埠不到四個月，人口增加到五千餘人，其中主要是中國人，移民每天都在增加。」[15]從這裡可以看出英國人是有意識在新馬兩地執行殖民政策的，信中的字裡行間有意或不經意的流露出一種帝國主義的霸權控制心態和優越意識。當時年僅十九歲的少年詩人張塵因透過「萊佛士坊」，觀察殖民者在新馬社會不遺餘力的實施西化和殖民政策，詩第一句「插上驕矜的奴役的旗幟」，形象鮮明的暴露出殖民者的霸權宰制心態，用一種強權君臨天下的姿勢來奴役被殖民者，句中的「種植櫥窗文明於東方的土壤，豎立起華爾街式的高牆」，不折不扣是十九、二十世紀西方殖民者在亞洲殖民地巧取豪奪、文化暴力的寫照，強硬移植殖民者的西方文化在東方殖民地，取代和壓抑在地文化的生活習慣，不然便是豎起圍牆（政策）來隔離、排擠、

---

[14]　《後殖民理論與文化認同》，頁 129。
[15]　Purcell, Victor, *The Chinese in Malaya*, London: Oxford University Press, 1967, p.70-71.

邊緣化在地文化的發展,「華爾街式的高牆」一句除了是西方殖民
者的隔離制度,其中也暗指西方挾帶資本主義制度來殖民剝削東
方國家的經濟資源,而且操作的手法是在一種極為強制性的情勢下
實施的,即「豎起圍牆」來予取予求,需索無度地榨取殖民地國家
的資源而不必給予對方任何回饋。這幾句詩雖短,卻深刻揭露出「東
方主義」(Orientalism)的基本行為模式,透過建立萊佛士坊與遺棄
新加坡河的兩個尖銳的對照,來揭發新加坡遭受重重掠奪的具體而
微的東方表徵,及殖民者文化與物質並行掠奪的行徑事實。因此「把
新加坡河隔棄於陰影裡」雖然發生在新加坡,但卻絕非是個別事
件,具有深沉的殖民暴力史的意義。誠如薩依德在《東方主義》一
書中指出的,這個遭剝削支配的東方一向以來不是「自由思想和行
動的主體」[16],東方是依西方的視角所認定的方式存在,是「可以
規制的客體……東方人可經由支配性的結構,予以納入(contained)
和重現(represented)。」[17]。換句話說,東方是沉默的,一切由西
方來命名和建構。可是事實是如此嗎?東方只能作為一個客體或符
號以切合西方世界的利益嗎?東方作為一個被剝削支配的主體要
如何發聲,具體說出自我的慾望?詩人對此有深刻的體認:「在沉
默中她有多少話要講……」[18],面對龐大的西方殖民者帝國主義的
生產體系和認知範疇,張塵因質疑這個範疇認知的適切性和合理
性,以及一股想要為自我主體發聲的迫切性,但探究殖民文化結構
的意識形態,來對殖民擴張主義形成具有批判性的主體性思維,畢

---

[16] Said, Edward W., *Orientalism*. New York: Vintage, 1978, p.3.
[17] *Orientalism*, p.40.
[18] 《言筌集》,頁 11。

竟不是十九歲的張塵因能力所能做到的。他還無法對抽象意念的文
化思維與複雜的時代語境，落實在詩具體的社會敘事中，只能藉詩
句中無盡低迴的省略號的延宕來表達自我主體的強烈感受和沉
思。雖然如此，值得一提的是此詩作於一九五九年，距離國家獨立
僅是兩年的時間，年僅十九歲的張塵因對此的敏銳感受和體認，無
疑是令人驚訝的，身為一個剛獨立新生國家的人民，面對殖民者宗
主國撤退後的嶄新生活，很多詩人當時表現出對新生國家的激情、
對未來理想的憧憬作出歌功頌德的浪漫情懷，然而年僅十九歲的張
塵因的少作〈萊佛士坊〉卻與他們表現出截然不同的面貌，在國家
獨立後即思考這些殖民擴張文化與帝國主義的缺失破壞力量、被殖
民者主體性的認知侷限，而有力的揭示西方殖民主義的暴力歷史，
隱含一種對殖民者社會、文化、經濟和種族支配慾望的意識形態批
判，面對國家獨立初期的殖民主義的深刻省思。國家獨立後的歷
史社會動向，張塵因透過詩篇來思考「後殖民」的問題本質，一
再祈望新生國家的當權者不要再重蹈殖民者的覆轍，也批判那些
無視於歷史事實的批評家，只一味對複雜的政治社會結構刻劃浪
漫化的歌功頌德：

> 聽那無數肉之靈悲泣怨號
>
> 不讓明窗淨几邊的批評家
>
> 雍容欣賞距離的美
>
> 可恨那被追捕的獸
>
> 竟悲憫的體諒其迫害者

> 而獵人和弓箭又怎能怨艾
> 腐蝕的時間和死亡[19]

結 語

　　五〇、六〇年代早期的馬華現代詩，詩語言深深受到西方現代主義思潮的影響，這個時期的詩人如周喚、艾文、王潤華、林綠等，各自在詩中書寫和表現出他們那一代人所具有的象徵隱喻和存在虛無的時代性質與認知。然而張塵因在他單薄的一冊詩集中，書寫出國家獨立前後的愛國熱情理想到殖民文化的時代省思，對殖民擴張主義的暴力史思考到自我身份的追認，透過詩人自身的經驗和感知的敘述，對社會人生的侷限所在的體認到主體性的確立，《言筌集》中的詩作因此見證了詩人與那個時代的歷史／國家／社會發人深省的對話。

---

[19] 《言筌集》，頁56。

第八章

馬華現代主義：書寫困境、語言策略與身份屬性——以艾文、沙河貫穿六○～九○年代的詩作為例

　　本章探討獨立以來馬華現代詩演變與現實時空的互動複雜關係，主要以前行代的現代（主義）詩人艾文、沙河為例來觀察分析，分為三個部份。第一部份探討兩位馬華前行代現代主義詩人：艾文與沙河，重點放在他們早期詩中形象鮮明的現代主義和象徵語言，表現出馬來西亞國家獨立初期的時代氛圍，及華族所面對的政治社會的壓抑限制困境，兩者不同的語言風格和觀視角度，決定了他們思考相關題材的不同處理方式／方向。第二部份則採用八○年代詩人的「寫實兼寫意」的語言風格，探討艾文詩語言的轉型和反應風雨飄搖的時代困境、文化憂患意識，揉合一種生活層面與現代觀物的書寫模式，展現對風雨飄搖的年代裡的時代憂患意識與複雜情感辯證。最後一個部份則分析九○年代以來沙河詩作的現代視角與象徵語言的運作，表現出詩人面向當代都市文明的生活語境、想像與辯證。透過本章的論述，艾文、沙河的詩具體而微地見證了馬華現代詩獨立以來的縮影，因此以他們作為個案分析，而討論的時間幅

度則從六〇年代跨越到九〇年代後的表現，從中可以窺見這兩位現代詩人從少作到往後四十餘年的創作生涯中，不斷交出令人驚喜的詩成績，成為六〇年代以來馬華文學重要的詩人，其對馬華文學的重要意義由此可見一斑。

第一節　六〇、七〇年代馬華現代主義：書寫困境、語言策略與身份屬性

　　艾文與沙河寫詩的年代甚早，早在六〇年代國家獨立初期就積極發表詩作。艾文（1943-）原名鄭乃吉，生於威省，早期以北藍羚的筆名發表詩作，共出版兩本詩集《路・趕路》（1967）和《艾文詩》（1973），前者是艾文詩作趨向成熟的創始階段，後者則是艾文邁向現代派或現代主義詩風格的完成階段，《艾文詩》集中的現代主義風格夾帶超現實語言味道可謂集大成者，十首詩被選入溫任平主編的《大馬詩選》，詩裡行間所流露鮮明的現代主義和象徵語言，印證了他是馬華前行代詩人中的現代派代表人物。沙河（1946-）原名鄭澄泉，生於威省，現定居大山腳，他也是早期馬華的前行代現代詩人之一，常在文藝刊物上發表現代詩，有七首詩被選入溫任平主編的《大馬詩選》，詩中的存在主義色彩和現代派風格濃烈鮮明，比起艾文的詩並不遑多讓，二〇〇七年出版第一本個人詩集《魚的變奏曲》。

　　歷來整理馬華詩歌發展的史料工作者，過於偏重溫任平與天狼星詩社在鼓吹傳播馬華現代詩的歷史角色，而較忽略在六〇年代早

期馬華現代文學界另一支現代主義的思考和探索。國家獨立初期把西方現代主義思潮引介到馬華文壇的除了有文學界一致公認的老牌文學雜誌《蕉風》和《南洋商報》的文藝副刊以外[1]，還要有一批作家詩人起來響應配合，交出具有現代派色彩的文藝作品，才能把整個文學運動推波助瀾，成就一個聲勢浩大質量俱佳的文學新思潮和流派。在馬華現代詩方面，獨立初期約在五○年代末、六○年代初湧現了一批質量皆有不俗表現的現代派詩人，今天來看這些詩人可算是馬華現代主義的前行代詩人或前驅詩人，距離溫任平、溫瑞安兄弟與天狼星詩社所提倡的「中國性－現代主義」特色的現代詩，時間上提早了大約有整整十多年。獨立初期努力書寫發表馬華現代詩的先驅行列裡，艾文和沙河是這批馬華現代主義詩潮的其中兩個佼佼者。艾文和沙河在六○年代發表的詩作就已經表現出繁複的想像與高度密集的語言意象，他們的現代主義精神和存在主義傾向在溫任平主編的《大馬詩選》裡頭的選詩中顯露無餘，透露了他們對詩藝對生命所追求的方向。如果我們把這些詩作放在五○、六○年代的國家社會脈絡中來檢視，除了現代主義詩語言所追求的意象、技巧、象徵、超現實等面向，於社會現實與心理意識方面來說，仍有其不平凡的意義。[2]

---

[1]　《蕉風》於一九五五年創刊，《南洋商報》在五○年代初期即刊出具有文藝氣息和現代色彩的文藝副刊如《文風》、《青年文藝》等，資料參見李錦忠：〈戰後馬華文學的發展〉，林水檺、駱靜山編：《馬來西亞華人史》，吉隆坡：馬來西亞留臺聯總，1984，頁 372-373。

[2]　張錦忠在《南洋論述：馬華文學與文化屬性》（臺北：麥田出版社，2003）一書中對六○、七○年代《蕉風》和《南洋商報》的編者群在引介提倡西方現代主義到馬華文壇的歷史定位效應方面，有深入的探討分析，尤其見

　　所謂現代主義，簡短而言，指的是處在工業進步和科技理性的高度成熟的西方社會當中的都會中產階級分子，意識到他們自身淪為機械生活與異化體制的一部分，遂產生一股強烈的焦慮和苦悶，因此透過現代主義主要想對抗的是異化、非人性與壓制的現實社會體制和現代生活。現代主義作家便是透過文學作品的再現，來描述現代人如何處身和面對現實體制的壓抑困境，以及個人如何想方設法來逃避狹隘的社會現實和黏滯的生活體制，進而深入自我內心刻劃解剖內在心理的意識流動，在重重的孤絕、焦慮、苦悶、疏離、困頓、虛無的自我審視中探索生命存在的意義和個人價值的重新定位。這是西方現代主義及相關流派思潮的文化中心旨趣。

　　然而這樣的西方現代主義思潮輸入六〇年代的馬華文學界，基於兩者之間的政治社會和文化背景有著極大的差異，在對西方現代主義的輸入和接受（甚至改造）過程當中，我們看到早期的馬華現代詩人對現代主義的吸收和挪用，他們巧妙的利用現代主義的種種語言技巧和思想意識，從事一項充滿智慧卻不無爭議的書寫嘗試，為當時馬華詩歌的困頓發展找到一條「銜接」或「斷裂」的道路。

　　五〇年代末期的馬來西亞，國家剛脫離英國殖民地，一九五七年獨立後國家當局即在六〇年代中積極鞏固馬來人政權，透過一系列的國家法令和執政優勢的操作，不斷壓制其他族群的政經文教活動（一九六九年「五一三事件」是這個壓制行動的高潮，過後馬來

該書的〈文學史方法論〉、〈陳瑞獻、翻譯與馬華現代主義文學〉諸文與訪談。但他對六〇年代積極發表詩作的馬華前行代現代詩人，只在訪談稿中略有提及其歷史定位，並沒有作出詳細的分析、釐清他們的作品特色與時代語境的互動影響關係。本章即在此立足點上以艾文、沙河為例展開辯證。

西亞華族徹底被政治邊緣化，連帶而來的是華族的文化教育承受前
所未有的沉重壓力）。[3]雖然國家獨立以來大部分的華裔和印裔都成
為馬來西亞公民，但是因為受到高度政治權力的干涉，當時的馬來
西亞華裔普遍感受到這個邊緣化、歧視與不公正的待遇，尤其是馬
華知識分子的內心對此政治文化現象的未來發展更加憂心忡忡，充
滿了極大的焦慮和困境。在這之前成為馬華文學主流的現實主義作
家，以寫實手法表現社會典型現象為書寫的關懷面向，但因為這段時
期的政治體制有著太多的敏感限制，使到這些馬華現實主義作家無
法「如實地再現」現實的困境，造成他們轉而描寫社會風土人情健
康光明的一面，來避開當權體制無所不在的政治地雷，但這樣一來，
他們所書寫的現實主義作品距離他們所提倡鼓吹的現實主義精神已
經背道而馳了。基於這樣的歷史流變的閱讀脈絡，我們得以明白五
○、六○年代有一批作家對現實體制與政治文化的掌控限制有著很
深的焦慮苦悶，又對主流馬華現實主義作家千篇一律的創作文字表
現大感不滿，雖然當時的馬來西亞國家沒有具備如西方發展成熟的
資本主義背景來培育現代主義，但是在面對上述國家政治權力干涉
與馬華現實文學主流的兩大處境產生不耐時刻，在那個年代轉而向
西方現代主義思潮汲取詩情與語言手法，自然含有詩人「以書寫表
現存有」的隱性抗議而不同流合污的意味。以這樣的角度來看六○
年代的馬華現代主義，在馬華文學史上自有其積極特殊的意義。

---

[3] 有關馬來西亞華人族群的政治歷史演變，參見顏清湟〈一百年來馬來西亞
華社所走過的道路〉，何國忠編《百年回眸：馬華文化與教育》，吉隆坡：
華社研究中心，2005，頁1-20。

　　從今天的歷史後見之明來看，如果以二十世紀後期興起的後殖民論述來觀察西方的現代主義在第三世界文學的影響和接受現象，第三世界國家如馬來西亞在英國殖民主撤退、國家宣布獨立之後，西方現代主義思潮的引進甚至主宰在地的文學風格和文藝潮流方向，這個文學現象無疑被後殖民評論家看作是西方殖民主義的再延伸。如果這個說法可以成立，那麼現代主義對馬華文學的衝擊可謂巨大，一方面它成功令馬華現代詩人集體陷入西方現代性情境的虛無和疏離格局當中，具體表現在大部分的《大馬詩選》中的現代詩，另一方面它卻成功令詩人們利用現代主義的語言技巧，從事一項「斷裂」的書寫嘗試，馬華詩人藉西方現代思潮重新尋找一種「現代性」的心理感受與思維意識，最終在美學語言上與馬華傳統主流的現實主義切斷關係，形成現實主義與現代主義兩者分庭抗禮的局面。詩人全面向現代主義學習並模仿的動作，後殖民論者常批評這個現象是被西方文化的新殖民，事實上這樣的認知過於簡化，只看到其中的一面，個中的情況錯綜複雜，充滿了多方人馬的相互角力，實非三言兩語所能釐清。以宰制和被宰制的觀點來看現代主義思潮與馬華文學的模仿接受關係，這種單向式東方主義（Orientalism）的後殖民觀點實無法涵蓋馬華文學的歷史因素與複雜現象，換個角度來看兩者間有時是如巴巴（Homi Bhabha）所說的宰制與挪用的依存利用關係。他們成功挪用西方現代主義文化中的虛無不定色彩，來表現對那個時代政治高壓下當權體制的不滿心態，以一種很隱晦象徵性的語言來表現詩人對時代現實的苦悶焦慮，但另一方面這樣做又可以躲避官方所設定的現實敏感地雷，以免陷自身於莫須

有的文字獄。同時他們因為對現實主義作家作品的不耐和反感，也成功藉西方現代主義思想和語言技巧來突破馬華文學主流的傳統巢臼，重新建構另類書寫敘述模式。這是向西方現代主義文學挪用的積極面向，但同時我們也在其中看到這個挪用的另一個危機面向，大量現代詩在詩人毫無反思之下表現出堆砌累贅的隱晦意象語言，以及詩句中綿綿不絕的焦慮苦悶色彩、死亡悲愴情境，雖然成功擺脫馬華現實主義的僵化語言弊病與馬來西亞政治現實的敏感限制，卻也因此而付出代價，陷入西方現代主義思潮和現代性文化的牽制困境。

從這個角度來看，艾文、沙河對六〇年代現代主義的接受與挪用，在馬華文學史上具有特殊的意義，在馬華詩歌語言美學方面也有其貢獻，一方面他們競相學習模仿並耽溺於西方現代主義的文化語言與內心世界的挖掘，另一方面他們挪用了現代主義的意象隱喻與存在精神，挑戰或唾棄馬華文學主流的現實主義價值觀與語言觀，重新從西方現代文學典籍中尋找想像，對傳統的現實主義書寫觀念進行抗拒。挪用西方現代主義思潮和存在精神觀念來入詩，刻意與馬華傳統主流的現實主義文學觀劃清界線，或保持分明的距離，在詩句中大量使用隱喻手法、意象技巧、象徵語言，艾文和沙河收錄在《大馬詩選》中的詩作幾乎俯拾即是、不勝枚舉。這個挪用的書寫策略積極面來看是拒絕跟隨傳統僵化制式的書寫模式的抗議表達，以另一種新的（借來的）感覺思維來面對那個時代的政治文化氛圍，現代主義探討人性的疏離現實體制的壓制，這一點反而對當時的馬來西亞華人在政治文化上的壓抑無力

感產生認同,因此艾文和沙河的詩句中的虛無意識和象徵語言得以巧妙反諷表現出一種現代性與文化屬性的對話空間,這些時代性質的精神轉化的呈現或許也是艾文、沙河等早期現代派詩人始料不及的。當然這在當時的馬華現實文學主流傳統的審美觀掃瞄之下,往往被馬華現實主義者視為晦澀虛無的蒼白病態語言,甚至是刻意自我逃避,與整個社會現實全然脫節。[4]其實這些評語似是而非,往深一層看待五〇、六〇年代馬華文學這股現代主義思潮,便會發現這些現代詩具體而微地表達了那個時代裡馬來西亞華裔知識分子整體的文化政治困境氛圍,詩人與時代性質一種若即若離的依違關係。

　　要細微觀察艾文、沙河等現代詩人在那個時期對西方文化思潮與現代主義的挪用和轉化,可以透過《大馬詩選》中的詩作來印證他們兩者詩句中的象徵語言與存在精神,在這方面艾文的〈信仰〉、〈困〉、〈左手〉、〈白災〉、〈聲音〉、〈沙漠象徵〉,以及沙河的〈街景與死亡〉、〈停屍所〉、〈臉〉、〈齒輪〉、〈感覺〉等詩對存在主義、人對現實體制的束縛與掙扎,對生命的渴求與絕望的兩難思考,對自我的失落與追求而不得的死亡辯證,對象徵語言與意象隱喻的大量引用挖掘,都無可否認地深刻表達出詩人對那個時代的文化身份思考的一種現實困境,如同溫任平所說的現代主義是一種

4　溫任平在〈馬華現代文學的意義和未來發展:一個史的回顧與前瞻〉中說:
　「現代文學的崛起使得寫實主義的一派覺得自己的傳統地位受到挑戰,乃群起抗衡,現代文學於是被斥為『異端』『崇洋』『晦澀難懂』『表現的只是資產階級與小資產階級的意識』『沒有道出勞苦大眾的心聲與願望』。」,見溫任平《文學・教育・文化》,美羅:天狼星詩社,1986,頁4。

「內在的心理的寫實」[5]。由於國家與政治充滿太多的禁忌敏感課題，這個現實困境在詩人往自我的內心去挖掘表達，是尋找自我出路的一條途徑，屬於一種精神上的自我放逐，在艾文來說這些來自內心自我的聲音「存在冥冥天地間／說不出種類的胎兒們／於子宮殘廢的聲音／他都尊敬」[6]，可是政治現實的壓制困境形成一道圍牆：「這些聲音　孤絕　衝刺／有一座圍牆」[7]，詩人於詩末以一道圍牆從四面八方堵著去路，密不透風的圖形配合上述的詩行令人感受自我行動的全面受到限制和圍堵，毫無出路。這首〈聲音〉既表現了詩人艾文對自我深層意識內在心理的挖掘，也傳達了詩人身處馬來西亞社會陷於政治悶局的時代侷限與身份屬性的反思。這個圍牆的意象到了沙河筆下，卻成了「一面欄柵，一座無法超越的橋」[8]，對詩人來說那個年代的政治局勢充滿太多的苦悶限制：「這個年代你屬於鞋／這個年代你在隧道中摸黑／一個天窗也不屬於你」[9]，生活存在的苦悶壓抑格局，對一個汲汲反思生命和自我身份屬性的詩人來說顯得如此迫切，把外在現實的侷限禁忌化為內在心靈的逼視探討，甚至敢於正視身份失落死亡存在的意義，政治現實失去自我身份的虛無狀態形成「一頁不屬於自己的／歷史」[10]，但詩人顯然不願就此束手輕言放棄，〈齒輪〉一詩末尾

[5]　《文學・教育・文化》，頁 2。
[6]　溫任平編：《大馬詩選》，美羅：天狼星詩社，1974，頁 49。
[7]　《大馬詩選》，頁 49。
[8]　《大馬詩選》，頁 95。
[9]　《大馬詩選》，頁 95。
[10]　《大馬詩選》，頁 92。

最能表達詩人對現實困境所作出的一番掙扎心理路程，與勇敢突破
的一次嘗試：

> 你只是單純的一個存在
> 你猶在寒夜
> 自空無中提煉一株火焰
> 想從那透明的鞦韆上
> 躍
> 起[11]

最後的斷句形式和文字排列成功寫出一種勇敢嘗試的力度和
張力美學，與艾文的〈聲音〉的詩末的象徵圖像可謂前後呼應，一
遭逢現實體制全面圍堵，一反思身份困境的突圍可能。

現代主義文學思潮在馬華的輸入，使詩人發現了內心世界的
存在現象，找到一個可以讓苦悶焦慮壓抑的情緒表達或宣泄的內
在空間，往自我內在探索深層的心理困境的同時，也讓他們找到
了拒絕面對現實世界的無力感，得以避開政治文化敏感地雷的正
當理由。艾文、沙河的詩句中不斷出現死亡、虛無、存在等詞彙，
無非是在壓抑絕望的現實裡頭尋找或確立自我失落的身份，以存
在主義精神與虛無死亡意識的互動來介入、看待自我與世界的關
係。因此把這段時期艾文、沙河的現代詩置放於馬來西亞社會
與歷史的脈絡中來檢驗，詩人的自我與現實之間的對話一點也不
逃避現實，反而是一種精神上的勇敢介入，抗拒主流文學話語的

---

[11] 《大馬詩選》，頁 96。

積極表現。這種隱晦書寫的反襯，於是便與西方源頭的現代主義美學思潮有了落差，西方的現代主義存在主義表現的是都市中產階層被高度發展的社會生活物化異化所產生的冷漠疏離與荒謬破碎的心態，但在艾文和沙河的詩句中表現的是馬華族群整體的文化身份失落與政治現實的失聲狀態，這樣的對西方現代主義（無）意識的挪用與轉化，便可以解釋文學主義思潮的輸入和接受在不同歷史語境之中往往產生變化，接受現代主義並不必然是放棄自我的文化屬性，挪用一套新的美學語言並不必然會陷入被全面宰制的局面，現代主義語言技巧的仿習轉化成功開創一個與自我文化屬性的對話空間，有時就算是詩人作家自己也是始料不及的。[12]

　　試比較這個時期艾文和沙河兩人現代詩的表現，很明顯的兩者的表現手法與語言技巧都是得自西方現代主義模仿和影響，則是無可否認的事實，兩者詩句中的象徵主義的隱喻手法與存在主義的虛無精神幾乎充斥於收錄在《大馬詩選》中的詩作中。但在較為細緻深入的解讀之下，我們發現兩者的詩作還是有一些不同的面向。艾文的詩在文字的氣氛鋪陳上較沙河更為狂放恣意，往往達到一種語不驚人死不休的地步，完全不顧傳統的文字語法，不拘泥墨守於一般人的觀物視角，甚至因為在詩裡行間放入過多的象徵語言與意象，以致其詩作有流於堆砌意象之嫌，便是這個原因主要讓這些六○年代的馬華現代詩人常常被訴病為「晦澀難懂，夢囈

---

[12] 有關六○、七○年代馬華現代詩人文本的現代性與文化屬性的討論，詳見本書第三章。

不知所云」，與現實脫節。但實情是如此嗎？艾文的詩作常常有一個或隱或顯的主題或母題，面對現實體制的壓抑，自我身份的失落，時代心靈的困境，身為一個現代詩人該如何為他自己重重問題艱困的身份做出定位或尋找出路？一方是處身現代生活中自我的苦悶心境，在西方潮流的重重衝擊下人性顯得異化與物化，另一方是自我文化源頭的中國傳統習性，在時代的巨流不斷沖洗之下顯得那般詭異與變貌，詩人面對的是一種異化的中國性（文化），轉化為語言則是一種很隱晦怪異的意象群，充滿了太多的死亡、鬼魂、黑暗、孤魂、深淵、茫茫的山、墓地、陰影、蒼白的臉……在政治現實的巨大陰影下，對中國性的思考和自我身份文化的追尋遂只能以一種過度壓抑和婉轉曲折的方式來述說，在重重焦慮的探問之下苦思而不得其出路，對自我文化身份定位的苦悶追尋遂最終演變成自我文化源頭的追悼。〈煙〉一詩中詩人與孤魂相逢在塚山：「於是到了三月裡呵／塚山的孤魂／一概把盞／陰陰山麓下／相逢／你和我　都這樣走著」[13]，詩人與鬼魂的相遇相知如同同路人，明白說出詩人認同與自比那些沒有身份或失落荒野的孤魂野鬼，把自我文化身份的失落焦慮投射到孤魂身上，猶如在招魂那個已經失去或變質的自我身份文化源頭的幽靈，苦苦思念的結果最終只能以一種追悼孤魂的方式委婉述說出來。在〈腳步〉一詩中詩人有如下的文化身份的追悼告白：「你會在顫抖的風裡／找到喊魂的山坡／找到最初的水源」[14]，失去自我文化身份的詩人因此在〈沙

---

[13] 《大馬詩選》，頁 39。
[14] 《大馬詩選》，頁 45。

漠象徵〉詩中說他是「沒有籍貫，沒有指紋」[15]，追尋自我文化身份的源頭遇到重重阻撓，文化變質或失落的焦慮貫穿詩裡行間：「他背的皮囊／裂開陳年八卦／他迷離的網／張一口深淵」[16]。〈困〉、〈白災〉、〈聲音〉是艾文追悼或追尋文化身份母題所面臨現實體制強大壓制與文化源頭異化的極致展現，無論是〈困〉裡的烏鴉、〈白災〉裡的空虛的歲月，或〈聲音〉裡的圍牆，可以看到這些現實束縛是那般的巨大欺壓，追尋的動作是文化追悼的替換：「後來　有古人說／他精疲力盡／在茫茫山中／迷失」[17]。面對已然失落的文化身份，詩句中不斷追尋的動作徒然被轉換為聲聲追悼的焦慮憂思、魂兮歸來的無力挫折感。

相比之下，這個時期沙河的詩除了表現自我身份的失落與文化記憶的追尋（或追悼），還有一個特色是艾文的詩作裡較少出現的，即是現代城市人面對異化現象所產生的冷漠陰鬱美學。對自我身份與文化記憶的失落焦慮心態，最令人動容的首推〈停屍所〉一詩：「那人在謝幕之後／便如此躺著／躺出一頁空白／一頁不屬於自己的／歷史」[18]，或者〈清明節——憶祖父〉一詩中的詩人應景寫情，然而不外是直抒胸臆中的文化憂思與哀悼失落的身份：「那植樹的手／那傳熱的手／在重重的塵土中逐漸冷卻／而後就寂寞得只剩下名字／讓青苔裝飾著」[19]，這種自我身份的失落感與

---

[15]　《大馬詩選》，頁 50。
[16]　《大馬詩選》，頁 40。
[17]　《大馬詩選》，頁 41。
[18]　《大馬詩選》，頁 92。
[19]　《大馬詩選》，頁 99。

文化憂思的焦慮在艾文的詩作中也有，但不同於艾文的意象放縱語言變異，沙河的詩語言自有一股濃厚的冷漠沉鬱氛圍，一種透過存在主義與現代美學所混合而成的現代人精神面貌。現代主義在西方的流行，乃是在表現都會中產階級被物化和異化後所產生的冷漠疏離，西方的現代主義美學作品，在精神上大多帶有陰鬱孤絕的氣息，在性格上亦藏有虛無毀滅的傾向衝動，這個精神荒原的探索和追念，其核心是西方工業國度和都會文明交織的現代美學精神。事實上在五〇、六〇年代被挪用到馬華現代詩的現代主義不僅是文學技巧，而是整個美學精神的思想與文化形態，馬來西亞獨立後在種族政治上的限制封閉，文化身份上的壓抑禁錮，卻在同時也參與了國家朝向資本主義化的社會轉型，其中都市文明的現象探索因此成為馬華現代文學的重要命題之一。在西方現代主義表現的是都市文明高度發達後所引起的都會主體異化的內心焦慮，而這個情形在挪用到馬華文學之後，變成是詩人作家對國家社會邁入世界資本主義體系都市化商業化初期所表達的深切疑問，以及對純樸人性或文化源頭的失落焦慮的批判，很明顯地這是做為一個現代文明象徵的起點，既唾棄現實主義文學觀，也同時批判現代社會百病叢生的現象，更通過詩人內心反思來避開政治體制的封閉禁忌。這些特色在艾文的詩作中並不多見，沙河對此現象多有著墨，這方面的體會他也較其他現代詩人深刻，這個工業文明與都市精神的視野明顯地影響了沙河詩句的節奏，形成嶄新的感情元素和知覺形態，在這一點上使他的詩與艾文有了語言美學上明顯的差別。

　　沙河的〈街景與死亡〉透過詩人的眼睛來看市鎮的景物現象，如同運用現代電影語言的美學表現手法，詩人無論是取景或換喻皆層層遞進，景物的置換推移由遠而近，有如攝影機視覺移動的淡入淡出（fade in and fade out），在看似冷漠遲緩的街景行動中，實則充滿了律動的都市感，既有持續消融的流動感，更增添淒迷鬱悶的美學氛圍。對於現代都市中人性的異化，對於人存在精神意義的思考和迷惘，在詩句中處處可見一種既批判又擁抱的矛盾：「雕塑座座樓宇／崩為座座廢墟」、「吾是唯一的存在／亦是唯一的死亡」[20]。這類對都市符碼的存在精神思考觀察，表現出一種既擁抱又迷惘的心理狀態，是沙河這個時期詩作的特色之一，充滿律動的都市精神語言表現技巧——迴環的語句、抑揚頓挫的節奏感、並置排比的意象設計、靜中求動求變的句型張力等，都是沙河詩〈齒輪〉、〈臉〉、〈感覺〉的語言特色。這個都市精神與象徵語言的嫻熟表現是沙河身為現代詩人的重要特色之一，在沙河往後九○年代的詩歌創作中成為其語言基調，關於這一點下文當再提及。沙河對詩歌技巧的講究，在〈感覺〉一詩中有出色的表現，藉一連串重覆句的迴環覆沓語氣來拓展、深入刻劃整首詩所要表現的個人內心感覺，可謂層層遞進，寫來一氣呵成，讀罷讓讀者感受到一種潛伏在詩句中的內在律動，這個律動也就是詩人在詩中不斷強調的「看速度運動」——在生活中體會時間的流逝、生命的流逝，對生活中普通現象的觀察，對生命中生老病死的意義感受，都給詩人收束到短短七行中去了：

---

[20] 《大馬詩選》，頁 91。

> 我們就是這樣活著
>
> 看速度運動
>
> 看速度運動在留產院
>
> 看速度運動在婚姻註冊局
>
> 看速度運動在診療所
>
> 看速度運動在殯儀館
>
> 然後速度運動虛無中[21]

　　這樣設計精準充滿律動的現代詩句就算擺在今天來看，還是不減其現代色彩，一首寫個人心理感覺，寫「存在的虛無」的詩居然能夠帶出這樣一種流暢滿溢的速度感，令人對沙河的詩藝另眼相看。

　　剛好相反，這些詩歌形式設計的技巧運用很少在艾文的詩作中出現，艾文的詩更多的是不按牌理出牌的語言意象，注重語言的實驗性和反傳統性，高度想像的象徵隱喻，這種種不按文學成規的語言表現構成詩整體的隱晦性質，不明朗的意境構成一種非正規的美感經驗，讓讀者在某種狀況下感受異樣的真摯性，無形中提升了詩的語言意境表現。翻開艾文的詩集《艾文詩》，裡頭的詩作極富實驗性，無論是書寫現代生活或古典翻新，錯落無序的長短句產生一種跌宕的音色，文言與白話並存不悖。艾文擅長把一連串的不諧調的意象組合並置，甚至利用斷句來扭曲變形，形成一種曖昧奇怪的詩句組合，令人感受一種異樣難以言說的意象美。在〈鏡之傳奇〉一詩中詩人如此寫山的奇異、奇異的山：

---

[21] 《大馬詩選》，頁100。

他把

高大的樹

摺入

然後

捧著鏡子

奔向

山

山峰上

星宿點點

點點人間

搖搖欲墜

說什麼[22]

　　短短數行的詩句裡讀者可以看到艾文所擅長的短句和斷句，產生一種參差錯亂的語言效果，更令人注目的是詩中的意象跳躍（如寫山上的樹忽然聯繫到鏡子意象的極度不諧調）與超現實意境（如把大樹摺起來的超現實鏡頭），更是詩人艾文大部分詩的拿手好戲。不同於沙河詩語言的都市文明精神基調，艾文在他非正規的語言運作中，往往與詩敘述者內心深層對幽微曖昧的情慾或慾望感受，投射出一種無限渴望的流連注目。在《艾文詩》中有很多詩作觸及情慾，這些詩往往以一種頗為隱晦異化的語言情

---

[22] 艾文：《艾文詩》，美農：馬來西亞棕櫚出版社，1973，頁 17。

境,包裝在現代性的西化病態的陰森氣氛中,以一連串的月亮、貓、毛髮、天空等意象隱喻,來處理被詩人壓抑住而蠢蠢欲動的性愛／慾望的象徵影射。艾文寫個人的身體慾望,不明言慾望主體的情慾如何被壓抑和心理焦慮,卻以貓叫、月亮的血色恐怖和天空陰森笑聲等意象畫面來替他說話,得以轉移置換的手法解決了身體慾望的壓抑和滿溢,表現出一種焦慮錯亂的個人思緒。究其實,這個詩人念茲在茲的殘缺身體的慾望投射與被壓抑的情慾流竄溢出,與詩人身處的時代現實困境密不可分,這個身體慾望的病態語言更與詩人的文化身份屬性的追尋探索互為因果,糾纏不清。急於從現實政治體制的困境中突圍,面臨文化身份屬性的變質和失落焦慮,詩人汲汲追尋一個在現實中已然變異的身份屬性,注定了這是一個永不可得的徒然動作,只能以重覆衝動的心理慾望投射於身體／主體的情慾性愛,試圖藉此感受已然遺失的身份屬性,而諷刺的是這個對慾望情慾的重覆衝動,只能為主體帶來一次又一次無止盡的消耗,情慾流竄的滿溢生機同時也指向死亡的貼近,在情慾感官的投注或耽溺中,死亡的氣味如影隨形。如同〈貓〉一詩中對性愛與死亡的暗示象徵:「貓又叫／每逢月流／便有一束黑長的毛髮／梳著溪水」[23],詩句中的情慾流連和慾望投射每每有溢出趨向死亡,壓抑住詩人內心的蠢蠢欲動,卻掩藏不了詩人對身體慾望的認同焦慮。

---

[23] 《艾文詩》,頁23。

第二節　八〇年代風雨飄搖之路：
　　　　艾文詩的憂患意識、寫實兼寫意

　　時移事往，來到八〇年代的政治現實時空，艾文的現代詩語言明顯出現極大的轉變。回顧六〇、七〇年代馬華現代詩的蓬勃發展，當年除了歸功於報紙文藝副刊（《南洋商報》）與文學雜誌（《蕉風》）的主編的推波助瀾、大量輸入西方與港臺的現代主義文學思潮及譯作到馬華文壇，還要得力於一批有意求新求變大膽實驗的馬華現代詩人，彼此以作品來互補印證時代的精神面貌。這些六〇年代早熟的現代派詩人，以白垚、周喚、飄貝零、楊際光、艾文、沙河、王潤華、林綠、黑辛藏等人為代表，其中艾文與沙河對現代主義的象徵語言與存在精神的辯證最為可觀，可謂這批馬華前行代詩人中的佼佼者，整體而言他們的詩以厚重的意象和隱晦的語言情境來表現文化心靈的失落，也藉此抗拒現實社會的教條政策體制，和馬華文學主流的現實主義文學。這些前行代現代詩人的「西化－現代主義」與之後在七〇年代崛起的天狼星詩社成員競相鼓吹提倡的「中國性－現代主義」，可謂分庭抗禮各有特色，於語言策略上簡單來說，兩者的分別是前者的現代主義精神是詩的語言／自我的核心，現代主義的象徵語言與詩人的存在精神屬性互為表裡難解難分，而後者的現代主義觀念或文字技巧只是中國意象或中華屬性（侷限於古典中國的概念意境）的包裝，中國性的精神符號是詩語言的核心，基本上有一套形象鮮明的意象特徵來區分詩句裡的中國性與現代性的主客關係，源頭是古典中國經書史籍，中國性凌

駕於現代性之上，往往造成詩的現代主義精神面貌模糊不彰。[24]這
兩個不同路線的馬華現代主義詩人在六○、七○年代形成馬華現代
詩文學的高峰期，前者在六○年代開拓馬華現代詩語言的實驗蛻變
在先，後者於七○年代承接再創馬華現代詩文學的運動路向，配合
天狼星詩社成員集體創作，所鼓吹提倡的一套新批評式的現代詩歌
技巧理論，以及現代文學雜誌《蕉風》的大力引介現代文學、重點
推銷現代主義流派的思潮精神、辦現代詩專號特輯。馬華現代文學
（詩）在這幾個層面的推波助瀾之下，於七○年代中期到達鼎盛
期，而在七○年代後期天狼星詩社推出多部詩社成員的個集選
集，及舉辦現代詩研討會、發表會，可謂馬華現代詩創作與運動的
頂峰時期。[25]時間來到八○年代初，這一波的馬華現代詩風潮以及
馬華現代文學運動大致上已呈強弩之末，欲振乏力。七○年代過後
的馬華現代詩有一個新舊交替的現象，馬華前行代詩人與天狼星詩

---

[24] 這兩個基本型在黃錦樹的論文〈中文現代主義──一個未了的計劃？〉中
有所發揮，但他主要是以臺灣現代文學作為論述對象。我在第三章的論點
基本上就是探討馬華現代詩中的「西化－現代主義」，只是沒有用到這個學
術名詞，這裡權宜跟隨黃錦樹的定義。黃錦樹論文見《謊言或真理的技藝：
當代中文小說論集》，臺北：麥田出版社，2003，頁 21-57。如果簡略以六
○、七○年代馬華現代詩的發展來看，以天狼星詩社在一九七二年創立作
為分水嶺，那麼一九七二年之前的前行代現代詩人如周喚、艾文、沙河、
楊際光、飄貝零等人的詩作可歸入「西化－現代主義」，而一九七二年以後
的天狼星詩社同人如溫任平、溫瑞安、方娥真、張樹林、藍啟元、周清嘯、
黃昏星等人的詩則可視為「中國性－現代主義」，這個詩語言的特徵可證諸
於溫氏在一九七四年主編的《大馬詩選》及其後的《天狼星詩選》中。

[25] 參考溫任平〈天狼星詩社與馬華現代文學運動〉，江洺輝編：《馬華文學的
新解讀》，吉隆坡：馬來西亞留臺聯總，1999，頁 153-176。值得一提的是，
七○年代天狼星詩社奉行新批評式的現代詩理論技巧，如溫任平、賴瑞和、
沈穿心等的詩歌評論文字，如同天狼星詩人的「中國性－現代主義」，溫任
平的《精緻的鼎》的方法論源頭可追溯至臺灣的現代詩評家如余光中等人。

社成員創作力銳減，其中停筆退出文壇的大有人在，當時有一批年
輕詩人（包括天狼星詩社栽培的年輕詩作者）開始冒起，時間上剛
好彌補之前一些前行代詩人停筆所留下的空缺，這些在七〇年代後
期崛起的年輕一代非常引人注目，無論是在意象或語言的運作皆可
看到變的跡象，尤其是黃遠雄（左手人）、沙禽、子凡（游川）、林
若隱、謝川成等人，日後都取得不俗的成就。盡管這些年輕詩人彼
此的詩風格不盡相同，但他們整體上採取一種對現代主義和現實主
義兼收並蓄的語言轉化運作，卻為八〇年代的馬華詩壇引出另一條
可行的道路。他們企圖融合現代與寫實的語言手法，主要是對現代
詩不節制的晦澀語言與超載意象作出調整，唯有另行思考出路，在
詩語言運作上求新求變、轉化融合現代與現實是其中一個可以有效
解決困境的方法，即可在技巧上改變一個嶄新的語言面貌，又可
解決詩歌與現實脫節的窘境指責。面對寫詩的同行與同輩的現代詩
人紛紛停筆，以及後起的年輕一代詩作者的語言轉變，艾文在八
〇年代以後的詩風格也出現很大的轉變調整。

　　八〇年代的馬來西亞政治時空，透過種種法令政策的推行、有
形無形的體制監督，讓種族政治的開展更形嚴密，尤其是華人社會
的政經文教課題處在一種壓制悶氣的時局當中，華文教育與華人文
化的發展困境是這個時期最令華社關心憂慮的重大課題，透過華團
會館組織向政府提出微弱呼聲的訴求根本無濟於事，寫作人普遍感
到極度壓抑無力，對政治局勢的無奈、時代的風雨飄搖都表現在書
寫中。這個時期的馬華作家詩人往往採取一種直抒胸臆、剖白寫意
的筆法，語言文字充滿了感時憂國、好發議論，基本上是透過一種

寫實兼寫意的表現手法來呈現那個時空的政治局勢和心情苦悶。寫實是詩人勇敢面對現實政治的種種不公不義現象有所觀察思考，寫意是詩人這個觀察省思的內心感受和心頭塊壘。在語言運作上馬華詩人這個「寫實兼寫意」[26]的文字風格是詩人從現代主義與現實主義兩者融合轉化得出的，這些詩人很多都是經歷過七〇年代馬華現代主義文學風潮的洗禮，對現代主義文學語言技巧可說是耳熟能詳、揮灑自如，而在現實逼近和影響詩人生活的整體情勢下，詩人近距離觀察現實的發展而調整對現實的書寫思考。對經歷過六〇、七〇年代現代詩書寫的艾文來說，七〇年代的《艾文詩》是他現代派風格、超現實語言成熟、完成階段，而八〇年代是詩人現代詩風格轉型的重要嘗試，主要是他如何調整現代與現實兩者之間的視域落差，進而做到融會貫通兩者，表現出政治社會環境與文本語言互涉的關係，是這個時期艾文詩努力經營的方向和重大企圖。

如前所述，《艾文詩》時期的詩主題和題材，主要透過各種語言的歧義和形式實驗的經營塑造，來表達或暗喻個人自我的存在處

---

26 「寫實兼寫意」的概念得自陳慧樺的論文題目〈寫實兼寫意：馬新留臺作家初論〉，陳慧樺以「寫實兼寫意」的整體文學風格來形容八〇年代馬新留臺作家，尤其是馬華留臺小說家和詩人的作品語言特色，給這些文學作品下了一個簡單的定義：「在我們研讀馬華小說家潘貴昌和商晚筠的小說、詩人陳強華和傅承得等的詩，我們就會發覺，他們都很關懷現實生活，他們都或直接或夢幻地對週遭的事物作了反映，但是，他們也能在抒發情懷、營造情節時，做到蘇俄形構主義者所主張的異化，以新穎的處理方式引人進入更高的境界。……但在他們的近期作品中，他們卻已從晦澀、浮泛以及喧嘩中走向寫意的寧靜。」雖說陳慧樺此文的論述對象是留臺作家，但我認為他的看法相當敏銳有力地指出了八〇年代馬華現代詩人的作品特色，包括了馬華的留臺作家和本地作家，尤其是詩歌他們或多或少都有這個融合了現代與現實視角的語言特色，值得深入分析探討。陳慧樺論文見《蕉風》419 期（1988.10），頁 3。

境的掙扎和矛盾心態，透過語言意象與隱喻象徵系統，詩人所呈現的是自我心靈的內在觀照、精神面貌。詩集中的〈九歌〉組詩的古典變奏，雖然詩題源自楚辭，但是詩人顯然無意在詩中重寫一個古意盎然的現代楚辭，詩人用一種很主觀的心靈視角，穿透古典記號系統和素材，佐以現代主義的語言角度隨性的加以解構、重組、變體，呈現出一幅超現實詭異荒誕的畫面，令人動容。比如〈九歌〉第二首中艾文這樣寫：

> 那個
>
> 從海回來的人
>
> 晃著一把粗大滿清辮
>
> 低著頭
>
> 一旋陰風似
>
> 往土地祠的黑暗處
>
> 消逝了[27]

　　詩人以一種精簡的荒謬劇結構，配合陰森詭異超現實的氣氛鋪陳，烘托出詩人對於隱藏在傳統文化身份表層意義底下的「存在的疑惑」，這個滿清頭辮從海回來的人代表傳統文化身份，詩中頻頻召喚傳統文化身份的回歸動作，吊詭的是回歸的召喚慾望終歸徒然，傳統文化身份的遠去消逝已成事實，這個回來的畢竟不是現代人的文化本質，只是一個慾望想像的魂靈，雖然魅力猶在時時困擾詩人的主體身份屬性，但是如同詩句中所敘述的被召喚回來的魂

---

[27]　《艾文詩》，頁 34。

如同一陣陰風，轉眼間就消失得不見蹤影。自我源頭的文化身份打
從遙遠的「祖國」來到「異邦」，然後隨時間的流逝、空間的移換，
「異邦」在此時此刻現實環境已成為「祖國」，面對這個文化身份
上的巨大轉移和變化，詩人該如何看待這一切物換星移的事實？詩
人在〈九歌〉第三首中藉貓的慾望和性意象，委婉敘述了這個身份
屬性與文化想像的心理扭曲認知：

> 貓善變
> 快將午夜截住
> 開天窗
> 捻下北斗
>
> 窺貓鬚
> 有無微兆
> 觀神色
> 蓄舍凶意
>
> 而貓狂叫
> Mahu－mahu－/Mahu－ta mahu－[28]

現實與蜃影彼此依偎融合於詩裡行間，貓的意象頗傳神寫出
文化屬性主體的變化和轉化隱喻，貓叫聲的擬音擬義除了表達性
慾的力比多發泄，另外引用馬來文的諧音主要是象徵傳統文化身
份的異化和變質。

---

[28] 《艾文詩》，頁 36-37。

　　這些七○年代的詩句的普遍性是建立在詩人或詩敘事者的主觀心靈或存在精神想像上，而八○年代過後艾文的詩作主題或語言，已跨入客觀世界的具體事物，貼近了現實社會生活的種種層面，現實感大為提高，語言轉趨平易淺白，換句話說也就是我上面說的「寫實兼寫意」，詩主題是以現實為題材寫實，詩語言文字則直抒心中對現實的看法和判斷，平易近人，讀者比較容易接近詩人這個時期的創作意圖。這種語言觀念上的轉變或調整，除了詩人面對同輩現代詩人作家輟筆掉隊的局面，心靈上產生鬱悶無奈的感受，更大的原因是來自整個八○年代馬來西亞華社政經文教課題的困擾，及現實政治時空環境的轉變，形成一代華裔陷入某種壓抑憂患的危機意識。一九八八至一九八九年間是他六○、七○年代寫詩以來的另一個高潮（或曰「反高潮」？因為他在一九八九年過後停筆），詩作散見於國內各大報文藝副刊和文學刊物，《蕉風》月刊433 期甚至為他辦了「艾文專輯」，共發表了二十首詩，同期還刊出小說家小黑、詩人方昂與文學評論者謝川成等人對詩人的印象和作品評論，可謂慎重其事，足見艾文的詩在馬華現代文學裡佔有一席位。我在這裡想指出的是，觀察艾文專輯裡頭的二十首詩，很容易得出一個印象，其詩主題已經從內在心理探索轉向、建立在現實社會文化的層面，現實感濃厚寫實性強烈的社會文化事件是他關懷的重點，如這一首記寫他的家鄉大山腳盂蘭盛會的〈普渡〉：

　　　　七月在廣告紅布條吶喊聲中來了
　　　　超級大傾銷的喉嚨
　　　　在龍香炙烈的煙火下嗆咳　　喘氣

幸虧他是彩紙紮的

燈泡白眼直瞪著前方

不同我們薰得昏沉沉流淚

煙火好像烽火連天起

鑼鼓在痛快痛快的咆哮

膜拜的婦女　　看戲的男士

遊手好閒的泡熱鬧　　擠人潮

誰想待在亞答木板棚下的他

被善男信女糊得渾身紅紙條號碼

不能伸也不能屈

綁在那裡頭

忍氣吞聲[29]

　　艾文已不再為他的個人內在心理與存在主義精神面向寫作，
〈普渡〉中的盂蘭盛會景況無疑是寫實的，景物的描寫多過詩人內
心的隱喻投射，落實在所有馬來西亞華裔的現實處境和文化憂思
上。詩人對傳統文化的憂患意識很明顯，但這一份憂患意識是外顯
的、寫意的，完全建立在現實文化和政治社會上的，已經不再以詩
人心靈思緒、隱喻象徵語言來處理或反思傳統文化和自我身份屬
性，這個時期的詩句在意識層面由以往的內斂自省轉向外顯的現實
批判和時事議論。值得注意的是，艾文在這個時期的詩作語言普遍

29　艾文：〈普渡〉，《蕉風》433 期（1989.12），頁 15。

上由以往的稠密凝練轉向淺顯平易，滲入大量的散文化敘述和議論式的文體語句，比如《蕉風》專輯中的〈游泳的哲學〉、〈從博物院出來〉、〈缸中魚〉等詩，採取了平易順暢的語言進行對即物對象的描寫，而〈實里達蓄水池〉、〈星洲雙林寺〉、〈遊熱水井記〉等作的寫實語言與寫意告白，都在內容的合理化和敘述語言的淺白易解的角度內進行操作，這個「寫實兼寫意」的語言基本上具有幾點普遍的特色：對敘述對象或描寫的外在事物大都冷靜而含蓄、利用比較平易淺顯的象徵筆法和心理刻劃來擴展生活周遭的主題或題材層面、思考時代困境與文化僵局而興起一股強烈的憂患意識。尤其是最後一點，詩人在詩句中往往因為對敘述對象的關懷面向過度渲染，致令原本冷靜含蓄的反思辯證流為大發議論和強烈批判，破壞詩的整體平衡美感效果。艾文在八〇年代後期的詩作就有這個傾向，對現實社會現象有所不滿亟待批判，藉詩的敘述體大發議論以見其感時憂國的文化憂患意識，往往把寫實兼寫意的冷靜內斂性格破壞無遺，讓詩語言陷入議論文體的散文格局。究其實，這個寫實兼寫意語言風格的極端發展，形成議論文體與散文思考的批判議論現象，與華人社會在八〇年代的政治處境息息相關。八〇年代的政治打壓和行政偏差，放任充斥於華人的政經文教各領域，華人社會普遍上都有強烈的憂患意識，在種種政治結構壓力下華人被迫思考回應，後來演變成一連串的政治抗議事件。一九八七年期間，以執政黨為首的巫統爆發黨爭，過後首相馬哈迪（Mahathir Mohamad）對華人的抗議政治轉趨強硬的態度，最後下重手援引內部安全法令，展開政治大逮捕，史稱「茅草行動」，時間是一九八七年十月

廿七日，共百多位政治人物和華團領袖被強制扣留，令華人社會領導者一時出現真空的局面，華人的抗議政治也在這個政治事件發生後的八〇年代末結束。[30]在一九八七至一九八九年底這段時期，很多馬華詩人如游川、傅承得、辛吟松、黃遠雄、小曼、方昂、何乃健、陳強華等詩人都在詩作中或多或少，表達了對這個政治事件不公不義的不滿悲憤、痛心疾首，感時憂國和大發議論是這些詩作的重心，對華社的未來充滿憂患意識是這些詩的普遍響應。[31]艾文雖然沒有直接書寫這個政治事件，但觀察他這個時期的詩作中充斥對華人文化與身份定位的處境或困境頗為悲觀，藉一些社會現象或物象來議論批判國家體制的不公不義，在詩句中處處影射或嘲諷現實政治對馬來西亞華人族群的打壓逼迫困境，因此他這個時期的詩作確實可歸劃入八〇年代後期政治時空演變下所催生的「感時憂國時」，無疑的跟整個時代政治局勢的變化息息相關。

《艾文詩》集中的詩以恣縱的意象天馬行空的想像環繞著詩人的心靈精神，以自我為中心的象徵隱喻創造出超現實的詭異情

---

[30] 有關馬來西亞八〇年代華人政治演變中的憂患意識與抗議政治，精彩的分析見潘永強〈抗議與順從：馬哈迪時代的馬來西亞華人政治〉，何國忠編《百年回眸：馬華社會與政治》（吉隆坡：華社研究中心，2005），頁203-232。論者以為這是巫統有意轉移鬥爭焦點，以逮捕政治異議人士、華團領域、知識分子來乘機解困的策略。

[31] 有關馬來西亞八〇年代末的政治動盪事件與詩人對此事件所採取形象鮮明的感時憂國、好發議論語言色彩，見張光達〈馬華政治詩：感時憂國與戲謔嘲諷〉，《人文雜誌》12期（2001.11），頁101-107。另外這個時期詩人與政治社會對話的「動地吟」詩朗誦演出的精彩分析，可參考林春美、張永修〈從「動地吟」看馬華詩人的身份認同〉，黃萬華、戴小華編《全球語境‧多元對話‧馬華文學：第二屆馬華文學國際學術會議論文集》，濟南：山東文藝出版社，2004，頁64-78。

境。到了八○年代，他的語言轉型讓他在「寫實兼寫意」的辯證上取得現實題材與現代觀念的平衡舒朗。但是在八○年代後期的「風雨飄搖之路」上，他的詩作較傾向於現實批判，以介入現實社會、文化憂思、政治嘲諷等層面為意圖。這一切又和出現於八○年代末的「感時憂國詩」亦步亦趨，詩人對政治局勢與文化身份的憂患意識在這個時期的詩句中表露無餘。從他詩作的語言風格與思想觀念的變遷，得以探究獨立以來馬華詩人和馬來西亞整個政治環境、生活形態和文化走向的影響互涉關係。八○年代末的詩篇尤其在面對政治現實上的無理荒謬發展和演變時刻，詩人顯得悲觀而無奈，語氣頗多落寞感慨，語言文字往往因此流於散文敘述的功能：

> 走這麼遠
>
> 也累了
>
> 我坐在溫熱的砂礫上
>
> 看那些搖擺的拉浪草
>
> 還有那間
>
> 佇立在山邊的亞答屋
>
> 它站那麼久
>
> 也是孤獨的一個
>
> 甚至　姿態也沒改變[32]

同年六個月後詩人發表的另一首〈寄 N.K.〉：

---

[32] 艾文：〈回來〉，《金石詩刊》創刊號（1988.04），無頁碼。

那天　我在瑰麗的霞光中坐著

看見你　在路的那頭站著

好像曠野孤獨的輕煙

挨著寂寞的空山

彷彿在說

當暮色悄然沉落下西山

有誰願意

與我掌燈　採路

繼續在陌生崎嶇的道路上同行[33]

　　這條路確是一條寂寞而崎嶇不平的路、一條充滿書寫困境的道路，政治現實的崎嶇不平造成書寫的艱難困頓，詩裡行間宣示了艾文在八〇年代末的書寫困擾，散文化的告白為他的寫詩生涯劃下休止符，從語言隱喻的書寫困境演變為現實生活層面的書寫止境。

第三節　九〇年代都市書寫：
　　　　　　沙河詩的現代視角、都市精神

　　有趣的是，艾文在八〇年代末停筆退出詩壇，幾乎同一個時間八〇、九〇年代之交，沙河卻在七〇年代過後，將近整個八〇年代的十年期間完全沒有發表詩作。幸或不幸，沙河後來在九〇年代所發表的詩，因此幾乎完全沒有受到上述政治事件的影響或干擾，他

---

[33] 艾文：〈寄N.K.〉，《金石詩刊：我等你長大》2期（1988.10），頁32。

的詩完全不見上述詩人群所念茲在茲的「感時憂國」、「風雨飄搖」、「好發議論」的憂患意識。然而他在九○年代初開始重新執筆出發，先在《蕉風》上發表詩作，後轉戰國內兩大報的文學副刊園地，越寫越勇，九○年代以來所累積的詩數量相當可觀，也保持一致的水準。《蕉風》雙月刊 473 期（1996.07-08）推出沙河詩專輯，共收錄詩作二十一首，《星洲日報》的〈文藝春秋〉版（2005.06.05）也配合國際詩人節，推出沙河詩個展，共有詩作十三首，五首詩作入選陳大為等人主編的《赤道形聲：馬華文學讀本 I》，二○○七年出版詩集《魚的變奏曲》，近年來寫詩之餘也以匆匆的筆名大量發表極短篇。根據我手頭上所收集到的資料，沙河在九○年代初重新執筆，第一首發表的詩作是刊登在《蕉風》雙月刊 449 期（1992.07.08）上的〈水劫〉，接下來是刊登在《蕉風》雙月刊 450 期（1992.09.10）的〈文明的獸〉，這兩首詩是他九○年代重新執筆出發初試啼聲之作，如果我們願意把眼光稍微停留片刻在這兩首詩作上，當會發現詩作中隱約透露詩人當下的詩觀及未來寫詩的方向和重點。〈水劫〉一詩雖然寫的是一個驚天動地的災難事件，但是詩人顯得很冷靜，他只是不動聲色的寫，好像扮演一個旁觀者的角色，冷眼旁觀的記下水災中所見的每一項事物，不抒發自己的感受，不發表自己的意見。在〈水劫〉第一首中，沙河寫災難中看到的蘆葦、季候風、雨聲、土地、樹、路牌、斑馬線等景物，其中層層遞進的意象推移與冷靜抽離的鏡頭語言，實則經過沙河一番精巧的換喻手法和設計而成。這個精巧的鏡頭語言，乃至整首詩的意象推展的知性思考，是沙河一貫的書寫模式，早在《大馬詩選》中的〈街景與死亡〉一詩

中有所發揮，取得不俗的成績，如今時隔十多年再牛刀小試，〈水
劫〉最後一段：

> 樹們都蹲著
>
> 去窺視只剩下的
>
> 半框窗口
>
> 路牌都失去了
>
> 意義　只見
>
> 紅綠燈在汪洋中哭泣
>
> 斑馬線在潛水
>
> 一只漂浮而過的木屐
>
> 占卜自己的命運[34]

　　取景置物流動簡潔，靜靜道來，寓悲哀於平靜的敘述語調中，
其中感人的程度不下於嘶聲吶喊，俱見詩人的語言調度功力。[35]
　　另外一首〈文明的獸〉則承襲上述都市精神的思考模式，以都
市生活題材為詩的中心旨趣，以現代文明現象為思考的語言形態，
配合著沙河一貫的都市符碼的存在精神思考觀察，表現出一種既擁
抱又迷惘的心理狀態，是沙河這個時期詩作的特色之一，充滿律動
的都市精神語言表現技巧，詩想轉承自七〇年代的〈齒輪〉、〈臉〉、
〈感覺〉、〈街景與死亡〉諸詩的語言特色。這個都市精神與象徵語

---

[34] 《蕉風》449 期（1992.07-08），頁 4。

[35] 筆者在〈從沙河的〈水劫〉談起〉一文中對這首詩作略有評述，拙文見《蕉
　　風》451 期（1992.11-12），頁 45-46。

言的嫻熟表現是沙河創作的核心，成為他往後九○年代的詩歌創作
中的語言基調，緊緊掌握住現代文明視角與都市精神面貌的先聲。
因此，這首〈文明的獸〉作為沙河寫詩的再出發，可謂意義深遠，
而它在詩人語言風格上作為一個承先啟後的地位，也顯得舉足輕重。

　　基本上沙河以都市經驗為題材的「都市詩」，與那些批判都市
文明帶來破壞幻滅與人性墮落的「都市詩」有所不同。[36]一個例子
是子凡寫成於一九七七年的〈幻滅〉（收入子凡詩集《迴音》，1979），
子凡這首詩意旨在嘲諷和批判都市文明對於人性的破壞與虛幻，充
滿人類進入初期工業文明社會的不滿與不適，可說是以文明 V.S.
自然＝迷失幻滅 V.S.純樸真摯的二分法模式上來看待思考都市，這
個人性與物慾的對立書寫模式，往往在詩人簡化的詩筆下成為呼籲
文明人「回歸自然」的田園情緒表現。沙河的都市詩則不採取城鄉
對立的思考模式，他對都市的敘述描繪有批評也有擁抱，有對都市
整體景觀的切入觀察，也有對城市局部的生活體驗，前者如〈冰冷
之城〉、〈文明的獸〉、〈悸〉等詩，後者如地方誌書寫的〈黑咖啡〉、
〈印度煎餅〉、〈Kota Bharu〉、〈Nasi Kandar〉等作。因此沙河的都
市詩有時並不能逕自以詩作中的都市題材之有無作出考據，應與任

---

[36] 有關都市詩較完整的探討分析，可參閱陳大為對臺灣都市詩和詩論的論
　　文：〈對峙與消融——五十年來的臺灣都市詩〉、〈定義與超越——臺灣都市
　　詩的理論建構〉，《亞洲閱讀——都市文學與文化（1950-2004）》，臺北：萬
　　卷樓，2004，頁 3-60，頁 63-92。另外可參考陳大為：〈街道的空間結構與
　　意義鏈接——馬華現代詩的街道書寫〉、〈感官與思維的冷盤——九○年代
　　馬華新詩裡的都市影像〉，《亞細亞的象形詩維》，臺北：萬卷樓，2001，頁
　　109-145，頁 147-168。本章無意建構另一套馬華都市詩的架構，因此對相
　　關議題只是點到為止。

何現代都市生活有密切關聯的現象事件都包括在內，我認為「都市精神」一詞更加適合這個都市詩的書寫模式。以這個標準來看，除了〈文明的獸〉，沙河在一九九三年發表的〈夜半醒來的感覺〉不作全景式的鳥瞰都市夜景，而是側寫詩的敘述者在都市中半夜睡醒時的片面生活感受和切身體驗：

> 夜半醒來
> 盲眼的烏鴉
> 撲在窗口
> 啄食半輪月亮
>
> 床上
> 一尾被刮鱗的魚
> 在城市闌珊的燈火中
> 殘喘著
> 延續著今天和明天的
> 只是一絲一縷的氣息[37]

　　這些詩句其中具有的冷靜中立的價值觀，冷漠的都市感，對都市生活的反思辯證與體驗擁抱，對鬱悶衰頹的生命存在的知性語言呈現，可謂準確地掌握了九〇年代以來馬華都市精神與時代面貌的交會點。近作〈冰冷之城〉對都市產生的冷漠疏離與熱情擁抱的矛盾感受也有所發揮：

---

[37]　《蕉風》454 期（1993.05-06），封底內頁。

帶著傳統的熱情

圖闖入一座冰冷之城

以我喜愛擁抱的雙臂和

擅長接吻的嘴唇

摸著口袋裡幾枚硬幣的餘溫

尋找旋轉門的轉向

是的　旋轉門都像護城的河

漸漸失去應扮演的角色

公園忘了打掃

落葉上都堆滿了鳥糞

流浪漢們在長凳上用同一種語調夢囈

摹擬褪色的鄉音[38]

　　詩人在詩末以散文句型來抒發他對現代生活與都市現象所寄於的同情希望之所在：「都市不過是一個模型的多倍數放大在最污濁的角落可能還有心臟的餘溫用以解說文明人的心路歷程。」。這個都市精神的探索反思，透過其現代視角的反覆辯證，在沙河詩作中一以貫之，在冷漠陰鬱的語調和思維間有哲理化的意識縱深。

　　八〇年代後期馬華詩人的筆下，的確刻劃出那個時期馬來西亞國家社會政治的面貌，尤其是華裔的政經文教各領域所面臨的生存境遇與衝擊，詩人普遍表達的「感時憂國」與憂患意識是那個時代

---

[38]　《星洲日報‧文藝春秋》（2006.07.09）。

的心聲，在嚴峻危急的現實政治中備受考驗。時間來到九〇年代，
隨著政治情境的轉移而整個現實社會環境氛圍丕變，普遍上之前八
〇年代末的政治緊張關係漸趨緩和，而在國家經濟、社會文化方面
步伐加快，九〇年代的國內經濟迅速升溫，工商業領域蓬勃發展，
電子媒體多元資訊也正邁入如火如荼的階段，種種現象令國人樂觀
期待，政黨政治從八〇年代的種族政治操作轉向政商合伙連結的結
構操作，在這樣的政治現實體制進行之下，一切政治的議程迅速被
轉移到國家經濟和工商業藍圖的宏觀視野下，政府暢談國家經濟未
來發展與工業發展大藍圖、人民日常生活的基本設施、通貨膨脹課
題、電腦資訊的多元化需求、環保意識、都市發展和文明禮儀、2020
宏願等等。[39]在九〇年代中後期，此一社會現象更是有增無減，工
商業發展的白熱化，馬來西亞已經成功由農業社會轉型到工商社
會，伴隨資訊社會和電子世紀的呼之欲出，帶來了種種價值觀的改
變，其中拜金主義、功利主義、現實主義、愛情的速食消費觀、戀
物的耽溺主義、人際關係的疏遠、電腦時代的冷漠主義在每一個大
城小鎮流行蔓延。經濟的富裕令一般人民的消費能力普遍提高，因
此也促使各種娛樂消費事業蓬勃發展，面對熱鬧繁華五光十色的
世俗生活，沙河作為這個時代的見證者，用詩句來書寫都市理解都

---

[39] 根據潘永強的觀察，九〇年代以降馬哈迪對華人改變政治策略，不再是
像八〇年代的威權壓制，而是嘗試建構一套文化意識形態，加以柔性說
服，以合理化既有的經濟秩序，企圖吸納和化解民間的不滿，並以更靈
活的機制來處理和收編社會力量，提倡「2020先進國宏願」，成功征服了
華人社會。潘文見：〈抗議與順從：馬哈迪時代的馬來西亞華人政治〉，
何國忠編《百年回眸：馬華社會與政治》，吉隆坡：華社研究中心，2005，
頁203-232。

市感受都市，解剖都市質疑都市觀察都市，書寫城市生活中生命的
流逝。他以詩人具有的敏感詩心，往往能夠捕捉到喧囂都會中一些
令人動情的片斷，思考生命與死亡的辯證。

　　沙河在九〇年代以來大量發表詩作，尤其近年來更是越寫越
勇，其中他以都市生活現象為題材的詩佔了大宗，「都市詩」可說
是他近年詩作的主要貢獻。究其實，沙河的都市詩是在現代主義
與存在主義美學基礎上，提出現代視角與都市文明的辯證，打通
現代感與現實生活生命審思的聯繫，因此他的創作視野與思考範
圍，緊扣著現代人的生存議題和心靈探索。沙河對現實社會與都
市文明的反思，往往穿透現象表層，深入存在精神其中，進行細
膩的觀察剖析，有時因此會自覺或不自覺的深陷耽溺事件其中，
對人性慾望或物象流連徘徊，感同身受而顯露出一種陰鬱頹廢的
美學。他對都市文明與人性慾望層層進遞的思考辯證，與不經意
擁抱戀物的感官慾望，兩者看似有所抵觸，但在沙河現代視角的
語言操作下，這一切居然能夠做到融合貫通，形成一個貼近生活
與思路細膩深刻的敘述基調。〈舞2〉一詩寫都市中的「異質空間」
（heterotopia）[40]——現代舞池中的人際關係和感官情慾，作出細
膩透徹的觀察分析，思考邏輯層層遞進，直探現象深層核心，同
時讀者可強烈感受到詩人或敘述者對人性情慾的欲迎還拒耽溺戀
物的矛盾心態：

---

[40] heterotopia 語出傅柯（Michel Foucault），意指那些對應於現實世界中缺席
（absence）的部分，比如都會中的隱秘地下酒吧、舞廳、色情場所、同性
戀聚會地點等。傅柯「異質空間」概念見"Other Spaces", Lotus International,
48-49, 1986。

尖銳的金屬聲

割下每一雙半醉的耳朵

電子音響以半拍詛咒

琴弦以快感鞭韃著五指

曖昧的燈光隨夜色

一起墜下

琉璃閃耀著媚眼

迷惑著杯中的倒影

蛇的咒語

終於在女郎的腰間應驗

鼓聲隔著獸皮咳嗆

雄性的火開始在兩股燃燒

大理石地板的汗光

在香水味中死去

多麼狡點的旋律都會死去

當叛逆的酒精在體內計謀著

一張失貞的床

而沿著你傾斜的雙肩

必是我每一寸失守的

城池[41]

---

[41] 《蕉風》473 期（1996.07-08），頁 60。

　　這首詩以舞池的局部現象來描繪現代都市文明條件下，人性頹廢放縱感官情慾的面向，表達出現代人不安迷惘的心靈世界和生存情境。這個透過日常生活事件來捕捉存在現象和事物的本質，不作任何主觀刻板的批判或道德譴責，突顯出沙河的都市書寫的策略。

　　還要注意的是，這首〈舞 2〉如同前面述及的〈街景與死亡〉、〈水劫〉，甚至如同沙河大部分的詩作，詩人在形式設計與構思造句上往往運用了攝影鏡頭的並置排比，甚至因為攝影鏡頭的流動感，遂產生了有如鏡頭接換上的電影語言操作，如〈街景與死亡〉中的淡入淡出，〈趕在日落之前——橫越東西大道〉中的蒙太奇，〈舞 2〉中的溶鏡（dissolve）處理手法。這種種電影語言或攝影鏡頭的表現手法，在詩的形式設計上可以達到一種流動而遲緩的詩意氛圍，一種張力開展與憂鬱收攏的矛盾美學效果，於沙河的都市思考與現代視角上形成對話之場景。另一點還可以指出的是，沙河的攝影人職業的身份[42]，詩人對視覺性力量和現代技術操作的純熟習性，促使他有意識或無意識，都市思考與現代視角被技術化為一連串攝影鏡頭的置換和意象並置排比的視覺形式出現，詩句自身道出了詩人對技術性視覺性的反應（遠不只反映），這是沙河詩語言所呈現的「現代視角」的隱含的不為人知的另一面。如同〈街景與死亡〉、〈舞 2〉、〈沙灘〉諸詩中的視覺物象移動，正凸顯了攝影鏡頭的存在（或設計），但必須要在此嚴正看待的是，詩（文學）與電影／攝影的基本方法論的立場差異，前者用的是一套「語言意符」

---

[42]　《星洲日報·文藝春秋》（2005.06.05）沙河詩展的詩人簡介中說他曾在東海岸從事攝影事業。

（verbal signifier），透過語言文字提供「心智影像」（mental image），後者用的是「電影意符」（cinematic signifier），以聲音畫面來呈現「視覺影像」（visual image），兩者無論如何不能等同。[43]因此詩人運用意象並置排比來呈現出生動的畫面物象，雖然讀者的第一印象是會產生如同看到攝影鏡頭的轉移擺盪，但是因為物象透過語言文字的中介後，所呈現流露出來的往往已經不是原來的那個物象，其中摻雜了詩人主觀的情感、思緒、視角、價值判斷。這裡我要推論的是，因為這個心智影像的介入視覺影像其中其內、彼此互為構建，所以詩人的「都市詩」中的都市意象或現實生活，往往不是如寫實主義所提倡的「現實」的如實再現，而是一個具備現代視角的都市文明精神探索者及思考者的辯證對話。

結 語

　　如果說一九五九年白垚的〈麻河靜立〉為馬華文學第一首現代詩[44]，時間上從五〇年代末期算起，那麼馬華現代詩從五〇、六〇

---

[43] 有關文字與電影視覺的理論探討，見 Dudley Andrew, *"Adaptation." Film Theory and Criticism. Eds.* Gerald Mast, Marshall Cohen, and Leo Braudy. 4th. Ed. New York: Oxford UP, 1992. 420-28.

[44] 筆者這裡沿用溫任平的看法，溫任平在〈馬華現代文學的意義和未來發展：一個史的回顧與前瞻〉一文中說：「馬華現代文學大約崛起於一九五九年。那年三月六日白垚在學生周報一三七期發表了第一首現代詩〈麻河靜立〉。關於這首詩的歷史地位，最少有兩位現代詩人──艾文和周喚──在書信中表示了與我同樣的看法。」引文見《文學‧教育‧文化》，頁2。持不同意見的是陳應德，見陳應德論文〈從馬華文壇第一首現代詩談起〉，江洺輝編：《馬華文學的新解讀》，吉隆坡：大馬留臺聯總，1999，頁341-354。

年代的起步到七○年代的成熟發展，及八○年代的轉型／融合現代
與寫實，九○年代到新世紀的現代與後現代風格，至今也有不短的
五十個年頭了。我們透過馬華前行代現代主義詩人艾文與沙河在六
○、七○年代早期詩中形象鮮明的現代主義和象徵語言，窺探馬來
西亞國家獨立初期的時代氛圍，及華族所面對的政治社會的壓制困
境、身份屬性的失落／追尋，兩者不同的語言風格和觀視角度，遂
決定了他們思考相關題材的不同處理方式／方向，也為他們兩人日
後八○、九○年代的詩藝發展埋下了伏筆。艾文在八○年代從（華
裔）現實政治困境的風雨飄搖、感時憂國，到詩人書寫意識的困境
／困頓／止境。沙河則在九○年代開始重出詩壇，將現代主義的敏
銳觸角，伸展到都市社會每一個角落，對都市社會的認同與批評治
於一爐，展現了深度辯證的現代視角與都市精神面貌。艾文、沙河
的詩，是四十年來馬華現代詩的縮影，也是馬來西亞（華裔）政治
社會變遷的寫照，更是詩人面向當代生活語境與身份屬性的擁抱認
同與想像辯證。

第九章
結論

　　這本書以馬華現代主義為論述的主題，焦點鎖定在馬來西亞獨立後的馬華現代派詩人的詩作特色與時代意義，選擇以馬華現代詩的閱讀經驗來處理上個世紀六〇年代以來馬華現代主義的崛起與表現，主要是因為在我的閱讀經驗和身份思考中，發現這些現代詩中浮現了幾個時代語境的關鍵問題，如馬華詩人身處文學體制與時代語境的書寫困境、詩人對主體身份屬性問題的探索反思、政治現實與外來思潮對語言藝術的干擾和影響、馬來西亞華裔的文化中國／中國文化情結的影響／異化、時代與社會變遷對馬華現代詩的語言轉向，這些種種具體而深刻地表現在本書所引用的詩作文本和論述中。透過閱讀和論述這些詩作文本的過程當中，我希望能夠在論述能力和理論基礎方面，重新思考如何把新興理論融入／介入馬華現代詩的場域，打開馬華文學的一扇窗口，尤其是馬華現代詩，展現一次文學視野的開拓和深化，看到不同於過往的馬華文學景觀，讓馬華現代詩隱性潛藏的面向，得以藉論述的深入析剔而清晰呈現出其美學與時代的積極意義。

　　探討馬華現代詩的時代性質與文化屬性，不管我們喜歡或不喜
歡，一定要面對文學體制、政治現實、後殖民語境、中國性、文化
身份屬性這些重大關聯的議題。談馬華文學，不能不提國家政治體
制對馬華文學發展狀況的影響和干預，國家當權體制尊奉馬來文化
與馬來語文為唯一的國家文化和官方語言，利用強勢的政治機制來
合法化並鞏固其地位和效應，也連帶多方面壓抑和邊緣化其他族群
的文化語言和文字書寫，馬來西亞在國家獨立後六〇年代以來，很
多社會族群課題被官方法令列為「敏感課題」或「政治禁忌」，身
處這個時期的作家詩人，往往有話要說，卻無法在作品中直面書寫
或觸及這些所謂「敏感課題」的題材，更遑論暢所欲言明目張膽地
公然挑戰這些禁忌，因為踩踏到這些政治地雷的作家文人隨時都有
可能會身陷牢獄之災，是要付出極大慘痛的代價的。

　　馬華文學主流的現實主義作家，面對這種要「失身」或「失聲」
二選一的局面，整體的文學表現成就走向令人沮喪，只能靠書寫一
些社會低階層人民的淳樸風土民情或對當權體制的歌功頌德來延
續其寫作生涯，或如黃錦樹所說的「從歸屬感漸漸走向意識形態的
大和解，目光飄離奴隸難堪的現實和憤懣而投向主人勾劃出的空頭
宏願，稀微的烏托邦衝動廉價地抵押給了官府，導致現實主義的自
我崩解」[1]，重新關照這個時期的文學體制與主導論述及某種權力
支配運作之間的關係，馬華現代主義的崛起因此具有重大的文學史
意義，它除了帶動一股不容忽視的書寫動力，挑戰馬華文壇主流文

---

[1] 黃錦樹：〈東南亞華人少數民族的華文文學——政治的馬來西亞個案：論大
馬華人本地意識的限度〉，《香港文學》221 期（2003.05），頁 58。

學那一套僵化制式的語言弊病，並成功改寫／重寫馬華文學語言表現的嶄新範式，另外更重要的是它還可以視為官方／國家主流敘述外的另一種書寫，讓為權力話語或主流論述所壟斷或遮蔽的面貌或隱或顯得以重新浮現，隱晦迂迴的語言因此是詩人試圖擺脫官方敘述和政治箝制的另一種「另類」（alternative）的聲音，而不至於主體身陷書寫困境成為國家歷史敘事的被動附屬品。

　　五〇年代末期崛起的馬華現代主義文學，有兩個源頭，一為當時的文學雜誌與報紙文藝副刊的編者直接從西方引進的現代主義理論和譯作，在這方面《蕉風》和《南洋商報》的文藝副刊都扮演了舉足輕重的催化角色，其中法國的象徵主義、存在主義和超現實主義對楊際光、周喚、艾文、沙河、飄貝零等人影響最深，他們對這些西方思潮的移植／嵌入／轉化，具體形成馬華現代詩的「西化－現代主義」。另一為臺港以中文書寫的現代文學作品，其中臺灣的現代詩人余光中、瘂弦、鄭愁予、葉珊、葉維廉等人的詩作，更成為七〇年代馬華現代派詩人，以溫任平為首的天狼星詩社及其眾子弟的景仰追隨對象。「中國」作為一種文化認同，在馬華詩人那裡是一個集體遭受壓抑流放的文化身份符號，而文化屬性既如安德遜（Benedict Anderson）所說的是「想像的共同題」（imagined communities），是需要透過文字來想像與強化這個文化記憶和身份屬性，因此無可避免地六〇、七〇年代臺灣現代詩中的文化鄉愁與中國化意象，成為天狼星詩人群起仿習追隨致意的對象，藉這個文字書寫的文化象徵符碼與普遍性動作，再現自我的身份屬性，集體召喚出文化認同，形成馬華現代詩中的「中國性－現代主義」。除了西方思潮的挪用／誤

用與中國性的套用／濫用，再加上詩人政治身份的後殖民語境（殖
民宗主國撤退後遺留下的政治局面：西方殖民主義的分治策略、馬
來民族主義的政治施壓、新興國家的霸權統治和單一政策趨勢、海
峽華人的本土定位、華族移民的大中國優越心態或中國中心論、日
治時期華族的歷史包袱），令馬華作家欲建構自我主體與身份屬性定
位的努力，形成一種游移、不穩定性、充滿矛盾含混的心理狀態，
落實為書寫則是一種兼具隱匿異化、充滿雜質裂變而邊陲性的文
本。如同本書多篇論述所力求探討辨證的，這方面具體的例子俱見
七〇年代兩部馬華現代詩選集《大馬詩選》和《天狼星詩選》，及
其他同時期的馬華現代詩人的詩集中的文本特徵與書寫策略。

　　最後必須強調的是，這本書的論文處理的重點是馬來西亞獨立
初期至六〇、七〇年代馬華現代（主義）詩崛起和演變的歷史時代
意義，採取一個從「文學作為一種現代社會體制」的發言位置來作
出分析探討，以重寫馬華文學史的論述姿態，標示出以往馬華文學
史家或史料工作者以現實主義文學主流心態視野分期的侷限和盲
點，服膺現實主義觀的馬華文學史及史料工作者，看待這段時期的
馬華文學發展時不外以「低潮時期」、「消沉時期」視之，主要是以
馬華現實主義文學主流的心態自居，對六〇年代的馬華現代主義文
學如果不是「視而不見」，便是草草幾筆帶過，他們的文學史分期
草率地把六〇年代的馬華現代文學孤立出來，籠統稱為「萌芽期」、
「現代派的崛起」。[2]這類書寫文學史的分期方式，深深被馬華現實

---

[2]　例子很多，如鍾夏田：〈馬華寫作人所面對的難題〉，林水檺編：《文教事業
　　論集》，吉隆坡：華社資料研究中心，1985，頁 128-140。李錦宗〈戰後馬

主義主流文學的視野限制，顯得不符合時代現實的脈絡，必須要加以質疑批判。因此馬華現代詩必須被脈絡化（contextualized），置入政治、社會、文化和時代的背景裡，並結合詩歌美學的文本分析與文化研究，讀出馬華現代主義的歷史緣由和馬華現代詩的文學史意義。另外本書論文僅止於論述馬華現代詩的時代性質與意義，主要是考量論述焦點策略上的一致性，如果討論範圍涵蓋納入馬華現代小說及散文其他文類，相信必然能夠呈現出更完整的文學／時代風貌。[3]

華文學的發展〉，林水檺、駱靜山編：《馬來西亞華人史》，吉隆坡：馬來西亞留臺聯總，1984，頁365-407。

[3]　近期讀到陳大為的《馬華散文史縱論1957-2007》（萬卷樓，2009），鎖定國家獨立以來馬華散文的創作思潮和重要主題，從馬華散文的細部演化到時代變遷，進行了一次條理分明的完整論述，算是彌補了長久以來馬華散文史論述的匱乏。

參考書目

一、創作

子凡：《迴音》，吉隆坡：鼓手出版社，1979。

方娥真：《娥眉賦》，臺北：四季出版社，1977。

王潤華：《患病的太陽》，臺北：藍星詩社，1966。

王潤華：《內外集》，臺北：國家出版社，1978。

北藍羚：《路‧趕路》，大山腳：海天出版社，1967。

艾文：《艾文詩》，美農：馬來西亞棕櫚出版社，1973。

李有成：《鳥及其他》，吉隆坡：犀牛出版社，1970。

李木香編：《砂勞越現代詩選（上集）》，砂勞越：星座詩社，1972。

沙河：《魚的變奏曲》，吉隆坡：大將出版社，2007。

沈穿心編：《天狼星詩選》，美羅：天狼星詩社，1979。

林綠：《十二月的絕響》，臺北：星座詩社，1966。

林綠：《手中的夜》，臺北：星座詩社，1969。

何啟良：《刻背》，吉隆坡：鼓手出版社，1977。

周粲：《孩子的夢》，新加坡：南洋印刷社，1953。

周粲：《青春》，新加坡：青年書局，1958。

波特萊爾，莫渝譯：《惡之華》，臺北：志文出版社，1990。

淡瑩：《千萬遍陽關》，臺北：星座詩社，1966。

淡瑩：《單人道》，臺北：星座詩社，1968。

麥留芳：《鳥的戀情》，吉隆坡：青春出版社，1967。

梅淑貞：《梅詩集》，吉隆坡：犀牛出版社，1972。

陳強華：《煙雨月》，檳城：棕櫚出版社，1979。

陳強華：《化裝舞會》，臺北：大馬新聞社，1984。

陳強華：《那年我回到馬來西亞》，新山：彩虹出版社，1998。

陳慧樺：《多角城》，臺北：星座詩社，1968。

陳慧樺：《雲想與山茶》，臺北：國家出版社，1978。

陳大為編：《馬華當代詩選1990-1994》，臺北：文史哲出版社，1995。

張樹林：《易水蕭蕭》，美羅：天狼星詩社，1979。

張樹林編：《大馬新銳詩選》，安順：天狼星詩社，1978。

張塵因：《言筌集》，吉隆坡：人間出版社，1977。

紫一思：《紫一思詩選》，吉隆坡：馬來西亞學報月刊，1977。

溫任平：《無弦琴》，檳城：駱駝出版社，1970。

溫任平：《流放是一種傷》，美羅：天狼星詩社，1977。

溫任平：《眾生的神》，美羅：天狼星詩社，1980。

溫任平編：《大馬詩選》美羅：天狼星詩社，1974。

溫任平編：《馬華當代文學選》，吉隆坡：大馬華人文化協會，1985。

溫瑞安：《山河錄》，臺北：時報文化出版，1979。

游川：《蓬萊米飯中國茶》，吉隆坡：紫藤出版，1989。

傅承得：《哭城傳奇》，臺北：大馬新聞社，1984。

傅承得：《趕在風雨之前》，吉隆坡：十方出版社，1988。

傅承得等：《馬華七家詩選》，吉隆坡：千秋出版社，1993。

楊際光：《雨天集》，吉隆坡：華英出版社，1969。

賴敬文：《賴敬文詩集》，臺北：綠野書屋，1974。

謝永就：《悲喜劇》，砂勞越：星座詩社，1973。

藍啟元：《橡膠樹的話》，美羅：天狼星詩社，1979。

鐵戈：《在旗下》，香港：新民主出版社，1947。

二、理論與批評

王潤華：《華文後殖民文學：中國、東南亞的個案研究》，上海：學林出版社，2001。

白垚：《縷雲起於綠草》，吉隆坡：大夢書房，2007。

弗・杰姆遜（詹明信），唐小兵譯：《後現代主義與文化理論》，陝西：師範大學，1986。

米樂，單德興譯：《跨越邊界：翻譯、文學、批評》，臺北：書林出版社，1995。

江洺輝編：《馬華文學的新解讀》，吉隆坡：馬來西亞留臺聯總，1999。

李向平：《死亡與超越》，上海：上海文化出版社，1997。

何國忠編：《社會變遷與文化詮釋》，吉隆坡：華社研究中心，2002。

何國忠編：《百年回眸：馬華社會與政治》，吉隆坡：華社研究中心，2005。

何國忠編：《百年回眸：馬華文化與教育》，吉隆坡：華社研究中心，2005。

林水檺編：《文教事業論集》，吉隆坡：華社資料研究中心，1985。

林水檺、駱靜山編：《馬來西亞華人史》，吉隆坡：馬來西亞留臺聯總，1984。

林春美：《性別與本土：在地的馬華文學論述》，吉隆坡：大將出版社，2009。

周華山：《意義——詮釋學的啟迪》，香港：商務印書館，1992。

周英雄、劉紀蕙編：《書寫臺灣：文學史、後殖民與後現代》，臺北：麥田出版社，2000。

金絲燕：《文學接受與文化過濾》，北京：中國人民大學出版社，1994。

佛克馬、蟻布思，袁鶴翔等譯：《二十世紀文學理論》，香港：中文大學出版社，1985。

高宣揚：《沙特傳》，臺北：萬象圖書，1994。

馬崙：《新馬文壇人物掃描 1825-1990》，新山：嘉輝出版社，1991。

馬崙：《馬華文學之窗》，新加坡：新亞出版社，1997。

徐賁：《文化批評往何處去》，香港：天地圖書，1998。

莫順生：《馬來西亞教育史 1400-1999》，吉隆坡：華校教師總會，2000。

陳大為：《亞細亞的象形詩維》，臺北：萬卷樓，2001。

陳大為：《亞洲閱讀——都市文學與文化（1950-2004）》，臺北：萬卷樓，2004。

陳大為、鍾怡雯、胡金倫編：《赤道回聲：馬華文學讀本 II》，臺北：萬卷樓，2004。

陳芳明：《後殖民臺灣：文學史論及其周邊》，臺北：麥田出版社，2002。

黃錦樹：《馬華文學：內在中國、語言與文學史》，吉隆坡：華社資料研究中心，1996。

黃錦樹：《馬華文學與中國性》，臺北：元尊文化，1998。

黃錦樹：《謊言或真理的技藝：當代中文小說論集》，臺北：麥田出版社，2003。

黃萬華、戴小華編：《全球語境‧多元對話‧馬華文學：第二屆馬華文學國際學術會議論文集》，濟南：山東文藝出版社，2004。

張小虹：《性別越界》，臺北：聯合文學，1995。

張錦忠：《南洋論述：馬華文學與文化屬性》，臺北：麥田出版社，2003。

張京媛編：《後殖民理論與文化認同》，臺北：麥田出版社，1995。

國立中興大學外國語文學系編：《國科會外文學門 86-90 年度研究成果論文集》，臺北：國立中興大學，2005。

溫任平：《精緻的鼎》，臺北：長河出版社，1978。

溫任平：《文學‧教育‧文化》，美羅：天狼星詩社，1986。

溫任平、藍啟元、謝川成編：《憤怒的回顧》，美羅：天狼星詩社，1980。

楊建成：《馬來西亞華人的困境》，臺北：文史哲出版社，1982。

萬俊人：《於無深處——重讀薩特》，四川：四川人民出版社，1996。

劉禾：《語際書寫——現代思想史寫作批判綱要》，香港：天地圖書，1997。

鍾怡雯：《亞洲華文散文的中國圖象 1949-1999》，臺北：萬卷樓，2001。

鍾怡雯：《馬華文學史與浪漫傳統》，臺北：萬卷樓，2009。

謝川成：《現代詩詮釋》，美羅：天狼星詩社，1981。

Anderson, Benedict, *Imagined Communities (Reflections on the Origin and Spread of Nationalism)*. London and New York: Verso, 1995.

Bhabha, Homi K., *The Location of Culture*, New York: Routledge, 1994.

Breakwell, Glynis M., *Coping with Threatened Identities*, London: Methuen, 1986.

Galtung, Johan, *Cultural Violence, Journal of Peace Research*, vol. 2 no. 3, 1990.

Galtung, Johan, *Peace Problem: Some Case Studies*, Essays in Peace Research, vol. V, Copenhagen: Christian Ejlers, 1980.

Miller, J. Hillis, *Border Crossings: Translating Theory*, Taipei: Institute of European and American Studies, Academia Sinica, 1993.

Nandy, Ashis, *The Intimate Enemy: Loss and Recovery of Self under Colonialism*, New Delhi: Oxford University Press, 1983.

Purcell, Victor, *The Chinese in Malaya,* London: Oxford University Press, 1967.

Said, Edward W., *Orientalism*. New York: Vintage, 1978.

Williams, Raymond, *Marxism and Literature*, Oxford University Press, 1977.

參考篇目

一、創作：

方娥真：〈月臺〉，溫任平編：《大馬詩選》，美羅：天狼星詩社，1974，頁 27。

方娥真：〈燃香〉，溫任平編：《大馬詩選》，美羅：天狼星詩社，1974，頁 33。

方娥真：〈窗〉，溫任平編：《大馬詩選》，美羅：天狼星詩社，1974，頁 35。

艾文：〈普渡〉，《蕉風》433 期（1989.12），頁 15。

艾文：〈回來〉，《金石詩刊》創刊號（1988.04），無頁碼。

艾文：〈寄 N.K.〉，《金石詩刊：我等你長大》2 期（1988.10），頁 32。

艾文：〈煙〉，溫任平編：《大馬詩選》，美羅：天狼星詩社，1974，頁 39。

艾文：〈傳說〉，溫任平編：《大馬詩選》，美羅：天狼星詩社，1974，頁 40-41。

艾文：〈困〉，溫任平編：《大馬詩選》，美羅：天狼星詩社，1974，頁 43。

艾文：〈腳步〉，溫任平編：《大馬詩選》，美羅：天狼星詩社，1974，頁 44-45。

艾文：〈白災〉，溫任平編：《大馬詩選》，美羅：天狼星詩社，1974，頁 48。

艾文：〈聲音〉，溫任平編：《大馬詩選》，美羅：天狼星詩社，1974，頁 49。

艾文：〈沙漠象徵〉，溫任平編：《大馬詩選》，美羅：天狼星詩社，1974，
　　頁 50。

江振軒：〈他要涉江而去〉，溫任平編：《大馬詩選》，美羅：天狼星詩
　　社，1974，頁 77-78。

江振軒：〈海中〉，溫任平編：《大馬詩選》，美羅：天狼星詩社，1974，
　　頁 79。

李木香：〈一舟霞色〉，溫任平編：《大馬詩選》，美羅：天狼星詩社，
　　1974，頁 65-66。

李木香：〈髮〉，溫任平編：《大馬詩選》，美羅：天狼星詩社，1974，
　　頁 67-68。

李木香：〈眼〉，溫任平編：《大馬詩選》，美羅：天狼星詩社，1974，
　　頁 69-70。

李木香：〈唇〉，溫任平編：《大馬詩選》，美羅：天狼星詩社，1974，
　　頁 73。

李有成：〈不快〉，溫任平編：《大馬詩選》，美羅：天狼星詩社，1974，
　　頁 55。

李有成：〈一座海〉，溫任平編：《大馬詩選》，美羅：天狼星詩社，1974，
　　頁 56-57。

李有成：〈時間三題〉，溫任平編：《大馬詩選》，美羅：天狼星詩社，
　　1974，頁 58-61。

沙河：〈水劫〉，《蕉風》449 期（1992.07-08），頁 4。

沙河：〈夜半醒來的感覺〉，《蕉風》454 期（1993.05-06），封底內頁。

沙河：〈冰冷之城〉，《星洲日報。文藝春秋》（2006.07.09）。

沙河：〈舞 2〉，《蕉風》473 期（1996.07-08），頁 60。

沙河：〈街景與死亡〉，溫任平編：《大馬詩選》，美羅：天狼星詩社，
　　1974，頁 91。

沙河：〈停屍所〉，溫任平編：《大馬詩選》，美羅：天狼星詩社，1974，
　　頁 92-93。

沙河：〈臉〉，溫任平編《大馬詩選》，美羅：天狼星詩社，1974，頁 94。

沙河：〈齒輪〉，溫任平編：《大馬詩選》，美羅：天狼星詩社，1974，頁 95-96。

沙河：〈清明節——憶祖父〉，溫任平編：《大馬詩選》，美羅：天狼星詩社，1974，頁 99。

沙河：〈感覺〉，溫任平編：《大馬詩選》，美羅：天狼星詩社，1974，頁 100。

林綠：〈手中的夜 No.5〉，溫任平編：《大馬詩選》，美羅：天狼星詩社，1974，頁 131。

周喚：〈短詩集〉，溫任平編：《大馬詩選》，美羅：天狼星詩社，1974，頁 103-107。

周喚：〈存在之外〉，溫任平編：《大馬詩選》，美羅：天狼星詩社，1974，頁 110-111。

波特萊爾：〈惡僧〉，《惡之華》，頁 67。

波特萊爾：〈死後的內疚〉，《惡之華》，頁 126。

波特萊爾：〈墓地〉，《惡之華》，頁 228。

波特萊爾：〈窮人之死〉，莫瑜譯：《惡之華》，臺北：志文出版社，1990，頁 395-396。

梅淑貞：〈徙彼青山〉，溫任平編：《大馬詩選》，美羅：天狼星詩社，1974，頁 168-169。

梅淑貞：〈水患〉，溫任平編：《大馬詩選》，美羅：天狼星詩社，1974，頁 174。

淡瑩：〈飲風之人〉，溫任平編：《大馬詩選》，美羅：天狼星詩社，1974，頁 147。

淡瑩：〈噴水池〉，溫任平編：《大馬詩選》，美羅：天狼星詩社，1974，頁 149。

溫任平：〈沒有影子的〉，溫任平編：《大馬詩選》，美羅：天狼星詩社，1974，頁 197-199。

黑辛藏：〈魔笛 1〉，溫任平編：《大馬詩選》，美羅：天狼星詩社，1974，
　　頁 177-178。

黑辛藏：〈魔笛 2〉，溫任平編：《大馬詩選》，美羅：天狼星詩社，1974，
　　頁 179-181。

黑辛藏：〈夜歸人〉，溫任平編：《大馬詩選》，美羅：天狼星詩社，1974，
　　頁 185-186。

黑辛藏：〈隔離症〉，溫任平編：《大馬詩選》，美羅：天狼星詩社，1974，
　　頁 187。

楊際光：〈魔鬼〉，溫任平編：《大馬詩選》，美羅：天狼星詩社，1974，
　　頁 241。

賴瑞和：〈渡河的人〉，溫任平編：《大馬詩選》，美羅：天狼星詩社，
　　1974，頁 245。

賴瑞和：〈果園〉，溫任平編：《大馬詩選》，美羅：天狼星詩社，1974，
　　頁 246。

謝永就：〈21 天的最後一日〉，溫任平編：《大馬詩選》，美羅：天狼
　　星詩社，1974，頁 261。

歸雁：〈陽光和無聊〉，溫任平編：《大馬詩選》，美羅：天狼星詩社，
　　1974，頁 291。

藍啟元：〈呢喃〉，溫任平編：《大馬詩選》，美羅：天狼星詩社，1974，
　　頁 277。

飄貝零：〈山橄欖〉，溫任平編：《大馬詩選》，美羅：天狼星詩社，1974，
　　頁 296。

二、理論與批評：

方昂：〈讀詩筆記〉，《蕉風》433 期（1989.12），頁 26。

伍良之：〈華教與馬華文藝〉，林水檺編：《文教事業論集》，吉隆坡：華社資料研究中心，1985，頁149-163。

何國忠：〈馬來西亞華人：身份認同和文化的命運〉，何國忠編：《社會變遷與文化詮釋》，吉隆坡：華社研究中心，2002，頁163-187。

李錦忠：〈戰後馬華文學的發展〉，林水檺、駱靜山編：《馬來西亞華人史》，吉隆坡：馬來西亞留臺聯總，1984，頁365-407。

孟沙：〈馬華文藝要發奮圖強〉，林水檺編：《文教事業論集》，吉隆坡：華社資料研究中心，1985，頁114-127。

林春美、張永修：〈從「動地吟」看馬華詩人的身份認同〉，黃萬華、戴小華編：《全球語境·多元對話·馬華文學：第二屆馬華文學國際學術會議論文集》，濟南：山東文藝出版社，2004，頁64-78。

徐賁：〈後現代、後殖民批判理論和民主政治〉，《傾向》2-3期（1994），頁173-201。

陳應德：〈從馬華文壇第一首現代詩談起〉，江洺輝編：《馬華文學的新解讀》，吉隆坡：馬來西亞留臺聯總，1999，頁341-354。

陳慧樺：〈寫實兼寫意：馬新留臺作家初論（上）〉，《蕉風》419期（1988.10），頁2-11。

溫任平：〈天狼星詩社與馬華現代文學運動〉，江洺輝編：《馬華文學的新解讀》，吉隆坡：馬來西亞留臺聯總，1999，頁153-176。

溫任平：〈馬華第一首現代詩與典律建構〉，《星洲日報·星洲廣場》（2008.06.01）。

溫任平：〈經典焦慮與文學大系〉，《星洲日報·星洲廣場》（2008.05.04）。

黃錦樹：〈東南亞華人少數民族的華文文學——政治的馬來西亞個案：論大馬華人本地意識的限度〉，《香港文學》221期（2003.05），頁55-63。

張永修專訪：〈馬華文學史整理第一人〉，《南洋商報。南洋文藝》，1999.10.09。

張永修專訪：〈馬華文學與現代主義〉，《南洋商報。南洋文藝》，1999.10.19。

張光達：〈馬華政治詩：感時憂國與戲謔嘲諷〉，《人文雜誌》12 期
　　（2001.11），頁 101-107。

張光達：〈從沙河的〈水劫〉談起〉，《蕉風》451 期（1992.11-12），
　　頁 45-46。

張錦忠：〈白垚與馬華文學的第一波現代主義風潮〉，《南洋商報‧南洋
　　文藝》（2008.11.11-25）。

張錦忠：〈馬華文學：離心與隱匿的書寫〉，《大馬青年》10 期（1995），
　　頁 53-62。

張錦忠：〈文化回歸、離散臺灣與旅行跨國性：「在臺馬華文學」的案例〉，
　　《中外文學》7 期（2004.12），頁 153-166。

張錦忠：〈離散雙鄉：作為亞洲跨國華文書寫的在臺馬華文學〉，《中國
　　現代文學》9 期（2006.06），頁 61-72。

張誦聖：〈文學體制與現、當代中國／臺灣文學：一個方法學的初步審思〉。
　　周英雄、劉紀蕙編：《書寫臺灣：文學史、後殖民與後現代》，臺北：
　　麥田出版社，2000，頁 25-40。

單德興：〈譯者的角色〉，國立中興大學外國語文學系編《國科會外文學
　　門 86-90 年度研究成果論文集》，臺北：國立中興大學，2005，頁 1-28。

葉維廉：〈殖民主義、文化工業與消費欲望〉，張京媛編：《後殖民理論
　　與文化認同》，臺北：麥田出版社，1995，頁 123-151。

劉小楓：〈現代性問題的累積〉，《思想文綜》2 期（1997.02），頁 205-228。

潘永強：〈抗議與順從：馬哈迪時代的馬來西亞華人政治〉，何國忠編：
　　《百年回眸：馬華社會與政治》（吉隆坡：華社研究中心，2005），
　　頁 203-232。

潘碧華：〈取經的故事──馬華文壇與外來影響（1950-1969）〉。何國
　　忠編：《社會變遷與文化詮釋》，吉隆坡：華社研究中心，2002，頁
　　277-292。

鍾玲：〈臺灣女詩人作品中的中西文化傳統〉，《中外文學》第十六卷第
　　五期（1987），頁 58-109。

鍾夏田：〈馬華寫作人所面對的難題〉，林水檺編：《文教事業論集》，
　　吉隆坡：華社資料研究中心，1985，頁 128-140。

謝川成：〈後果是不堪為我們著想的──讀艾文的詩〉，《蕉風》433 期
　　（1989.12），頁 37-38。

顏清湟：〈一百年來馬來西亞華社所走過的道路〉，何國忠編：《百年回
　　眸：馬華文化與教育》，吉隆坡：華社研究中心，2005，頁 1-20。

Dudley Andrew, "Adaptation." *Film Theory and Criticism*. Eds. Gerald Mast,
　　Marshall Cohen, and Leo Braudy. 4th. Ed. New York: Oxford UP, 1992.
　　420-428.

Foucault, Michel, Other Spaces, Lotus International, 48-49, 1986.

馬華現代詩論
——時代性質與文化屬性

國家圖書館出版品預行編目

馬華現代詩論：時代性質與文化屬性 /
張光達著. -- 一版. -- 臺北市：秀威
資訊科技, 2009.08
　　面 ；　公分. -- (語言文學類 ; PG0269)
BOD 版
參考書目：面
ISBN 978-986-221-259-2(平裝)

1. 海外華文文學　2. 新詩　3. 詩評

850.9　　　　　　　　　　　　　98011328

 語言文學類　PG0269

馬華現代詩論
——時代性質與文化屬性

作　　者 / 張光達
發 行 人 / 宋政坤
執行編輯 / 林泰宏
圖文排版 / 姚宜婷
封面設計 / 陳佩蓉
數位轉譯 / 徐真玉　沈裕閔
圖書銷售 / 林怡君
法律顧問 / 毛國樑　律師
出版印製 / 秀威資訊科技股份有限公司
　　　　　　臺北市內湖區瑞光路 583 巷 25 號 1 樓
　　　　　　電話：02-2657-9211　　　傳真：02-2657-9106
　　　　　　E-mail：service@showwe.com.tw
經 銷 商 / 紅螞蟻圖書有限公司
　　　　　　臺北市內湖區舊宗路二段 121 巷 28、32 號 4 樓
　　　　　　電話：02-2795-3656　　　傳真：02-2795-4100
　　　　　　http://www.e-redant.com

2009 年 8 月 BOD 一版
定價：300 元

讀 者 回 函 卡

感謝您購買本書,為提升服務品質,煩請填寫以下問卷,收到您的寶貴意見後,我們會仔細收藏記錄並回贈紀念品,謝謝!

1. 您購買的書名:_____

2. 您從何得知本書的消息?

□網路書店 □部落格 □資料庫搜尋 □書訊 □電子報 □書店

□平面媒體 □ 朋友推薦 □網站推薦 □其他_____

3. 您對本書的評價:(請填代號 1.非常滿意 2.滿意 3.尚可 4.再改進)

封面設計____ 版面編排____ 內容____ 文/譯筆____ 價格____

4. 讀完書後您覺得:

□很有收獲 □有收獲 □收獲不多 □沒收獲

5. 您會推薦本書給朋友嗎?

□會 □不會,為什麼?_____

6. 其他寶貴的意見:_____

_____

_____

_____

讀者基本資料

姓名:_____ 年齡:_____ 性別:□女 □男

聯絡電話:_____ E-mail:_____

地址:_____

學歷:□高中(含)以下 □高中 □專科學校 □大學

□研究所(含)以上 □其他_____

職業:□製造業 □金融業 □資訊業 □軍警 □傳播業 □自由業

□服務業 □公務員 □教職 □學生 □其他_____

To：114

台北市內湖區瑞光路 583 巷 25 號 1 樓

秀威資訊科技股份有限公司　　　收

寄件人姓名：

寄件人地址：□□□

秀威與 BOD

BOD（Books On Demand）是數位出版的大趨勢，秀威資訊率先運用 POD 數位印刷設備來生產書籍，並提供作者全程數位出版服務，致使書籍產銷零庫存，知識傳承不絕版，目前已開闢以下書系：

一、BOD 學術著作—專業論述的閱讀延伸
二、BOD 個人著作—分享生命的心路歷程
三、BOD 旅遊著作—個人深度旅遊文學創作
四、BOD 大陸學者—大陸專業學者學術出版
五、POD 獨家經銷—數位產製的代發行書籍

BOD 秀威網路書店：www.showwe.com.tw
政府出版品網路書店：www.govbooks.com.tw

永不絕版的故事・自己寫・永不休止的音符・自己唱